Emi
In den Arm

Montlake
Romance

Das Buch

Adam Reed, der berüchtigte Captain Blacksoul, sinnt nur auf eines: Rache an dem Mann zu nehmen, der ihn einst an Leib und Seele gezeichnet hat. Getrieben davon durchkreuzt er auf der Suche nach Vergeltung die Meere.

Als Josephine Legrand in Blacksouls Hände fällt, verspürt sie nichts als Angst.

Doch der unnahbare Pirat stürzt seine Gefangene schon bald in ein Meer der Gefühle, denn trotz ihrer Furcht weckt er eine Sehnsucht in ihr, die sie den Kampf um sein Herz aufnehmen lässt.

Wird es der Französin im Sog aus Leidenschaft und Verlangen gelingen, die Ketten um Blacksouls Herz zu sprengen und ihn die Schrecken der Vergangenheit vergessen zu lassen?

Wird sie die Liebe finden – in den Armen des Piraten?

Die Autorin

Emily Bold, Jahrgang 1980, schreibt Romane für Jugendliche und Erwachsene. Ob historisch, zeitgenössisch oder fantastisch: In den Büchern der fränkischen Autorin ist Liebe das bestimmende Thema.

Nach diversen englischen Übersetzungen sind Emilys Romane mittlerweile auch ins Türkische, Ungarische und Tschechische übersetzt worden, etliche ihrer Bücher gibt es außerdem als Hörbuch.

Wenn sie mal nicht am Schreibtisch an neuen Buchideen feilt, reist Emily am liebsten mit ihrer Familie in der Welt umher, um neue Sehnsuchtsorte zu entdecken.

EMILY BOLD

In den Armen des Piraten

ROMAN

Montlake Romance

Die Originalausgabe erschien 2012 unter dem Titel
»Blacksoul - in den Armen des Piraten« und 2016 unter dem Titel
»In den Armen des Piraten« im Selbstverlag.

Veröffentlicht bei
Montlake Romance, Amazon Media EU S.à r.l.
5 Rue Plaetis, L-2338 Luxembourg
August 2018

Umschlaggestaltung: bürosüd° München, www.buerosued.de
Umschlagmotiv: © Dimasik_sh / Shutterstock;
© NadyaEugene / Shutterstock;
© Severe / Shutterstock; © Alvov / Shutterstock;
Lektorat: Kornelia Schwaben-Beicht
Korrektorat: Verlag Lutz Garnies, Haar bei München, www.vlg.de
Gedruckt durch:
Amazon Distribution GmbH, Amazonstraße 1, 04347 Leipzig /
Canon Deutschland Business Services GmbH, Ferdinand-Jühlke-Str. 7,
99095 Erfurt /
CPI books GmbH, Birkstraße 10, 25917 Leck

ISBN 978-2-91980-309-5

www.montlake-romance.de

Kapitel 1

Nordatlantik, 1786

Der heiße Schmerz zwang Adam in die Knie. Als die gebogene Klinge über sein Gesicht gefahren war, hatte er nichts gespürt. Erst jetzt, Augenblicke später, als ihm das Blut bereits in den Hemdkragen lief, sank er auf das Deck.

Mit unnatürlich ruhiger Hand fasste er sich ins Gesicht, fühlte die feuchte Wärme, noch ehe ihm der Blick auf seine blutigen Finger zeigte, dass man sich mit William Hawkins besser nicht anlegte.

Seine Crew hatte bereits die Waffen gestreckt und war gefesselt in den Laderaum gesperrt worden. Der letzte Hieb hatte nun auch ihm den Säbel aus der Hand gerissen. Drei bis an die Zähne bewaffnete Piraten hielten ihn mit ihren blutigen Klingen in Schach, während er hilflos zusehen musste, wie eine ganze Horde Männer sich an der armen Miss Winthers verging.

Ihre verzweifelten Schreie und panischen Laute der Angst brannten sich in sein Gedächtnis und entzündeten in seiner Seele ein Höllenfeuer.

Die vierzehnjährige Catherine Nelson, die, erstarrt vor Schreck, den Blick nicht von ihrer geschändeten Zofe und den widerlich grunzenden und lachenden Vergewaltigern abwenden konnte, würde die Nächste sein. Willie-Höllenhund-Hawkins, dessen Laune sich deutlich gebessert hatte, seit man die Frauen in Adams Laderaum gefunden hatte, schien am Tun seiner Männer seine wahre Freude zu haben. Zumindest zierte ein zufriedenes Grinsen das von einem schwarzen Bart fast vollkommen verdeckte Gesicht des Piraten. Dabei flogen ihm kleine Brösel Kautabak aus dem Mund, und er wischte sich mit dem Ärmel über die Lippen.

Mit einem Mal erstarben die Schreie der lieblichen Zofe, und Adam hätte sich beinahe übergeben, als ihm klar wurde, warum sie nicht mehr schrie. Die Seele der jungen Abigail Winthers weilte nicht länger an Bord der *Aurora*. Ihre Qualen hatten ein Ende gefunden.

Als nun einer der verkommenen Piraten seine schmutzige Hand nach dem Mädchen ausstreckte, für deren Sicherheit Adam zu sorgen einen Eid geleistet hatte, kämpfte er sich hoch.

»Wehe, du fasst sie an!«

Adam, der kaum sprechen konnte, weil der Säbelstreich sein Gesicht in eine blutige Fratze verwandelt hatte, konnte seinen Abscheu vor diesen Kerlen nicht verbergen.

»Nicht nur ich werde hinter euch her sein, wenn ihr euch an Kommandant Nelsons Nichte vergreift!«, spie er ihnen entgegen.

Catherine kniete neben dem leblosen Körper ihrer Zofe und versuchte unter Tränen, deren Blöße mit den Resten des Kleides zu bedecken. Immer wieder strich sie über einen Blutfleck auf dem Stoff, so, als könnte sie mit dem Fleck auch die grausame Realität beseitigen.

Ein heruntergekommener Kerl, aus dessen offener Hose noch immer sein schlaffer Schwanz hing, zog das unscheinbare Mädchen an den Haaren herum und stieß sie zu Boden.

Ihr Rock riss und die Männer lachten, als der Wind den Stoff blähte und den Blick auf ihre gerüschten Beinkleider enthüllte.

Erst jetzt schien Catherine zu erkennen, dass ihr das gleiche Schicksal bevorstand wie ihrer armen Zofe. Sie hob abwehrend die Arme, rutschte zurück, bis eine Kiste ihr den Weg versperrte, und bettelte um ihr Leben.

Adam Reed hatte bei seiner Ehre geschworen, dieses Kind zu beschützen, und lieber wollte er im Alter von dreißig Jahren sterben, als tatenlos zuzusehen, was diese Männer vorhatten. Mit ganzer Kraft warf er sich auf einen der Kerle, der ihn mit seinem Säbel bedrohte. Überrascht ging sein Gegner zu Boden, und Adam rammte ihm die Faust gegen den Kehlkopf, was ihn außer Gefecht setzte. Aus dem Augenwinkel sah er, wie der Höllenhund selbst nun Catherine am Arm packte und ihr eine Ohrfeige verpasste, als sie in Todesangst nach ihm trat.

Adam steckte einen Stiefeltritt ein, ehe er sich seinen Säbel schnappen konnte, der noch immer dort lag, wo er ihn verloren hatte. Mit gezückter Waffe stand er allein der mächtigen Überzahl an Piraten gegenüber. Ohne eine wirkliche Chance hieb er mit wütendem Gebrüll auf den Erstbesten ein. Schlug tatsächlich eine Bresche in Catherines Richtung. Doch sofort wurde er eingekreist, und als er zögerte, traf ihn etwas Hartes am Kopf. Er sah seinen eigenen Speichel fliegen, sah den Schuh, den Catherine verloren hatte, als Hawkins sie hinter sich her vom Deck der *Aurora* auf sein eigenes Schiff geschleift hatte.

Das Letzte, was er wahrnahm, war der stinkende Atem des zahnlosen Piraten, der ihn achtlos über Bord warf. Unfähig sich zu bewegen, schlug er hart auf dem Wasser auf und konnte nicht einmal einen letzten Atemzug tun, ehe er von der Bugwelle in die Tiefe gerissen wurde.

Kapitel 2

Guadeloupe, 1790

Der hypnotische Singsang der aufständischen Sklaven kam immer näher. Es war eine stürmische Nacht, und die Halme des Zuckerrohrs peitschten im Wind.

Josephine Legrand kauerte zwischen den messerscharfen Blättern der Pflanzen, welche ihrer Familie zu einem Leben in Reichtum und Luxus verholfen hatten. Vorsichtig spähte sie durch die meterhohen Halme zurück zum Haus.

Erleichtert nahm sie hinter einem der hell erleuchteten Fenster eine Bewegung wahr, und schon im nächsten Moment kam Monsieur Sabatier über die Terrasse auf sie zu. Josie wagte es nicht, dem Verwalter ein Zeichen zu geben. Der langjährige Bedienstete rannte geduckt auf ihr Versteck zu. Als er wenige Meter neben ihr im Zuckerrohrfeld verschwand, kroch sie vorsichtig in seine Richtung.

»Monsieur Sabatier?«, rief sie leise seinen Namen. Die Pflanzen wuchsen so dicht, dass sie nur langsam vorwärtskam und sich bei jeder Bewegung an den Blättern die Beine zerschnitt. Direkt vor sich nahm sie eine Bewegung wahr.

»Monsieur Sabatier?«

»*Oui*, hier – was für ein Glück, ich habe Euch gefunden«, antwortete er erleichtert, während er sich den Schweiß aus dem Gesicht wischte.

Gemeinsam kauerten sie im Dickicht und behielten jede Bewegung um sich herum im Auge. Der unheilvolle Singsang wurde immer lauter – kam immer näher.

»Habt Ihr die Papiere?«, flüsterte Josephine.

»*Oui*, Mademoiselle.« Er klopfte sich auf die Hemdtasche.

Gespenstische Schatten wuchsen empor, als die Fackeln der Sklaven sich dem Haus näherten. Die Luft war wie elektrisiert, Wut und Aggression greifbar. Josephine war so verängstigt von dem Anblick der Aufständischen, dass sie erschrocken zusammenzuckte, als der Verwalter sie am Ärmel ihres Kleides zupfte.

»Wir sollten verschwinden, solange wir es noch können.«

»Aber, was ...?«

»*Non*, wir müssen hier weg. Wir können die Plantage nicht retten. Seht Euch um, wenn wir heute Nacht nicht sterben wollen, müssen wir jetzt gehen.«

Josephine wusste, dass er recht hatte. Das unheimliche rote Leuchten am Nachthimmel hatte sie schließlich vorgewarnt. Die Plantage ihrer Nachbarn stand bereits in Flammen. Seit Tagen schon fürchtete Monsieur Sabatier um ihre Sicherheit, da die Sklavenaufstände inzwischen auch Guadeloupe erreicht hatten. Zu Hunderten erhoben sich die Sklaven gegen ihre Herren, mordeten und brannten alles nieder. Von schlimmen Verstümmelungen wurde berichtet. Es hieß, die Köpfe der Plantagenbesitzer würden auf Stöcken aufgespießt vor den Ruinen ihrer Häuser tagelang zur Schau gestellt.

Das Grauen verursachte Josie eine Gänsehaut, und verzweifelt fuhr sie sich mit den Händen durch die dunklen Haare. Der Angstschweiß lief ihr den Rücken hinab, dennoch konnte sie sich nicht losreißen. Konnte nicht einfach ihrem Zuhause den

Rücken kehren und fliehen. Alle Erinnerungen an ihre Mutter steckten in den Mauern dieses Hauses. Was sollte sie nur tun?

»Mademoiselle …« Sabatiers Stimme wurde ungeduldig.

»Ich wünschte, Vater wäre hier.«

»Seid lieber froh, dass er es nicht ist. Er würde bei dem sinnlosen Versuch, die Sklaven aufzuhalten, sein Leben verlieren«, erwiderte er unwirsch.

»Sinnlos? *Mais non*, es ist sein Lebenswerk!«

»*Oui*, aber dennoch nicht wert, dafür zu sterben.« Sabatier drehte sich um und tauchte tiefer in das undurchdringliche Meer des im Wind wogenden Zuckerrohrs.

»*Non!* Monsieur …«, wollte sie ihn zurückrufen, aber entweder hörte er sie bereits nicht mehr oder er wollte sie nicht mehr hören.

Josie zögerte kurz, überlegte fieberhaft, ob es nichts gab, was sie tun konnte, um die Sklaven zum Aufgeben zu bewegen. Was, wenn sie nun vor sie träte, ihnen die Freiheit schenken würde oder sie um Verzeihung bäte? Sicherlich würden die Leibeigenen ihr nichts tun. Sie trug ja an deren Leid keine Schuld, verstand sogar deren Wunsch nach Freiheit und empfand die Bedingungen, unter denen sie zu leben hatten, als unmenschlich.

Wenn sie dies den Rädelsführern klarmachen könnte, musste doch eine friedliche Lösung möglich sein.

Die gesichtslose Masse fackelschwingender Sklaven hatte sich inzwischen im Halbkreis um das Haus verteilt. Wie auf ein Zeichen hin verstummte mit einem Mal der monotone Gesang, und ein Mann trat hervor. Sein nackter Oberkörper glänzte im Fackelschein, und Josie schlug sich die Hand vor den Mund, als sie sah, dass er über und über mit Blut beschmiert war. Er brüllte etwas, und die Menge antwortete mit gellenden Schreien der Zustimmung. Unter hysterischem Jubel holte er aus und schleuderte einen Stein durch die hohe verglaste Terrassentür.

Schon wollte Josie einschreiten, bog die Halme beiseite, bereit, jeden Moment hervorzuspringen, um die Meute zur Umkehr zu bewegen. Nur die Hoffnung, dass der Mob aufgeben würde, sobald er bemerkte, dass keiner der Plantagenbesitzer mehr anwesend war, ließ die junge Französin innehalten.

Als die erste Fackel flog, sprang Josephine mit einem lauten Protestschrei auf. Im selben Moment legte sich eine Hand von hinten auf ihren Mund, jemand hob sie hoch und zerrte sie zurück. Erschrocken riss sie die Augen auf, erkannte, dass einige der gesichtslosen Gestalten sich in ihre Richtung wandten. Sie wurde weitergezogen, die Blätter schnitten ihr in Schultern und Waden. Atemlos versuchte sie sich loszureißen.

Überrascht, tatsächlich freizukommen, strauchelte sie und landete auf den Knien.

»Mademoiselle! Ich werde Euch hier zurücklassen, wenn Ihr nicht augenblicklich mit mir kommt«, drohte der Verwalter. Die Anstrengung, Josie hinter sich durch das Dickicht zu zerren, hatte ihn viel Kraft gekostet. Trotzdem stand er entschlossen vor ihr. Entschlossener, als sie ihn in ihren neunzehn Lebensjahren jemals gesehen hatte.

»Ich werde jetzt hier verschwinden, mit oder ohne Euch! Wenn Ihr nicht mitkommt, werde ich Eurem Vater sagen, dass Euch Eure uneinsichtige Halsstarrigkeit das Leben gekostet hat!«, rief er und machte tatsächlich wieder auf dem Absatz kehrt.

Unsicher blickte Josie dem Verwalter nach, dessen Rücken immer weiter im Dickicht verschwand.

Ein Blick zum Haus zeigte ihr, dass es nichts gab, was sie noch hätte verhindern können. Die Nordseite des Gebäudes stand bereits in Flammen. Sie legte verzweifelt den Kopf in den Nacken, presste die Lippen zusammen, um nicht vor Wut und Verzweiflung zu schreien. Gerade hatte Josie sich wieder so weit gefasst, dass sie sich fragte, wie weit sich Sabatier inzwischen wohl von ihr entfernt haben mochte, als direkt vor ihr etwas raschelte.

Feuer. Auch links und rechts von sich vernahm sie nun ein Zischen und Knacken, ehe die Flammen der Fackeln, welche nun auf das Feld niederregneten, an den trockenen Halmen leckten. Innerhalb weniger Augenblicke befand sich Josephine inmitten eines sich rasend schnell ausbreitenden Flammenmeeres.

Ohne weitere Gedanken an ihr Zuhause oder an Sabatier taumelte sie rückwärts. Schnell drehte sie sich um, kämpfte sich durch die Blätter und eilte blind weiter. Sie spürte nicht länger, wie ihr das Zuckerrohr ins Gesicht peitschte, fühlte kaum den dumpfen Schmerz in ihrem Knie, als sie stolperte, und hörte nicht die panischen Laute, die in gepressten Stößen aus ihrer Kehle emporstiegen. Der beißende Rauch trieb ihr die Tränen in die Augen, nahm ihr die Sicht. Mittlerweile hatte sich das leise Emporfressen der Flammen zu einem lauten Crescendo eines ausgewachsenen Infernos gesteigert. Die Flammen brüllten im gleichen Rhythmus wie die Voodoo-ähnlichen Gesänge der Sklaven hinter ihr. Plötzlich taumelte sie nach vorne, überrascht, das Ende des Feldes erreicht zu haben. Der staubige Weg lag verlassen vor ihr. Mit dem Handrücken wischte sie sich über die brennenden Augen, bemerkte nicht das Zittern ihrer Glieder und den Schmutz, den sie sich dabei im Gesicht verteilte.

Tränen trübten ihren Blick, und in ihrem Kopf dröhnte es so laut, dass Josephine Schwierigkeiten hatte, sich zurechtzufinden. Weder sah noch hörte sie die herandonnernde Kutsche. Als sie sich umdrehte, streiften die Hufe eines sich aufbäumenden Pferdes sie an der Schläfe. Die Wucht des Trittes schleuderte sie zu Boden. Sie blinzelte, versuchte gegen die Dunkelheit anzukämpfen, die sie zu verschlingen drohte. Das Letzte, was sie sah, ehe die Bewusstlosigkeit von ihr Besitz ergriff, war die Gestalt eines Mannes, der sich über sie beugte.

Kapitel 3

»Wie kann diese halbe Portion es wagen!«

Erbost ließ Captain Blacksoul die Faust auf seinen Schreibtisch donnern, sodass der Löschsand umkippte und sich über den Boden der Kabine verteilte.

»Verflucht! Zur Hölle mit ihm!«

Smithe, der unglückliche Überbringer der schlechten Neuigkeiten, wäre vermutlich bei diesem Ausbruch erzittert, hätte er nicht in den letzten vier Jahren erlebt, dass Blacksouls Zorn sich niemals gegen einen Unschuldigen richtete. Seine Wut galt nicht ihm, sondern Benji Billings, dem Schiffsjungen. Dieser sollte es lieber nicht wagen, dem Captain noch einmal über den Weg zu laufen.

»Wenn wir sein Verschwinden früher bemerkt hätten, wären ihm Felipe und Pablo nach, aber so ...«, rechtfertigte sich der Maat.

»Hm! Wenn ich den in die Finger bekomme, wird er sich wünschen, niemals auf meinem Schiff angeheuert zu haben.«

Smithe nickte, seinen Bart, welcher ihm fast bis zum Gürtel reichte, dabei zwischen den Fingern zwirbelnd. Er hatte noch eine weitere Sache anzusprechen.

»Captain, es gibt da noch etwas – der lange Aufenthalt hier im Hafen von Havanna hat den Männern die Taschen geleert.«

»Nicht der Aufenthalt hat ihnen die Taschen geleert, sondern die Huren!«

Langsam fühlte sich Smithe doch unwohl in seiner Haut. Mit dem Kapitän war heute wahrlich nicht zu spaßen. Um sich nicht noch mehr verunsichern zu lassen, versuchte er, sich auf die unversehrte Hälfte des Gesichts vor sich zu konzentrieren.

»Dennoch sind sie nun abgebrannt und wollen ihre Beutel wieder füllen.«

Mit einer wegwerfenden Handbewegung tat Blacksoul die Belange seiner Mannschaft ab und ließ seinen Blick über die Unordnung in seiner Kabine schweifen: der Sand am Boden, seine Laken zerwühlt und das Geschirr mit den verkrusteten Überresten des Mittagessens.

»Schick mir jemanden runter, der Benji ersetzt. Ich habe weder vor, unsere Route wegen des dummen Bengels zu ändern, noch unseren Kurs zu verlassen, nur um die Männer aufzuheitern.«

Mit dieser Antwort hatte Smithe gerechnet. Da für Blacksoul das Gespräch beendet war, gab er sich schließlich geschlagen. Mit einem leisen Gruß ging er zurück an seine Arbeit.

Adam war längst mit seinen Gedanken woanders. Konzentriert studierte er die Seekarte vor sich auf dem Tisch, fuhr nachdenklich mit dem Finger über das Pergament. Er zeichnete den Weg nach, den seinen Informationen zufolge die *Kerberos* vor wenigen Tagen genommen haben musste. Hawkins hatte sein Schiff passenderweise nach dem Hund benannt, welcher in der Mythologie den Eingang zur Hölle bewachte. Und die Winde standen ungünstig für den Höllenhund. Eine Flaute musste ihn etwa auf Höhe der Bahamas viel Zeit gekostet haben. Zeit, die Adam Reed nun versuchen wollte einzuholen.

In den letzten Monaten war er Hawkins nicht mehr so nahe gewesen wie jetzt. War einmal sogar Hawkins' Begleitschiff, der *Charon,* hinterhergesegelt. Nun würde Blacksoul sich von so einer Kleinigkeit wie einem desertierten Schiffsjungen nicht von seinem Ziel abbringen lassen. Benji würde er sich allerdings bei Gelegenheit gerne noch einmal vorknöpfen. Wegen einer jungen Hafendirne, die Benji nach eigenen Aussagen heiraten wollte, hatte er sich kurz vor dem Auslaufen von Bord geschlichen und war mit ihr durchgebrannt. Er hatte eine Nachricht hinterlassen, in der er den Kapitän um Verständnis anflehte. Smithe hatte den Zettel erst entdeckt, als er in Benjis Koje nach dem Faulpelz gesucht hatte. Niemand stahl sich ihm einfach so klammheimlich davon.

Aber im Augenblick gab es Wichtigeres. Hawkins. Lange hatte er darauf warten müssen, und endlich schien ihm das Glück hold.

Adam verzog verächtlich das Gesicht und fuhr sich mit der Hand über die vernarbte Wange. Glück? Nein. Das Glück hatte ihn schon vor Jahren verlassen – sollte es überhaupt jemals existiert haben. Mit Glück hatte es nichts zu tun, wenn der Höllenhund ihm ins Netz ging, sondern mit Gerechtigkeit. Irgendwann würde er sich rächen …

Ein dringliches Klopfen an der Tür riss ihn aus seinen Gedanken. Er atmete tief durch und rollte die Seekarte zusammen.

»Herein.«

Pablo Morales, einer seiner Männer, trat ein und warf einen missmutigen Blick auf das Durcheinander.

»*Capitán,* was solle das? Ich werde nicht machen die Arbeit von eine Bengel!«, weigerte sich der Spanier. Ein Blick in Blacksouls kalte Augen zeigte ihm seine Grenzen auf.

»*No, no,* ich werde nicht anfassen die Bettsachen! Ihr schlafen nackt. *No*, ich machen das nicht. Niemals!«, zeterte er weiter, während er bereits zwischen den Tischbeinen umherkroch und den Löschsand zusammenfegte.

Pablos breite bronzefarbene Schultern passten kaum unter den Tisch, und Adam musste sich ein Grinsen verkneifen, denn das hätte den heißblütigen Spanier sicher noch mehr verärgert. Darum setzte er eine verschlossene Miene auf.

»Mach hier Ordnung!«, wies er Pablo an und verließ seine Kabine. Zielstrebig ging er an Deck und übernahm das Ruder. Hier würde er die nächsten Stunden verbringen. Ungestört. Allein mit seinen Gedanken. Allein mit seinen Dämonen.

Als hätten seine Erinnerungen nur darauf gewartet, dass er seinen Blick wieder einmal suchend auf den Horizont heftete, stürzten diese nun gnadenlos auf ihn ein. Ein Stöhnen entrang sich seiner Kehle, und die gezackte Narbe setzte seine Wange in Brand. Er unterdrückte den Impuls, die Hand an die alte Wunde zu heben, und umklammerte stattdessen das Ruder fester.

Was er vor Augen hatte, war weder das kristallklare Wasser der Meerenge zwischen Kuba und den Bahamas noch die herrlich geblähten Segel der *Deathwhisper*, sondern der flirrende Sonnenuntergang in der Hitze Antiguas. An einem Abend, der bereits vier Jahre zurücklag. Ein Abend, der seinen Untergang besiegelt hatte.

Die Sonne stand tief am Himmel, Zikaden begrüßten zirpend das Ende des heißen Tages. Horatio Nelson wischte sich mit einem Taschentuch den Schweiß von der Stirn und hielt Ausschau nach der Haussklavin mit den kühlen Getränken.

Er hatte seine Gäste auf die Veranda geführt, weil er hoffte, die abendliche Meeresbrise werde ihnen nach der glühenden Hitze des Tages etwas Abkühlung verschaffen. Adam hatte es sich bereits auf einer Teakholzbank bequem gemacht, streckte lässig die langen Beine von sich und öffnete die obersten

Knöpfe seines akkurat sitzenden Hemdes. Admiral Samuel Hood, Horatios Freund und Vorgesetzter, lehnte mit verschränkten Armen am weiß gestrichenen Geländer, welches die Veranda umlief, und blickte hinaus auf den orange glühenden Sonnenuntergang über dem Karibischen Meer. Im Gegensatz zu den Anderen schien ihm die Temperatur nichts anzuhaben. Er trug über seinem gebauschten Hemd noch seine dunkelblaue Marineuniform mit dem goldenen Stehkragen.

Mit einem missmutigen Blick in Richtung der Verandatür gab Horatio es schnaubend auf, die Ankunft der Getränke abzuwarten, und kam auf sein eigentliches Anliegen zu sprechen:

»Seht euch an, was man mir für einen Brief geschickt hat«, schimpfte er und knallte ein gefaltetes Schreiben auf den Tisch. Schweigend griff Hood nach dem Grund für Horatios üble Laune und überflog die Zeilen, ehe er es an Adam weitergab.

Das betroffene Schweigen seiner Gäste reichte aus, Horatios mühsam unterdrückte Wut wieder die Oberhand gewinnen zu lassen.

»Wie können sie es wagen, mich derart zu verunglimpfen?«, rief er und wischte sich erneut den Schweiß von der Stirn.

»Beruhige dich. Es wird nie so heiß gegessen, wie es gekocht wird«, versuchte ihn Samuel zu besänftigen.

»Beruhigen? Wie kann ich mich da beruhigen? Die Amerikaner machen mich zum Sündenbock. ›Illegale Beschlagnahmung amerikanischer Schiffe‹ schreiben sie.«

Adam hatte so etwas schon munkeln hören. Er wusste zu gut, wie schnell hier die Gemüter überkochten. Ob es an der Hitze lag oder am Rum, welchem überall in der Karibik und in den Kolonien so großzügig zugesprochen wurde, wusste er nicht. Klar war nur, geriet hier etwas in Aufruhr, konnte sich die Stimmung schnell gegen einen wenden. Daher verstand er die Sorge Nelsons nur zu gut.

»Du befolgst deine Befehle. Da gibt es nichts, was dir vorzuwerfen wäre. Deine Pflicht ist es, die Befolgung des *Navigation Act* durchzusetzen. Da können die schreiben, was sie wollen«, bestätigte Hood.

»Ja, aber nun schließen sich auch noch die Händler von Nevis der Klage an.«

»Das habe ich auch schon gehört«, stimmte Adam zu und strich sich nachdenklich über sein glatt rasiertes Kinn. »Es gibt einfach zu viele britische Autoritäten, die davon profitieren, mit den amerikanischen Kolonien Handel zu treiben. Ob dies der Obrigkeit in London nun gefällt oder nicht.«

Die Bedienstete erntete einen bösen Blick von Nelson, als sie den Herren endlich ihre Erfrischungen reichte. Hood nickte wohlwollend, als der kühle Rum seinen Gaumen streichelte, während Adam sich lieber an der frisch zubereiteten Zitronenlimonade gütlich tat.

»Das ist genau der Punkt. Dir droht keine wirkliche Gefahr, dennoch könnte es für dich sehr unangenehm ausgehen, wenn sich die Situation weiter zuspitzt«, gab Adam zu bedenken.

»Was soll ich denn eurer Meinung nach tun?«

Hood erhob sich. Die Stirn in tiefe Falten gelegt, schritt er nachdenklich auf und ab.

»Dir droht die Inhaftierung. Um dem zu entgehen, solltest du dich aus der Schussbahn manövrieren«, riet er.

»Wie denn? Soll ich vielleicht den Schwanz einziehen und den Dienst quittieren?«

Bitterkeit schwang in Horatios Stimme mit. Er war ein Offizier der britischen Marine und niemand, der sich so einfach ins Bockshorn jagen ließ.

»Nein. Natürlich nicht. Aber vielleicht solltest du mit der *Boreas* einfach eine Zeit lang im Nordatlantik kreuzen, bis die Wellen hier nicht mehr so hoch schlagen«, schlug Samuel vor.

Adam konnte dem nur zustimmen. Allerdings fragte er sich bereits, warum ihn Nelson zu diesem Gespräch hinzugebeten hatte. Natürlich waren sie seit vielen Jahren befreundet, hatten sogar zusammen auf dem Handelsschiff *Mary Ann* ihre erste Fahrt in die Karibik unternommen. Dennoch hatten sie sich in den letzten Monaten nur selten zu Gesicht bekommen, denn Adam steuerte mit seiner *Aurora* vorwiegend die Bahamas an, um dort seine Handelsgüter umzuladen.

Als ihn auf New Providence Nelsons Nachricht erreichte, hatte er sich sofort auf den Weg gemacht. Nun aber schien es ihm, als könne er seinem Freund bei dessen Problem nicht behilflich sein. Was also hatte seine Anwesenheit hier zu bedeuten?

»… Gut, dann werde ich eben deinem Befehl folgen und mich an Bord der *Boreas* verstecken wie eine feige Ratte!«, gab sich Nelson seinem Vorgesetzten geschlagen.

Dann heftete er seinen Blick auf Adam.

»Es gibt allerdings noch eine Sache, die mir den Schlaf raubt – meine Nichte Catherine. Was soll aus ihr werden, wenn ich nicht hier bin? Ich muss sie in Sicherheit wissen!«

Unnachgiebig lag sein Blick auf Adam, und dieser fühlte sich mit einem Mal sehr unwohl.

»Was meinst du damit? Was hast du dir gedacht?«

»Adam, glaub mir, wenn ich einen andern Weg sähe, würde ich dich nicht bitten, aber …«

»Komm zur Sache«, unterbrach er ihn.

»Nun gut. Ich sage es gerade heraus: Du musst sie mit nach England nehmen und für ihre sichere Heimkehr nach Burnham Thorpe sorgen.«

Mit vor Erwartung großen Augen und einem Blick, der seinen Unteroffizieren für gewöhnlich Beine machte, wartete er nun auf Adams Antwort. Dieser schüttelte bedauernd, aber sehr entschieden den Kopf.

»Schlag dir das aus dem Kopf. Ich nehme keine Passagiere an Bord – nur Waren.«

»Hör zu, es kann hier jeden Tag die Hölle losbrechen. Du bist der einzige Kapitän im ganzen Karibischen Meer, dem ich die Sicherheit meiner Nichte anvertrauen würde.«

»Ist es nicht vielmehr so, dass ich der Einzige bin, der in absehbarer Zeit nach England segelt, und du mich deshalb als besonders geeignet empfindest?«

»Mitnichten! Ich kenne dich, Adam. Wenn du mir bei deiner Ehre schwörst, Catherine unversehrt zu ihrem Vater zu bringen, dann weiß ich, würde eher der Atlantik zufrieren, als dass meiner Nichte ein Leid geschieht.«

»Schon gut – dennoch musst du dir jemand anderen suchen. Ich nehme keine Passagiere und ganz besonders keine Frauen an Bord.«

Für Adam war das Gespräch beendet, und er erhob sich. Mit einem knappen Nicken verabschiedete er sich von Hood, der ihrem Gespräch teilnahmslos gefolgt war.

Nelson, der seine Felle davonschwimmen sah, sprang auf und verstellte Adam den Weg.

»Bitte. Catherine ist noch ein Kind. Sie wird dir keine Last sein. Aber bedenke doch, welcher Gefahr sie hier ausgesetzt ist, wenn mir etwas passieren sollte. Das kann dir nicht gleichgültig sein. Du hast doch Schwestern. Stell dir vor, eine von ihnen wäre an Catherines Stelle.«

Adam seufzte und fuhr sich mit der Hand durch sein kurzes blondes Haar. Wie konnte er Horatio diese Bitte nur abschlagen? Eine Überquerung des Atlantiks verband einen. Gemeinsam hatten sie der stürmischen See getrotzt, die mehrfach versucht hatte, die *Mary Ann* zu verschlingen.

»Also gut. Ich steche morgen Abend mit der auslaufenden Flut in See. Wenn sie bis dahin an Bord ist, nehme ich sie mit«, gab er sich widerwillig geschlagen.

Nelson atmete erleichtert aus und klopfte Adam dankbar auf die Schulter.

»Ich weiß, du sorgst für ihre Sicherheit. Ich liebe das Mädchen wie meine eigene Tochter, und du bist der Einzige, dem ich sie anvertrauen würde.«

Ein vernehmliches Räuspern riss Adam aus seinen Gedanken. Er musste schlucken, um den Zitronengeschmack der Erfrischung von damals aus seinem Mund zu bekommen. Sein weißes Hemd, das bis zum Nabel offen stand, klebte ihm am Rücken, so als fühlte er noch die drückende Hitze jenes Tages.

»Captain, der Ausguck meldet ein Schiff am Horizont.«

Smithes kleinen Knopfaugen entging nicht, dass sein Kapitän, wie so oft, erleichtert schien, gestört zu werden.

So strich sich Adam nun das schulterlange, von der Sonne ausgeblichene Haar zurück und band es mit einem Lederriemen zusammen, ehe er sich das Fernrohr reichen ließ.

Trotz der hereinbrechenden Abenddämmerung konnte er ohne Schwierigkeiten die Segel, welche sich hell gegen den dunklen Himmel abzeichneten, erkennen.

Adam schob das Fernrohr zusammen, und ein entschlossener Ausdruck trat in sein Gesicht.

»Alle Mann bereit machen!«

Kapitel 4

»Ihr seht furchtbar aus, Mademoiselle«, rief Sabatier, als Josephine am Morgen aus ihrer Kabine trat. Was am Tag zuvor dick und blutunterlaufen gewesen war, hatte sich inzwischen dunkelblau verfärbt. Der Pferdetritt hatte ihr einen gewaltigen Bluterguss an der Wange eingebracht, und auch ihr Auge war zugeschwollen. Ihr Glück war, dass Sabatier die Kutsche überhaupt noch rechtzeitig hatte anhalten können.

»*Merci*, dass Ihr das erwähnt. Was glaubt Ihr wohl, wie es sich erst anfühlt?«, gab sie zynisch zurück.

Der Verwalter hob beschwichtigend die Hände und wandte seinen Blick schnell wieder auf den Horizont. Genaugenommen sah er nicht viel besser aus als die Tochter seines Dienstherrn. Sein grünliches Gesicht zeigte deutlich, dass sein Magen auch an diesem zweiten Tag noch immer gegen das stetige Auf und Ab an Bord rebellierte. Aus Mitgefühl trat Josie nun zu ihm und strich ihm beruhigend über den Rücken.

»Pardon, aber mein Kopf schmerzt furchtbar. Ich wollte meinen Unmut nicht an Euch auslassen.«

»*Eh bien*, schon gut.«

»*Non, vraiment.* Ihr habt mir das Leben gerettet. Euch habe ich es schließlich zu verdanken, dass wir uns jetzt auf dem Weg zu meinem Vater befinden.«

»*Bien sûr,* Mademoiselle, aber ich bin nicht sicher, dass ich New Orleans lebend erreiche.«

»*Naturellement* werdet Ihr das! Ich wüsste nicht, dass schon jemals einer an Seekrankheit gestorben wäre. Dennoch werde ich sogleich noch einmal den Schiffsarzt aufsuchen. Er muss Euch doch helfen können!«

Entschlossen, wenigstens Monsieur Sabatiers Leiden zu beenden, suchte sie das Deck ab. Dass sie heute, drei Tage nach dem Sklavenaufstand auf der Plantage, noch am Leben war, war allein das Verdienst des umsichtigen Verwalters. Er hatte sie in jener Nacht gewarnt und aus dem Haus geschickt. Und trotz der drohenden Gefahr hatte er selbst erst noch die Papiere und genügend Geld aus dem Haus geholt, ehe er schließlich die Flucht ergriffen hatte. Nur durch seinen Mut waren sie beide in der Kutsche der Orinos in Sicherheit gelangt.

Den Gedanken an die Familie Orino wollte sie lieber verdrängen. Waren sie doch so viele Jahre ihre Nachbarn und Freunde gewesen. Und obwohl Sabatier sich weigerte, Einzelheiten zu berichten, konnte Josie schon beim Blick in sein entsetztes Gesicht erahnen, auf welch schreckliche Weise diese lieben Menschen hatten sterben müssen. Zum Glück hatten die Sklaven die Kutsche mitsamt den Pferden stehen lassen, als sie die Flucht der Orinos vereitelten.

Josie schüttelte diese Gedanken ab, bekreuzigte sich und sprach ein schnelles Gebet. Sie musste nach vorne blicken, so schwer ihr dies auch fallen mochte. Inständig hoffte sie, ihren Vater in New Orleans auch wirklich anzutreffen. Er war wegen wichtiger Geschäfte schon vor einem Monat dorthin aufgebrochen. Die Stadt war nach dem Großbrand im März 1788 noch immer im Wiederaufbau. Besonders das *French Quarter* bot für einen findigen französischen Geschäftsmann wie Eduard Legrand die Möglichkeit, sein Vermögen zu vergrößern.

Sabatiers lautes Würgen, als er sich erneut über die Reling erbrach, trieb Josie zur Eile. Da sie den Schiffsarzt an Deck nirgendwo entdecken konnte, beschloss sie, Kapitän Henderson in dessen Kabine nach dem Arzt zu fragen.

Immerhin hatte Henderson den gut zahlenden Passagieren seine Hilfe persönlich angeboten.

Dennoch schaute dieser überrascht auf, als die braunhaarige Schönheit in sein Refugium trat.

Schnell erhob er sich und küsste der Dame die Hand.

»Mademoiselle Legrand, bitte, nehmt Platz. Was führt Euch zu mir?«

Josie, die erleichtert war, dem noch sehr unerfahren wirkenden Kapitän Henderson anscheinend nicht ungelegen zu kommen, nahm dankbar lächelnd in einem der zwei dunkelbraun gepolsterten Lehnstühle Platz. Die Kabine war bis auf diese Sitzmöbel und einen großen Schreibtisch eher spartanisch eingerichtet. Josie vermied geflissentlich den Blick auf das hinter einer Holztrennwand hervorlugende Nachtgeschirr.

Zuvorkommend schenkte Henderson ihr ein Glas Wein ein und nahm schließlich ebenfalls Platz. Mit einer freundlichen Handbewegung forderte er Josephine auf, ihr Anliegen zu erklären.

»Captain Henderson, ich hatte nicht vor, Euch zu stören, aber ich kann nirgendwo den Schiffsarzt finden.«

Ehrlich besorgt heftete der Kapitän seinen Blick auf Josies blutunterlaufene Gesichtspartie.

»Geht es Euch noch nicht besser? Ihr seht, wenn Ihr die Feststellung erlaubt, heute schon viel besser aus als gestern. Da hätte ich euch beinahe für einen raufenden Gossenjungen gehalten.«

Beschämt errötete Josie und senkte den Blick auf ihre im Schoß gefalteten Hände.

»Das lag sicherlich zu einem guten Teil auch an der abgetragenen Kleidung. Es ist ja kein Wunder, dass Ihr mich in den Fetzen gestern nicht als Frau erkannt habt.«

»Dieser Irrtum würde mir heute nicht mehr unterlaufen«, gestand Henderson, als er die Frau vor sich näher betrachtete. In dem maisgelben, kurzärmeligen Kleid, den dazu passenden Spitzenhandschuhen und den braunen Locken, die ihr sanft auf den Rücken fielen, war Josephine Legrand eine der schönsten Frauen, die er je gesehen hatte. Ihre sonnengebräunte Haut betonte noch das Leuchten ihrer goldenen Augen. Einzig dieser grässliche Bluterguss vermochte es, seine Aufmerksamkeit von ihren vollen Lippen abzulenken.

»*Oui*, ich bin Euch wahrlich zu Dank verpflichtet, dass Ihr einen Eurer Männer beauftragt habt, im Hafen noch passende Kleidung für mich aufzutreiben. Wäre es doch wirklich unangenehm gewesen, die Reise in diesen unpassenden Kleidern antreten zu müssen. Ihr könnt mir glauben, in der Nacht des Aufstandes war ich froh um die Hose und das Hemd des Burschen aus der Hafentaverne. Mein Kleid war ruiniert, blutbefleckt – und dann der Gestank nach brennendem Zuckerrohr. *Et puis*, mein Vater wäre sicherlich bei meinem Anblick in den Hosen alles andere als erfreut gewesen.«

»Es freut mich, dass wir dieses Problem so leicht lösen konnten. Aber was bedrückt Euch denn heute? Ihr fragtet nach dem Arzt?«

»Ah *oui*, das ist richtig. Mir geht es zwar, von meinem schmerzenden Kopf einmal abgesehen, schon wieder besser, aber der arme Monsieur Sabatier leidet noch immer unter enormer Übelkeit. Ich muss darauf bestehen, dass sich der Arzt seiner annimmt.«

Henderson nickte verständnisvoll und erhob sich. Er trat ans Bullauge und warf einen Blick hinaus. Nicht mehr lange bis zum Abendessen. Vielleicht sollte er sich die Zeit bis dahin in der angenehmen Gesellschaft dieser reizenden Lady versüßen.

»Der Schiffsarzt ist auch zugleich unser Mann in den Segeln. Ich werde ihm auftragen, sich um Euren Begleiter zu kümmern, sobald seine Schicht zu Ende ist. Einen reinen Schiffsarzt gibt es heute nur noch bei der Marine. Wir leben in friedlichen Zeiten, Mademoiselle«, erklärte er, während er ihr galant den Arm bot und sie aus seiner Kabine auf Deck geleitete.

»Bitte entschuldigt, wenn ich das bestreite. In friedlichen Zeiten hätten uns die Sklaven sicher nicht das Dach über dem Kopf angezündet. Und was sie der armen Familie Orino angetan haben, … *c'est l'horreur*«, widersprach Josie aufgebracht.

»Wie unbedacht von mir. Verzeiht, wenn ich Euch an diese schrecklichen Dinge erinnert habe.«

»Aber nicht doch. Es bedarf nicht erst Eurer Worte, das Grauen dieser Nacht lebendig werden zu lassen. Wann immer ich die Augen schließe, verfolgt es mich.«

Henderson führte die Französin an die Reling und hoffte, der Sonnenuntergang werde die junge Frau aufmuntern.

Eine Weile standen sie schweigend da und ließen ihren Blick über die in der goldenen Abendsonne funkelnde See schweifen.

»Wie lange werden wir unterwegs sein?«, fragte Josie schließlich.

»Nun, Mademoiselle, sicher nicht allzu lange. Ich rechne mit gutem Wetter, und unser Weg hat uns bisher sehr zügig an den British Virgin Islands vorbeigeführt. Nun befinden wir uns etwa auf Höhe von Cap-Haïtien. Noch vor wenigen Jahren hat es hier überall von Piraten und Freibeutern nur so gewimmelt. Aber seit dem Ende des Unabhängigkeitskrieges ist es sicherer geworden.«

Josephine ahnte, dass Henderson sie mit seinen Ausführungen beeindrucken wollte, und obwohl sie ihm nur mit einem Ohr zuhörte, ermunterte sie ihn weiterzusprechen.

»*Vraiment?* Das klingt ja spannend.«

»Oh ja, meine Liebe. Zu der damaligen Zeit wäre es für eine Dame wie Euch sehr gefährlich an Bord eines Schiffes gewesen. Keine Frau, die in die Hände von Piraten fiel, konnte mit Gnade rechnen. Schreckliche Dinge sind damals geschehen.«

»Zum Glück habe ich einen so tapferen Kapitän wie Euch an meiner Seite.«

»Sicher, aber selbst der tapferste Kapitän konnte gegen eine Horde wilder und zu allem bereiter Piraten nichts ausrichten. Aber den Männern an Bord eines Schiffes drohte oft ebenso Schlimmes. Wenn sie nicht im Kampf getötet wurden, so kam es vor, dass sie in den Dienst des angreifenden Kapitäns gepresst wurden, oder man ließ sie auf hoher See über die Planke gehen«, erklärte Henderson weiter.

»Nun, wie auch immer. Ich bin froh, dass wir Derartiges nicht zu befürchten haben und ich schon bald meinen Vater in die Arme schließen kann.«

»Da habt Ihr recht. Euer Vater kann sich glücklich schätzen, dass sein Verwalter so gut für Euch gesorgt hat. Darum sollten wir nun sein Leiden beenden und den Arzt zu ihm schicken. Ich sehe, er steigt gerade die Takelage herunter.«

»Das wäre wundervoll. Ich sage Monsieur Sabatier, dass er ihn in meiner Kabine erwarten soll.«

»Ihr wollt sicher nicht anwesend sein, wenn der Arzt sich um Euren Begleiter kümmert. Daher biete ich Euch an, das Abendessen zusammen mit mir in der Kapitänskabine einzunehmen.«

Obwohl Josie gerne noch etwas allein an der Reling gestanden wäre, brachte sie es doch nicht übers Herz, Hendersons

Vorschlag abzulehnen. Und wenn sie ehrlich war, knurrte ihr bereits der Magen. Seit ihrer Flucht von der Plantage hatte sie nicht viel zu sich genommen. Mit einem Mal lief ihr allein bei dem Gedanken an ein schmackhaftes Mahl das Wasser im Mund zusammen.

»Gerne. Sobald ich Monsieur Sabatier versorgt weiß, komme ich Eurer großzügigen Einladung nach«, stimmte Josie zu.

Sie suchte den Verwalter in der einzigen Passagierkabine auf. Dieser Umstand der gemeinsamen Unterkunft behagte ihr nicht, aber dies war das einzige Schiff, welches New Orleans in absehbarer Zeit ansteuerte. Sabatier hatte vorgeschlagen, ihr die Kabine zu überlassen und an Deck zu übernachten. So hatte sie sich schließlich darauf eingelassen, auf einem Handelsschiff zu reisen. Und so schlecht war diese Entscheidung nicht gewesen, wie sie zugeben musste. Immerhin war Kapitän Henderson sehr erfreut über ihre Gesellschaft und zudem sehr entgegenkommend. Josie unterstellte ihm insgeheim, die Summe, die Sabatier ihm bezahlte, in die eigene Tasche zu stecken.

Mit großem Appetit verspeiste Josephine ihr Abendessen. Das Steak zerging auf der Zunge, und auch die Kartoffeln mit der Soße schmeckten hervorragend. Zwar fühlte sie einen kleinen Stich des Mitleids, als sie an Monsieur Sabatier dachte, der sich mit einer einfachen Suppe mit eingebrocktem Brot zufriedengeben musste, aber das schmälerte ihren eigenen Hunger kaum.

Sie spülte gerade einen großen Bissen mit einem Schluck Wein hinunter, als die Tür aufgerissen wurde und ein aufgebrachter Matrose hereinstürmte.

»Captain Henderson, Sir! Wir haben ein Problem!«, rief er atemlos.

Verärgert über die Störung warf Henderson ihm einen missmutigen Blick zu und tupfte sich mit der Serviette den Mund ab.

»Was ist denn los? Warum diese Störung?«

Der schlaksige Mann zeigte hektisch zur Tür hinaus und zappelte von einem auf das andere Bein.

»Ein Schiff! Es hält auf uns zu!«

»Nun, dann dreht bei und nehmt die Segel aus dem Wind. Vielleicht will man uns eine Nachricht übermitteln.«

Henderson nahm gerade wieder seine Gabel auf, als der Matrose heftig den Kopf schüttelnd und mit erhobener Stimme rief:

»Nein, Captain! Hört doch! Das Schiff – es hat uns fast erreicht, und ... es segelt unter schwarzer Flagge!«

Die Besorgnis, die der junge Seemann empfand, füllte mit einem Mal die ganze Kapitänskabine, und selbst Henderson erstarrte in der Bewegung.

Als er aufsprang, fiel polternd sein Stuhl um, und Josie, die bis dahin reglos dem Gespräch gefolgt war, entfuhr ein spitzer Schrei.

Im nächsten Moment erzitterte das Schiff unter dem donnernden Einschlag einer Kanonenkugel. Henderson stieß einen derben Fluch aus, und Josie klammerte sich an der Tischplatte fest, um nicht mitsamt dem Stuhl umzukippen.

Hastig sprang der Matrose zurück an Deck, und Henderson kämpfte sich durch Scherben und am Boden verstreute Teller ebenfalls zur Tür, als sein Blick auf Josephine fiel.

»Mademoiselle, bleibt hier! Versteckt Euch! Bei Gott, sie dürfen Euch nicht finden!«, warnte er sie, ehe er seinen Degen umschnallte und Befehle brüllend zu seinen Männern eilte.

»Sie dürfen Euch nicht finden!«, hallte es in Josies Kopf wider. Ihr Herzschlag passte sich dem Rhythmus dieser Worte an. Genau wie vor wenigen Tagen spürte sie, wie die Furcht ihr den Atem raubte, wie ihre Hände feucht wurden und sie keinen klaren Gedanken mehr fassen konnte. Mit mühsamer

Selbstbeherrschung zwang sie sich zur Ruhe. Sie lauschte auf die Geräusche, die von Deck zu ihr in die Kabine drangen, und überlegte fieberhaft, was sie tun konnte.

Ein Versteck! Sie musste sich irgendwo verstecken! Aber wo? Ihr leuchtend gelbes, ausladendes Kleid würde sofort jedem regelrecht ins Auge springen. Schnell drückte sie sich hinter den hölzernen Paravent. Das war lächerlich! Da konnte sie genauso gut auf dem Stuhl mitten in der Kabine darauf warten, gefunden zu werden. Es gab nur eine Möglichkeit – sie musste das auffällige Kleidungsstück loswerden. Kurzerhand suchte sie den Raum nach der Kleidertruhe des Kapitäns ab, aber schon auf den ersten Blick fiel ihr das Vorhängeschloss auf, welches den Inhalt der Truhe sicherte.

»*Merde!*«, fluchte Josie. Auch die weitere Suche förderte nichts Brauchbares zutage. Nichts! Es gab hier wirklich nichts, was ihr weitergeholfen hätte. Daher holte sie tief Luft, griff sich eines der silbernen Steakmesser und wog es abschätzend in der Hand. Als Waffe sicher nicht ideal, aber besser als nichts. Konzentriert drückte sie ihr Ohr an die Tür und lauschte. Das Kampfgetümmel war deutlich zu hören, klang aber nicht so, als wäre der Aufruhr direkt vor ihrer Tür. Daher wollte sie es wagen, in ihre Kabine zu flüchten.

Die des Kapitäns befand sich oben an Deck. Direkt daneben ging es hinunter in das Zwischendeck, welches sich die Segelkoje und das Ankerspill teilten. Von dort aus führte eine weitere Treppe hinunter zu den Schlafkojen des Mannschaftsquartiers, der Proviantkammer und ihrer eigenen Kabine. Wenn sie es schaffen konnte, diese ungesehen zu erreichen, standen ihre Chancen, unentdeckt zu bleiben, deutlich besser.

Hier in der Kabine das Kapitäns präsentierte sie sich den Piraten geradezu auf einem Silbertablett. Hendersons Worte trieben Josie an. »Keine Frau, die in die Hände von Piraten fiel, konnte mit Gnade rechnen. Schreckliche Dinge sind damals geschehen«, spukte es durch ihre Gedanken.

Mit zitternden Fingern öffnete sie die Tür einen Spalt weit und spähte hinaus. Nichts zu sehen, auch wenn sie jetzt das Klirren von Säbeln ganz in der Nähe hören konnte. Die schützende Dunkelheit der Nacht war auf ihrer Seite. Schnell, bevor der Mut sie verlassen würde, raffte Josie ihre Röcke und rannte los. Hinaus zur Tür, über das glitschige Deck, die wenigen Stufen in das Zwischendeck hinunter. Als die Finsternis im Bauch des Schiffes sie verschluckte, wusste sie nicht, ob sie froh über den Schutz der Dunkelheit sein sollte, oder ob sie sich nun nicht noch mehr fürchten musste. Was mochte in dieser Schwärze lauern? Fuß um Fuß schob sie sich voran. Die Hände tastend vor sich gestreckt, suchte sie nach der ersten Stufe, die sie noch weiter hinab bringen würde.

Kapitel 5

Blacksoul war zufrieden. Nur ein Warnschuss war nötig gewesen, um das Schiff aufzuhalten. Nachdem sie den Mast zerstört hatten, war es ihnen ein Leichtes gewesen, das fremde Schiff zu entern. Im Nu hatten seine Männer die Besatzung des Schiffes entwaffnet, gefesselt und an Deck zusammengetrieben. Auch der Kapitän saß hilflos in der Falle. Er erkannte, dass jeder weitere Widerstand gegen die Mannschaft der *Deathwhisper* für seine Crew nur Blutvergießen bedeuten konnte. Daher hatte er nach einem kurzen, erbitterten Verteidigungsversuch den Befehl erteilt, sich zu ergeben.

Dieses Verhalten rechnete Adam dem jungen Kapitän hoch an. Zeigte es doch, dass er nicht vorhatte, das Leben seiner Mannschaft für Geld oder Waren zu riskieren.

Seine eigenen Männer standen zufrieden und siegestrunken den gefesselten Matrosen gegenüber und klapperten die Taschen jedes Einzelnen nach Wertsachen ab. Sehr viel mehr als einige Münzen, eine Taschenuhr und allerlei wertlosen Plunder förderten sie dabei allerdings nicht zutage.

»Was habt Ihr geladen?«, fragte Adam den vor ihm knienden Kapitän, als er sah, dass sich Unzufriedenheit breitmachte.

»Zucker, Rum und Getreide«, gab Henderson niedergeschlagen Auskunft.

»Ist das alles? Kein Gold, keine Waffen, nichts?«

Skeptisch verzogen sich Blacksouls Mundwinkel. Henderson senkte den Blick und presste entschieden die Lippen zusammen. Nein, er würde es diesen räuberischen Piraten nicht noch einfacher machen. Außerdem sollten sie ruhig ihre Zeit im Laderaum vergeuden, anstatt über die Frau in seiner Kabine zu stolpern.

»Na schön, Männer. Die Kooperationsbereitschaft dieser Herren hat sich anscheinend erschöpft. Sucht alles ab und nehmt mit, was wir gebrauchen können!«, befahl Blacksoul harsch. Seine kalten Augen glitten über die gefesselten Seeleute. Die Wertsachen waren für ihn nebensächlich, seit er im Kampfgetümmel ein Gesicht ausgemacht hatte – eines der *fehlenden* Gesichter. Seither spürte er das Fieber in seinem Blut, fühlte den Zorn und die Rache unter seiner Haut brodeln. Alles in ihm schrie nach Vergeltung.

Schwer atmend verriegelte Josie die Tür ihrer Kabine hinter sich und suchte panisch den kleinen Raum ab. Neben ihrer Koje lagen in dem Koffer, den Henderson ihr mitsamt den Kleidern darin besorgt hatte, noch die Kleidungsstücke, mit denen sie an Bord gekommen war.

Da kam ihr eine Idee. Nein, keiner dieser elenden Kerle würde ihr die Unschuld nehmen. Sie durfte nur einfach nicht wie eine Frau aussehen, dann würden sie sie vielleicht verschonen. Einen Versuch war es auf jeden Fall wert, denn sie hatte nichts zu verlieren.

Kurzerhand riss sie sich das Kleid vom Leib und schlüpfte in die schmuddelige Hose des Wirtsjungen. Auch das fleckige Hemd und die braune Weste zog sie sich über. Hoffentlich würde niemand unter dem gerüschten Hemd ihre weiblichen Formen bemerken. Dennoch würde sie so niemals als Bursche durchgehen, wie ihr ein Blick in den angelaufenen Spiegel leider deutlich zeigte. Zwar kam ihr der Bluterguss vom Pferdetritt zugute, da die Schwellung ihr Gesicht derart verunstaltete, dass ihr sicher niemand einen zweiten Blick zuwerfen würde. Aber ihr langes, glänzendes Haar machte die ganze Verkleidung zunichte.

Ohne zu zögern, griff sie nach dem Steakmesser und säbelte sich die erste dicke Strähne ab. Büschel um Büschel lagen schließlich die Locken am Boden, und Josie strubbelte mit den Fingern durch ihre nur noch kinnlangen Haare. In der Ecke der Kabine lag ein stinkender, feuchter Lumpen. Zusammen mit der geopferten Haarpracht würde dies zur Täuschung ausreichen müssen. Zu jeder anderen Zeit ihres Lebens hätte sie dieses Tuch, mit dem augenscheinlich Sabatiers Erbrochenes aufgewischt worden war – wenn überhaupt –, nur mit spitzen Fingern angefasst. Sie konnte es sich aber im Moment nicht leisten, wählerisch zu sein.

Ihr blieb keine Zeit mehr. Sie hörte bereits die Tritte und Stimmen der Piraten näher kommen. Daher band sie sich den ekligen Fetzen wie ein Kopftuch über die Haare und hoffte, dass im besten Fall allein der Gestank die Männer von ihr abhalten würde. Trotzdem wollte sie Hendersons Rat befolgen. Sie entriegelte die Tür, hielt sich dicht an der Bretterverschalung und steuerte auf das Schiffslager zu. Darin wurden hier im Unterdeck Holz und Werkzeuge aufbewahrt. Wenn es ein Versteck an Bord dieses Schiffes gab, dann dort. Konzentriert, um sich im Dunkeln nicht zu stoßen, schlich Josie weiter. Erleichtert, die schmale Luke erreicht zu haben, atmete sie aus, nur um im nächsten Moment von hinten gepackt zu werden.

Ein schriller Schrei entstieg ihrer Kehle, und sie trat wild um sich.

»Verflucht! Gib Ruhe!«

Der Angreifer drehte Josie brutal den Arm auf den Rücken und sofort erstarb ihre Gegenwehr. Der Schmerz war so stark, dass ihr nichts anderes übrig blieb, als wimmernd stillzuhalten, während er sie vor sich her durch den dunklen Schiffsbauch schob.

»Hast gedacht, wir finden dich nicht, oder was? Feige Ratte! Lässt deine Kameraden kämpfen und verkriechst dich selbst im hintersten Winkel.«

Josies Gedanken rasten. Aus diesem eisenharten Griff gab es kein Entrinnen, also war an Flucht nicht mehr zu denken. Ihre einzige Waffe, das Messer, hatte sie in ihrer wachsenden Furcht in ihrer Kabine vergessen, und allein die Körperkraft des Piraten reichte schon aus, ihr jegliche Hoffnung zu nehmen. Wenn man sie enttarnen würde, wäre sie verloren!

Schon wurde sie die letzten Stufen hinauf an Deck bugsiert. Im fahlen Mondlicht erkannte sie mindestens ein Dutzend Männer, alle mit Säbeln und Pistolen bewaffnet, die Kapitän Hendersons Mannschaft überwältigt hatten. Das Deck glich einem Schlachtfeld. Trümmerteile des getroffenen Mastes waren über das gesamte Schiff verteilt, das Großsegel hing in Fetzen. Ihr Häscher war stehen geblieben und zwang so auch Josie, keinen Schritt weiterzugehen.

Das Klatschen der Wellen am Schiffsrumpf schien ihr unnatürlich laut, denn trotz all der Männer an Bord herrschte Totenstille. Unheilvoll legte sich diese Ruhe auch über Josie. Der Mann, von dem dieses Schweigen ausging, fesselte ihre Aufmerksamkeit. Und genau wie alle andern, heftete auch sie ihren Blick auf diese eine Person. Den Kapitän des feindlichen Schiffes. Obwohl er Josie den Rücken zukehrte, spürte sie seine Wut. Wortlos erteilte er nur durch einen Fingerzeig einen Befehl, woraufhin zwei seiner Männer einen der gefesselten Matrosen aus der Reihe der Gefangenen hervorzerrten. Diesem stand die Todesangst ins Gesicht geschrieben, als er dem Piraten vorgeführt wurde.

Der Wind blähte das weiße Hemd des alles beherrschenden Mannes, und sein langes blondes Haar wehte ihm um die Schultern. Der Matrose, der sich mit aller Kraft wehrte, wurde rüde zu Boden gestoßen. Ein gezielter Stiefeltritt in die Rippen hielt ihn dort.

»Blacksoul, bitte …«, wimmerte der Gefangene, ohne jedoch Beachtung zu finden.

»Schön, dich wiederzusehen«, begann der Pirat im Plauderton ein einseitiges Gespräch.

»Wie lange ist das jetzt her? Felipe, hilf mir auf die Sprünge – wie lange ist es her? Vier Jahre?«

Felipe, der feingliedrige Spanier, kannte dieses Spiel. Ein mitleidsloser Blick auf den Gefangenen und ein bestätigendes Nicken ließen Blacksoul fortfahren.

»Vier Jahre. Du hast Glück – das ist eine lange Zeit. Meine Wut ist schon fast verraucht.«

»Bitte, hab Gnade …, ich gebe dir alles, was du willst, …«

»Fast. Aber nicht ganz. Jetzt, wenn ich in deine stinkende Visage schaue, bin ich zwar wütend genug, dir dein zahnloses Maul für immer zu stopfen, aber ich kann dir eines sagen: Ich tue es nicht mehr mit der gleichen Leidenschaft wie zu Anfang.«

»Blacksoul, bitte! Das alles war doch Hawkins' Idee! Ich …«

Blitzschnell zückte der auf Rache sinnende Pirat seinen Säbel und zog ihn dem Matrosen quer übers Gesicht. Dieser schrie vor Schmerz laut auf und presste sich die Hände auf die klaffende Wunde. Blut tropfte auf das Deck.

Josie zuckte zusammen, und der Druck auf ihren Arm wurde härter.

»Mach keine Dummheiten!«, murmelte der Mann hinter ihr, dessen kleinste Bewegung ihr die Schulter ausgekugelt hätte. Zum Zeichen, dass sie verstanden hatte, nickte sie.

Entschlossen, sich dieses grausame Treiben nicht länger mit anzusehen, wandte sie den Kopf ab. Aber schon beim nächsten Schrei des Gefangenen geriet ihr Entschluss ins Wanken und sie konnte nicht anders, als zuzusehen, was dem Seemann angetan wurde.

»Willie Hawkins wird mir nicht entkommen. Keiner von euch entkommt«, knurrte Blacksoul, und ein weiterer Säbelstreich traf die vors Gesicht gepressten Hände. Der Verwundete kreischte wie ein Tier und pisste sich in die Hosen, als ihm klar wurde, dass dies sein Ende war. Mit einem letzten Stoß trieb Blacksoul ihm seine Klinge in die Brust und stieß ihn zurück, sodass er über ihm stehend zusehen konnte, wie er starb.

Kapitän Henderson war inzwischen so blass wie die Segel im Mondlicht. Als sein Blick Josie streifte und er sie trotz ihrer Verkleidung erkannte, bekreuzigte er sich hastig. Was würden Männer, die zu solcher Brutalität und Grausamkeit fähig waren, erst mit ihr tun?

Eine Ewigkeit schien vergangen zu sein, bis der Mann endlich seinen Blick von dem Leichnam löste. Blacksoul, so hatte dieser seinen Mörder genannt. Und als dieser sich nun zu Josephine umdrehte, stockte ihr der Atem. Das Hemd blutgetränkt, der Säbel glänzend rot und das Gesicht von einer langen Narbe entstellt. Hasserfüllt dreinblickend kam er auf sie zu. Trotz der Gewissheit, dass ihr gleich der Arm gebrochen werden würde, versuchte Josie, sich loszureißen.

»Wer ist das, Henry?«

»Schiffsjunge oder so. Mageres Bürschchen. Hat sich im Unterdeck versteckt, der Feigling.«

Blacksoul hob ihr Gesicht mit seiner blutbeschmierten Hand an und betrachtete den Bluterguss, ehe er sich gelangweilt abwandte und murmelte:

»Wir nehmen ihn mit. Schläge kann er auch bei mir kassieren.«

Unfähig, den Sinn des eben Gehörten zu erfassen, stolperte Josie über ihre Füße, als Henry sie in Richtung Reling schob.

Vermutlich hätte sie das alles für einen schrecklichen Albtraum gehalten, wenn nicht der gefesselte und unbewaffnete Kapitän Henderson sich ihnen in den Weg gestellt hätte.

»Nein, der Junge bleibt hier!«, verlangte er. Sein Blick streifte Josie nur kurz, ehe er seine Brust herausdrückte und versuchte, Entschlossenheit vorzutäuschen. Allerdings konnte er nicht einmal sie davon überzeugen, ihr Leben notfalls mit Gewalt zu schützen.

Henry zückte den Säbel und ließ Josies Arm los. Er musste sie nicht länger festhalten, denn inzwischen war sie von Blacksouls Leuten umringt. Es gab für sie kein Entkommen. Und wo sollte sie schon hin? Sich in die eisigen Fluten des Nordatlantiks stürzen? Bang sah sie zu, wie der kräftige Henry mit einem schnellen Schritt Henderson erreichte und ihm die Säbelspitze ins Hemd drückte, sodass sich sofort ein Blutfleck bildete.

Unter keinen Umständen wollte Josie Hendersons Tod, daher holte sie tief Luft und rief mit verstellter Stimme:

»He, tu mir einen Gefallen! Hau ihm eine rein, damit er morgen weiß, wie sich das anfühlt, wenn man nicht derjenige ist, der austeilt.«

Es tat ihr leid, Henderson als Schuldigen für ihren Bluterguss hinzustellen, aber nach Blacksouls Äußerung ging man wohl ohnehin davon aus, dass der Schiffsjunge Prügel bezogen habe. Und lieber ein blaues Auge, über das er morgen würde klagen können, als einen Säbel in der Brust. Sie durfte Henderson keine Wahl lassen, daher setzte sie nach:

»Henderson, das war das letzte Mal, dass du mich geschlagen hast, ich gehöre jetzt zu Blacksouls Leuten!«

Die Piraten lachten über den aufmüpfigen kleinen Burschen, den sie in ihren Dienst gepresst hatten. Henry steckte tatsächlich den Säbel ein und spuckte sich in die Hände, als der Captain selbst neben Josie trat.

»Henry, warum lässt du unseren neuen Schiffsjungen sich nicht selbst verabschieden?«

Damit stieß er den vermeintlichen Burschen grob in Hendersons Richtung und verschränkte abwartend die Hände vor der Brust.

Josie zitterte. Sie musste das jetzt tun, oder ihr Trick würde auffliegen. Daher versuchte sie, ein finsteres Gesicht zu machen, und hoffte inständig, dass die Dunkelheit ihrer Tarnung zugutekam. Mit etwas Glück würde den Piraten nichts Verräterisches auffallen, wenn nur Sabatier, der mit weit aufgerissenen Augen zu ihr herübersah, nicht noch alles zunichtemachte.

Mit größtmöglicher Überzeugung holte sie aus und donnerte Henderson ihre Faust ins Gesicht, nicht ohne selbst zusammenzuzucken. Über den Schmerz, der ihr nun durch die Hand jagte, mehr als erschrocken, fluchte sie laut und rieb sich die Knöchel. Sie wagte es nicht, dem freundlichen Kapitän, der so hilfsbereit zu ihr gewesen war, noch einmal ins Gesicht zu sehen. Aber sie spürte seinen verdatterten Blick im Rücken, als sie sich schließlich ohne jegliche Gegenwehr an Bord der *Deathwhisper* führen ließ.

»Was sollen wir mit denen machen?«, fragte Felipe und deutete auf die gefangenen Matrosen.

Mit einem Satz sprang Blacksoul von der Reling hinüber auf sein Schiff und rief über die Schulter:

»Wie immer! Und macht schnell!«

So, als hätte er die Anwesenheit seines neuen Schiffsjungen bereits wieder vergessen, beachtete er diesen mit keinem weiteren Blick, sondern verschwand wortlos in der Kapitänskabine.

Die *Deathwhisper* war um einiges größer als Hendersons Schiff, und durch die erhöhten Enden der Brigantine musste es den Piraten ein Leichtes sein, andere Schiffe zu entern. Allein und verloren stand Josie mit klopfendem Herzen da und hatte keine Ahnung, was sie tun sollte. Sicher würde sie nicht diesem barbarischen Kapitän hinterhergehen, also blieb sie einfach stehen und überdachte ihre Situation. Viel Zeit blieb ihr dafür jedoch nicht, denn kurz darauf kehrte der Rest der räuberischen Mannschaft zurück. Die Männer scherzten und lachten laut, während von Bord des Frachtschiffes kein Lebenszeichen mehr zu vernehmen war. In Windeseile hatten sie die Leinen eingeholt, mit denen die beiden Schiffe miteinander vertäut gewesen waren, und die Segel gesetzt. Kaum im Wind, blähten sie sich wie weiße Flügel und trugen die *Deathwhisper* in die Nacht davon. Verzweifelt sah Josie das Frachtschiff immer kleiner werden.

»Steh hier nicht im Weg!«, wurde sie angebrüllt. »Pack mit an.«

Natürlich gingen die Piraten davon aus, ihr neuestes Mannschaftsmitglied wisse, was an Bord eines Schiffes zu tun war. So drückte ihr einer ohne lange Erklärung ein dickes Tau in die Hand und deutete auf einen Haufen, auf dem bereits mehrere ordentlich zusammengerollte Seile lagen. Zögerlich fing sie an, das Tau in ebensolche Schlingen zu legen. Ein kaum merkliches Nicken des Mannes ließ sie erleichtert aufatmen, und sie machte zügig weiter.

Unter halb geschlossenen Lidern hervor beobachtete sie die Seeräuber genau. Was sie taten, wie viele sie waren und welche Waffen sie trugen. Anscheinend gingen sie nicht davon aus, dass ihr neuer Schiffsjunge Ärger machen werde. Wie auch? Sie war höchstens halb so schwer wie der schmächtigste Mann hier an Bord, und zudem lähmte sie ihre Mutlosigkeit. Wie sollte es ihr nur gelingen, hier unter diesen rauen Kerlen ihre Tarnung aufrechtzuerhalten? Wie sollte sie so tun, als sei sie mit den Arbeiten an Deck vertraut? Ihre Chancen, dieses Versteckspiel lange durchzuhalten, standen mehr als schlecht. Und was dann?

»Wie iste deine Name, *chico*?«

Josie riss erschrocken den Kopf herum. Der goldene Ohrring des muskelbepackten Matrosen reflektierte das Mondlicht.

»Du taub? Wie deine Name?«

»Jo …, äh …«

Sie biss sich auf die Lippe, ihr musste etwas einfallen.

»Jo? Das passte zu dir kleinem *chico*. Ich heißen Pablo. Pablo Morales. Zeige dir, wo schlafen.«

Er deutete auf das Tau in ihren Händen. Schnell beendete Josie ihre Arbeit und schlurfte, um Unauffälligkeit bemüht, hinter dem Spanier her. Da es nicht so aussah, als ginge von Pablo eine Gefahr aus, nahm sie schließlich ihren ganzen Mut zusammen und fragte nach der Besatzung des Frachtschiffes.

Pablo lachte laut, als er die Besorgnis in ihren Augen sah.

»Was du denken, *chico*? Wir Piraten, also wir getan, was Piraten tun. Nicht fragen so dummes Zeug, *chico*.«

Dann deutete er auf eine der Hängematten in der Mannschaftskabine.

»Hier du schlafen. Nicht pissen in Ecke, sonst bekommen Ärger, *sí*?«, warnte er.

Josie nickte. Pablo ging weiter zu einer der anderen Hängematten. Ohne sie weiter zu beachten, zog er sich Hemd, Kopftuch und Stiefel aus und schwang sich mit einem gekonnten Satz in die Matte.

Ausziehen? Nein. Schnell, ehe jemand daran Anstoß nehmen konnte, legte auch sie sich hin und zog sich die grobe Decke, die für sie bereitlag, über die Schultern.

Ohne auch nur ein Kleidungsstück abzulegen, stellte sie sich schlafend, denn schon trafen die nächsten Männer ein, um ihr Nachtlager aufzusuchen. Gürtel und Säbel fielen klirrend zu

Boden, Kleidungsstücke wurden ausgezogen und nach einigen Furzen und derben Sprüchen kehrte schließlich Ruhe ein.

Es verging eine ganze Weile, in der Josie nur auf das gleichmäßige Schnarchen der Männer lauschte. Dann öffnete sie die Augen. Das blasse Mondlicht fiel durch eine vergitterte Luke zum Oberdeck und warf gespenstische Schatten, die im Auf und Ab der Wellen über die schlafenden Gestalten tanzten. Josies Matte roch muffig, aber der Gestank ihres Kopftuchs war noch unerträglicher. Ob sie wagen konnte, es abzunehmen? Sie entschied, dass das Risiko, enttarnt zu werden, zu hoch war, und atmete stattdessen lieber durch den Mund. Besorgt fragte sie sich, was aus dem freundlichen Henderson, dem seekranken Sabatier und all den Anderen geworden war. Hatten die Piraten sie alle umgebracht? War die grausame Tat des Kapitäns nur das Vorspiel gewesen?

Als sie an Blacksoul dachte, erzitterte sie. Grausam und gnadenlos war er. Furcht einflößend – mit seiner gezackten Narbe im Gesicht. Und dennoch faszinierend. Eines stand jedenfalls fest. So einen Mann als Gegner zu haben, war alles andere als gut. Josie fragte sich, wie lange sie gezwungen sein würde, sich hier an Bord als Mann auszugeben. Wohin segelte die *Deathwhisper*? Würde sich ihr überhaupt die Möglichkeit bieten, im nächstbesten Hafen von Bord zu schleichen? Konnte sie es wagen, von Bord zu springen, sobald sie in Küstennähe kamen, und versuchen, an Land zu schwimmen? Vermutlich nicht. Obwohl sie eine geübte Schwimmerin war, würden ihre Kräfte dafür wohl nicht ausreichen. Während sie über eine andere Möglichkeit zur Flucht grübelte, drifteten ihre Gedanken immer wieder zu Blacksoul. Ob ein Mann wie er jemals schlief?

Sie konnte sich nicht vorstellen, dass sich seine verhärteten Gesichtszüge im Schlaf entspannten und der Hass, den sie in den blauen Augen hatte lodern sehen, einem verschlafenen Lächeln wich.

Das laute Husten eines Seeräubers riss sie aus ihren Gedanken. Schnell kniff sie die Augen zu und lauschte auf die schlurfenden Schritte, als der Matrose die Kabine verließ. Sicher würde er sich oben an Deck erleichtern.

In dieser Nacht sollte sie keine Ruhe finden. Als endlich das erste Licht des neuen Tages durch die Luke fiel, erhob sich Josie und schlich an Deck. Erleichtert atmete sie die frische kühle Luft ein und lauschte dem Schlagen der Wellen gegen den Bug. Die weißen Segel spannten sich im Wind, die Morgensonne entflammte den Himmel. Sie wollte gerade an die Reling treten, als sie bemerkte, dass sie nicht allein war.

Blacksoul lehnte am gedrechselten Holzgeländer, welches das Podest für das Steuerrad umspannte, und sah sie an. Ein kalter Schauer rann ihr den Rücken hinab. Aber diesmal nahm ihr nicht die Furcht den Atem, sondern das unglaubliche Bild, welches sich ihr bot.

Blacksoul. Nur mit einer dunklen Kniebundhose bekleidet, seine starke, von den goldenen Strahlen der aufgehenden Sonne geküsste Brust und das blonde Haar, welches ihm wild und unbändig um den Kopf wehte. Die Gesichtshälfte mit der Narbe war unter der Haarflut verborgen. Josie war sich sicher – selbst ein Engel konnte nicht schöner sein als dieser Mann. Noch heftiger als gestern schlug ihr das Herz in der Brust – sie konnte den Blick einfach nicht von ihm abwenden. Unglaublich, wie verändert er ihr schien. Ohne das blutbespritzte Hemd und den verbitterten Zug um den schönen Mund schaffte sie es kaum, sich seine Gräueltat in Erinnerung zu rufen. Schließlich, als ihr bewusst wurde, dass sie ihn ungeniert anstarrte, nickte sie kurz und wandte sich verlegen ab.

Sie trat an die Reling, versuchte, ihren inneren Aufruhr zu unterdrücken, und spähte ein letztes Mal über die Schulter. Blacksoul war nicht mehr zu sehen. Enttäuscht wandte sie den

Blick zurück zum Horizont. Wo mochten sie nur sein? Die Inselstaaten der Karibik waren in der Ferne nicht mehr auszumachen, und, da sie auf den Sonnenaufgang zuhielten, ging ihre Reise nach Osten. Das war schlecht. Im Osten gab es nur die unendlichen Weiten des Atlantiks, aber kein Ziel, welches ein schnelles Ende ihres Aufenthaltes hier an Bord bedeutet hätte. Josie musste herausfinden, was das Ziel der *Deathwhisper* war, damit sie sich einen Plan zur Flucht zurechtlegen konnte.

Inzwischen waren die meisten Seeleute aus ihren Hängematten getaumelt und begannen, an Bord ihren täglichen Aufgaben nachzugehen. Ein kleiner Matrose mit deutlichem Bauchansatz und einem langen, dünnen Bart stellte sich Josie als Smithe vor.

»… ich bin der Maat. Du bist Jo?«, hakte er nach.

Josie nickte und versuchte, eine etwas gebeugte Haltung einzunehmen, um ihre Oberweite unter der Weste noch besser zu kaschieren.

»Dann komm. Als Erstes muss das Oberdeck geschrubbt werden, und dann ist der Abtritt dran«, wies er sie an, drückte Josie einen Eimer mit Lappen und eine Bürste in die Hand, und führte sie an ihren Arbeitsplatz.

»Und mach es ja ordentlich.«

Josie nickte und war froh, hier oben allein zu sein. Sie kniete sich hin und fing an zu putzen. Die einfache Arbeit ließ ihren Gedanken genug Freiraum, erneut abzuschweifen und das Bild von Blacksoul heraufzubeschwören.

Obwohl es noch früh am Morgen war, wurde die Hitze auf dem Oberdeck bereits drückend, und der Schweiß lief ihr ins Gesicht. Sie fuhr sich mit dem Ärmel über die Stirn und wünschte sich, zumindest die Weste ablegen zu können. Mit neidvollem Blick schaute sie auf die Männer hinunter, die bereits ihre Hemden ausgezogen hatten und mit nackten, schweißglänzenden Oberkörpern ihren Dienst taten. Nur der feiste Smithe hielt seinen Wanst ebenfalls unter Hemd und Weste verborgen. Schwitzend arbeitete sie weiter. Anscheinend stand sie unter Beobachtung, denn kaum war sie fertig und wrang den Lappen ein letztes Mal aus, als der Maat auch schon nach ihr rief.

»Hast Glück«, rief er, als sie Eimer und Bürste abstellte. »Blacksoul braucht dich – der Abort muss also warten. Nimm dir in der Kombüse eine Scheibe Brot, und dann melde dich beim Captain. Und trödle nicht rum.«

Damit überließ er sie ihrem Schicksal. Josie fragte sich, wie sie mit diesem dicken Knoten im Magen auch nur einen Bissen hinunterwürgen sollte. Während sie auf die Kombüse zusteuerte, suchte sie das Deck nach dem Mann mit der Narbe ab. Er war nirgends zu sehen, und Josie ahnte, dass er sie erwartete. Sie hoffte nur, der Aufgabe, die er ihr zuweisen würde, gewachsen zu sein. Denn solange sie alles erledigte, was ihr aufgetragen wurde, würde niemand Verdacht schöpfen. Josie kratzte sich am Kopf. Der Schweiß und das ekelhafte Tuch juckten fürchterlich.

Die Tür der Kombüse stand offen. Der hagere Spanier Felipe war anscheinend der Koch. Zumindest hantierte er pfeifend mit etlichen Töpfen, und der scharfe Geruch von Zwiebeln hing in der Luft.

»Ah, der Neue!«, rief er über den Tisch hinweg, als er Josie unsicher in der Tür stehen sah. »Komm herein und setz dich zu mir.«

Der freundlichen Aufforderung folgend, nahm Josie Platz, und sofort schob ihr Felipe einen hölzernen Teller mit einer Scheibe Brot und einem Stückchen Dörrfleisch hin.

»Hau rein!«

Mit einem riesigen Messer bearbeitete er einen nicht gerade klein zu nennenden Fisch. Die Handgriffe schien er auswendig zu kennen, denn er ließ Josie keine Sekunde aus den Augen, als sie in das Brot biss.

»Das war ein ordentlicher Kinnhaken, den du dem Kapitän gestern verpasst hast. Siehst so schmächtig aus, da hätte ich das nicht erwartet.«

Josie kaute bedächtig weiter. Bisher war sie mit wenigen Worten ausgekommen, und sie hoffte, auch diesmal mit ihrer tiefsten Stimme überzeugen zu können.

»War ganz passabel«, stimmte sie Felipe zu.

»*Sí*, er hat ganz verdutzt geschaut!«, lachte er und stopfte dabei Zwiebeln, gehackte Kräuter und etwas Speck in den Bauch des Fisches.

Als Josie an Hendersons Gesichtsausdruck dachte, hätte sie beinahe mitgelacht, aber da sie fürchtete, dem netten Kapitän damit trotzdem nicht das Leben gerettet zu haben, verdüsterte sich augenblicklich ihre Stimmung. Warum hatten die Piraten denn ausgerechnet dieses Schiff entern müssen. Genau dann, als sie und Sabatier ohnehin in großen Schwierigkeiten gewesen waren und wahrlich schon genug hatten erleiden müssen.

Der Kloß, der sich in ihrem Hals gebildet hatte, war so groß, dass sie nur mit Mühe das letzte Stück Brot hinunterwürgen konnte.

»Ja, das hat er.«

»Smithe hat gesagt, du gehst zum Captain, *sí*? Dann nimm gleich das hier mit«, wies er sie an. Er drückte ihr eine Flasche Rum in die Hand und schickte sie dann mit einer fahrigen Handbewegung zurück an die Arbeit. Als sie beinahe schon zur Kombüse hinaus war, fiel ihm noch etwas ein:

»Übrigens, noch ein kleiner Rat, du solltest den Captain nicht verärgern, sonst …«

Josies Pupillen weiteten sich.

»… also reiß dich zusammen! Und jetzt beeil dich.«

Das wachsende Unbehagen ließ ihre Hand bleischwer erscheinen, als sie an die mit Schnitzereien reich verzierte Tür der Kapitänskabine klopfte.

»Na endlich, das wird ja auch Zeit«, forderte Blacksouls raue Stimme sie auf einzutreten.

Mit einem tiefen Atemzug machte sie sich Mut und öffnete die Tür.

Erstaunt stellte sie fest, dass sich diese Kabine gänzlich von Hendersons unterschied. Sie war geräumig, das große, mit gelbem und grünem Bleiglas bestückte Fenster spendete ein angenehmes Licht und bot einen wundervollen Ausblick über den Ozean. Zu ihrer Rechten stand ein großer Schreibtisch mit zusammengerollten Seekarten, allerlei nautischen Geräten und einem messingfarbenen Fernrohr. Ein dicker persischer Teppich bedeckte in der Mitte der Kabine den Boden, und zwei gemütliche Sessel mit einem Tisch bildeten den Rahmen für ein Bücherregal. Die Bücher waren durch kunstvoll gearbeitete Stäbe vor dem Herausfallen gesichert. Links von ihr verbarg sich hinter einem mit Tuch bespannten Paravent ein großes Bett mit vielen Kissen und eine geräumige Kleidertruhe. Die Wände waren halbhoch mit dunklem Holz vertäfelt und darüber mit cremefarbener Seide bespannt. Die Einrichtung der Kabine war fast ebenso prachtvoll, wie es der Salon in ihrem Elternhaus gewesen war. Und inmitten dieses Raumes stand er, der Mann, der sie mit einem einzigen Befehl einfach auf sein Schiff befohlen hatte und der ihr nicht mehr aus dem Kopf ging. Sein Blick verhieß nichts Gutes, als er auf sie zukam und sie schüttelte.

»Wo warst du so lange?«, donnerte er los.

Er riss ihr den Rum aus der Hand.

»Wenn ich nach dir schicke, dann schaff deinen Arsch hierher! Wage es besser nicht, mich noch einmal warten zu lassen!«

Blacksoul öffnete die Flasche und setzte sie an die Lippen. Mit großen Schlucken ließ er sich die Flüssigkeit in den Mund laufen. Als er den Rum schließlich auf seinen Schreibtisch stellte und sich zu dem vermeintlichen Jungen umdrehte, schien sein schlimmster Zorn verraucht, aber er rümpfte die Nase.

Josie stand noch immer wie angewurzelt da. Die Kraft in seinen Armen, als er sie geschüttelt hatte, war beängstigend gewesen. Sie traute sich kaum, ihn anzusehen. Angewidert blickte er auf sie herab, ging an ihr vorbei und öffnete die Tür.

»Smithe!«, brüllte er nach dem Maat, der sogleich herbeigeeilt kam.

»Captain?«

»Was soll das?«, wollte Blacksoul wissen. Er deutete auf Josie, die erschrocken die Augen aufriss.

Was sollte was? Was hatte sie falsch gemacht? Würde man sie bestrafen, weil sie ihn hatte warten lassen?

»Ich verstehe nicht«, runzelte Smithe die Stirn.

»Was gibt es da nicht zu verstehen? Riech doch mal! Der Bursche stinkt wie ein toter Pottwal! Sorg dafür, dass er mir hier nicht die Luft verpestet!«, fuhr er seinen Maat an.

»Was?« Josie machte einen Satz nach hinten und suchte nach einem Fluchtweg, als Smithe sie auch schon festhielt.

»Ich bin einiges gewöhnt, aber du stinkst echt zum Himmel!«, schimpfte der Pirat weiter. Sein Blick war hart und unnachgiebig.

So plötzlich in die Enge getrieben, wehrte sich Josie wie wild gegen den eisernen Griff.

»Jo!«, warnte Smithe. »Hör auf zu zappeln. So ein Bad hat noch keinem geschadet!« Er zog sie weiter, aber sie klammerte sich am Türrahmen fest, und auch sein Versuch, sie um die

Taille zu packen, scheiterte, als sie mit Händen und Füßen um sich schlug.

»*Non! Merde*, lass los, du Ochse!«, rief sie und biss in seine Hand.

»Henry!«, rief der Maat den rotblonden Seeräuber zu Hilfe, der Josie gestern schon fast den Arm gebrochen hatte. Dieser hob fragend eine Augenbraue und kam grinsend auf die beiden Kampfhähne zu.

»Was ist los, Smithe, schafft dich das Bürschchen?«, lachte er und packte grob ihren Oberarm.

Sie schrie vor Schmerz auf, als er nun ebenfalls versuchte, sie an Deck zu zerren.

»Verflucht! Lass los!«, maulte er, als Josie eine seiner Haarsträhnen zu fassen bekam und kräftig daran riss.

Blacksouls lautes, schallendes Lachen unterbrach den Tumult kurzzeitig, und die Piraten warfen sich fragende Blicke zu. Noch nie hatten sie ihren Kapitän lachen gehört. Die Verwunderung ging so weit, dass es Josie gelang, einen gezielten Tritt in Smithes Wanst zu platzieren.

»Wird das heute noch was?«, prustete Blacksoul und trieb mit einem Wink die Männer zur Eile an. Amüsiert betrachtete er das sich ihm bietende Schauspiel. Sein neuer Schiffsjunge hielt immerhin zwei seiner kampferprobtesten Männer ganz schön in Atem. So richtig wunderte ihn nun der dunkle Bluterguss im Gesicht des Jungen nicht mehr. Jemand hatte wohl versucht, dem Burschen Gehorsam beizubringen. Er selbst musste sich für ihn wohl auch noch eine passende Strafe einfallen lassen, denn Smithe würde die Sache mit dem Tritt sicher nicht ohne Weiteres auf sich beruhen lassen. Eine ordentliche Tracht Prügel war da das Mindeste.

»Mach jetzt!«, schimpfte Henry, und mit vereinten Kräften schleppten sie den stinkenden Schiffsjungen schließlich zum Wasserfass. Durch das Geschrei aufmerksam geworden, hatte sich ein Großteil der Crew versammelt, lachte und johlte über den anscheinend wasserscheuen Burschen. Auch der Kapitän selbst wollte sich um keinen Preis dieses Handgemenge entgehen lassen, dabei bewunderte er den Kampfgeist des Heißsporns, und beinahe tat es ihm leid, dass er so unterlegen war. Um dessen verzweifelten Bemühungen endlich ein Ende zu bereiten, wies er Felipe mit einem Wink an, den Eimer zu füllen.

»Lasst mich los, ihr Scheißkerle – *non*! *Sacrément*, … hört auf! Loslassen!«

Josies Widerstand war vergeblich. Gegen Smithe, der ihren einen Arm fest im Griff hatte, und Henry, der ihr wie gestern den zweiten auf den Rücken drehte, konnte sie nichts ausrichten. Schon zog ihr Henry mit einer einzigen Bewegung die Weste herunter. Als Felipe ihr schließlich lachend den Eimer eiskalten Wassers ins Gesicht schüttete, wurden Josies Schreie von ihrem erschrockenen Keuchen unterbrochen. Hustend schleuderte sie ihren Peinigern wütende Blicke zu.

Auf einen Schlag herrschte Totenstille an Bord der *Deathwhisper*.

Im selben Moment wie seine Männer erstarrte Adam vor Überraschung. Der Schwall Wasser hatte das Kopftuch zu Boden gespült und das Hemd klebte am Körper des Burschen.

Nur dass es kein Bursche war!

Rosige, vor Kälte aufgerichtete Brustwarzen drückten sich gegen den beinahe durchsichtigen Hemdstoff. Die nassen Haare hingen in das mit einem Mal überhaupt nicht mehr jungenhafte Gesicht. Adam kam sich lächerlich vor. Alles an dieser kleinen, zierlichen Person schien ihn zu verspotten, schien lautstark zu rufen »Wie konntest du nur so blind sein?«

Mit einem lauten Knurren riss er sie aus Smithes und Henrys Griff und gab ihr einen kräftigen Stoß in Richtung seiner Kabine.

»Geh!«, befahl er. Seine Stimme zitterte vor unterdrückter Wut, und sein Kiefer zuckte, so als kostete es ihn große Überwindung, ihr nicht hier und jetzt etwas anzutun.

Josie war wie versteinert. Schützend verschränkte sie die Hände vor der Brust, in ihren Augen schwammen Tränen, aber sie rührte sich nicht von der Stelle. Sie wäre lieber gestorben, als vor den Kerlen Schwäche zu zeigen. Befahl er sie in seine Kabine, um sie dort zu schänden? Wenn er sich ihr aufdrängen wollte, dann würde sie sich wehren, zur Not gegen alle diese widerlichen Piraten. Trotzig reckte sie das Kinn vor und straffte die Schultern.

Blacksoul trat einen Schritt auf sie zu und, anders als zuvor, als er wütend seine Stimme erhoben hatte, raunte er nun gefährlich leise, aber so, dass sich Josie am ganzen Körper eine Gänsehaut aufstellte:

»*Geh in die Kabine. Jetzt!*«

Und Josie tat genau das. Vielleicht war es so etwas wie die Stimme der Vernunft, die jedes einzelne ihrer Widerworte im Keim erstickte. Vielleicht die Erkenntnis, dass es ihr Tod gewesen wäre, nicht zu tun, was dieser Mann verlangte. Sie hatte keine Wahl.

Adam sah die Angst in ihrem Blick und – bei Gott! – die sollte sie auch haben! Seit Jahren hatte er so ein Gefühl nicht mehr verspüren müssen! Langsam ging sie rückwärts in Richtung seiner Kabine, traute sich nicht, ihm den Rücken zuzukehren. Er selbst konnte sich kaum beherrschen. Seine Wut war so groß, dass er fürchtete, sich nicht unter Kontrolle halten zu können. Erst als sie die Tür hinter sich schloss, atmete er aus. Sofort suchte er die Gesichter seiner Crew nach Regungen ab.

»Und ihr, …«, befahl er in einem Ton, der keinen Widerstand duldete, »… ihr lasst eure Pfoten von der Kleinen, ist das klar?«

Ein Murren ging durch die Reihen, Schultern wurden gezuckt. Henry wagte schließlich zu sagen, was vielen auf der Zunge lag:

»Was soll das? Da ist uns das Glück hold und beschert uns ein Weib und …«

»Halt den Rand! Ich dulde keine Frauen an Bord. Das wusstet ihr alle, als ihr hier angeheuert habt.«

»Ja schon, aber sie ist ja jetzt da!«

Alle nickten und murmelten zustimmend.

»Ruhe! Ich sage euch eines! Wer das Mädchen anrührt, verlässt dieses Schiff in einen Seesack eingenäht mit einer Kanonenkugel zu seinen Füßen. Hat das jeder verstanden?«

»Und was sollen wir jetzt mit ihr machen?«, fragte Smithe, der erkannte, wie groß die Gefahr für sie alle hier an Deck war. Frauen an Bord brachten Unglück, das sah er wie sein Kapitän. Besonders, wenn eine so lange Fahrt vor ihnen lag und die Männer anfangen würden, sich zu langweilen. Wenn Blacksoul schlau war, würde er umdrehen und das Weib absetzen.

»Das geht euch nichts an. Ich kümmere mich um sie, und ihr haltet euch von ihr fern, so einfach! Und jetzt geht wieder an die Arbeit«, gab Adam an.

Murrend zerstreute sich die Versammlung, und nur Smithe blieb an seiner Seite stehen.

»Captain, das kann Ärger geben«, flüsterte er.

Adam nickte und fuhr sich durch die Haare. Sein Hals war wie zugeschnürt, seine Gedanken drehten sich im Kreis.

»Ich weiß. Aber wir halten den Kurs. Der Höllenhund ist zum Greifen nahe.«

»Nicht, dass nach einer Meuterei Ihr es seid, der in einem Seesack das Schiff verlässt«, gab Smithe zu bedenken.

»Ich bin ein großer Kerl, Smithe. Ich kann auf mich aufpassen. Pass du nur auf die Männer auf.«

Damit machte er sich auf, dem Ärgernis in seiner Kabine zu begegnen.

Kapitel 6

Josie schloss die Tür hinter sich. Die Angst lähmte sie. Konnte es sein, dass sie sich vor Blacksoul mehr fürchtete als vor der ganzen Horde aufständischer Sklaven oder dem Überfall auf Hendersons Schiff? Sie musste sich den Kerl irgendwie vom Leib halten, sich verteidigen – sie brauchte eine Waffe. Eilig rannte sie zum Schreibtisch, riss die Fächer und Schubladen auf. So gering die Wahrscheinlichkeit auch war, dass sie sich retten konnte, so würde sie sich doch nicht widerstandslos ergeben. Das Tintenfass rutschte ihr durch die Finger, und sein indigofarbener Inhalt ergoss sich über die Holzdielen. Endlich ertasteten ihre Finger den gesuchten Gegenstand, und sie hielt jubilierend den Brieföffner in der Hand. Als sie aufsah, stand Blacksoul in der Tür und beobachtete sie.

Er sagte kein Wort. Stand einfach da, starrte sie an. Warnend hob Josie den Brieföffner. Ein kaltes, zynisches Lächeln breitete sich auf seinem Gesicht aus.

Adam konnte sich ein Lächeln nicht verkneifen. Die Situation war nun wirklich nicht komisch, aber wenn sie glaubte, ihn mit einem Brieföffner in Schach halten zu können, dann war sie ziemlich naiv. Ganz langsam, um ihr genug Zeit zu geben, selbst zu erkennen, wie unsinnig ihr Verhalten war, zog er seinen Säbel. Die breite Klinge, ein gutes Stück länger als sein Arm, perfekt ausbalanciert in seiner Hand – gegen einen stumpfen Brieföffner.

»Schätzchen, lass den Unsinn und leg das Kinderspielzeug beiseite.«

Demonstrativ friedlich legte er den Säbel auf den Tisch, drehte ihr sogar den Rücken zu, um ihnen zwei Gläser Rum einzugießen. Gemächlich, mit dem Blick eines Raubtiers, welches vorhat, mit seiner Beute erst noch etwas zu spielen, trat er an den Schreibtisch, hinter dem sich die Frau noch immer verschanzte. Langsam hob er sein Glas an die Lippen und nahm einen Schluck, ehe er beide Gläser abstellte.

Josie ließ ihn keine Sekunde aus den Augen. Die fehlende Fluchtmöglichkeit und seine Nähe ließen ihn sogar noch größer erscheinen, als sie in Erinnerung hatte. Und, obwohl er sich so scheinbar entspannt bewegte, strahlte der ganze Mann Gefahr aus. Ihre Hand zitterte. Wütend auf sich selbst, weil sie ihm ihre Furcht so deutlich zeigte, war sie nur eine Sekunde abgelenkt. Schon sprang er mit einem einzigen Satz über den Tisch, packte ihre Hand, die den Brieföffner hielt, und drehte sie so, dass die Schneide an ihrer Kehle lag.

»So, Schätzchen. Nun noch einmal von vorne.«

Seine Stimme war leise, aber die Intensität seiner Worte so nah an ihrem Ohr nicht weniger eindringlich, als wenn er geschrien hätte.

»Du wirst nie wieder …«, er sah ihr tief in die Augen und sein kalter Blick bohrte sich in ihre Seele, »… eine Waffe gegen mich richten, oder du wirst es bitter bereuen.«

Er bog ihre Hand um, sah ihr dabei ununterbrochen in die Augen.

Josie schlug das Herz bis zum Hals. Er schien ihr die Finger brechen zu wollen, so unnachgiebig drehte er ihre Hand nach hinten. Seine starke Brust, so hart wie ein Felsen, drückte sie gegen die Wand. Mit einem kapitulierenden Seufzen ließ sie schließlich die Klinge fallen.

Doch anstatt sie nun freizugeben, lächelte er wieder dieses teuflische Lächeln.

»Na also. Warum nicht gleich so?«

Ihr nasses Hemd durchfeuchtete auch seines, und ihre Brüste pressten sich rund und fest gegen seinen Körper. Er ahnte bereits, dass sich dies in den nächsten Wochen zu einem echten Problem entwickeln würde. Seit Jahren war er keinem Menschen mehr nahe gewesen. Aber sein Körper schien nicht vergessen zu haben, was für Freuden in den Armen einer Frau warten konnten. Und nur, um dieses angenehme Prickeln noch einen Moment länger hinauszuzögern, fragte er:

»Und jetzt raus mit der Sprache. Ich will wissen, wer du bist und warum du dich verkleidet hast.«

Josies Knie waren weich wie Butter. Sie fürchtete, zu Boden zu stürzen, wenn Blacksoul sie nicht länger halten würde. Seine Nähe betörte ihre Sinne. Sein goldenes Haar kitzelte ihre Wange, seine Hände, rau von der Arbeit an Bord, versengten ihre Haut dort, wo sie sie berührten. Und erst seine Augen – von so klarem Blau – schienen wie gemacht, um darin zu ertrinken.

Ihre Stimme zitterte.

»*Je suis* Josephine Legrand. Ich habe mich als Mann ausgegeben, um nicht von Euch und Euren barbarischen Handlangern geschändet zu werden.«

Ihre Zuversicht, unbeschadet davonzukommen, erlosch, als ihr klar wurde, dass sie gescheitert war. Sie war unbewaffnet, enttarnt und diesem grausamen, mordenden Seeräuber mit der schwarzen Seele gnadenlos ausgeliefert. Resigniert ließ sie die Schultern hängen und senkte den Blick.

»Josephine, Schätzchen – du stinkst immer noch zum Himmel, wenn ich das so sagen darf.«

Damit gab er Josie frei, umrundete gelassen den Schreibtisch und kippte den Inhalt seines Glases in einem Zug hinunter. Ohne noch einen Blick auf die misstrauisch dreinblickende Frau zu werfen, trat er an die Tür und rief nach Smithe. Nachdem er mit diesem einige Worte gewechselt hatte, setzte Adam sich in den Sessel und wartete.

Josie, deren Nerven zum Zerreißen gespannt waren, hielt seine Geheimniskrämerei und unendliche Gelassenheit keine Sekunde länger aus.

»Pardon? Ich stinke? Ist das alles? Was habt Ihr denn nun mit mir vor?«

Adam konnte sie kaum ansehen. Ihr war anscheinend wirklich nicht bewusst, dass das Hemd, welches ihr am Leib klebte, beinahe durchsichtig war. Und auch wenn er das nicht beabsichtigte, reagierte sein Körper auf diese Tatsache. Glücklicherweise kam in diesem Moment sein Maat schnaufend in den Raum. Er ging rückwärts und zog einen großen, hölzernen Badezuber hinter sich her. Mit einem angestrengten Stöhnen wuchtete er den Bottich in die Mitte des Raumes und warf Josie einen kurzen, mitleidigen Blick zu.

»Danke, Smithe. Lass ihn da stehen. Und nun hol endlich das Wasser her«, gab Adam an.

Obwohl deutlich war, dass Smithe nur ungerne den Raum verließ, machte er sich doch sogleich an die Arbeit.

»Was soll das?«, fragte Josie mit einem argwöhnischen Blick auf den Badezuber.

»Du wirst dich endlich waschen. Ich dachte, es wäre dir lieber, dies hier zu tun, als oben an Deck«, stellte er nüchtern klar.

»Oh *non*, das könnt Ihr vergessen! Ich werde mich *nicht* waschen!«

Sie kam um den Schreibtisch herum und baute sich angriffslustig vor Blacksoul auf. Dieser stöhnte gepeinigt auf, als sie ihm damit erneut ihre rosigen Spitzen geradezu vor die Nase hielt.

»Hör zu, Josephine, …«

»Josie.«

»Was?«

»Josie, alle nennen mich Josie«, erklärte sie, »Und ich werde nicht baden, egal was Ihr sagt. Ich werde mich nicht vor Euch entkleiden und keinesfalls in diesen Zuber steigen!«

Adam schloss die Augen, um nicht noch länger diesen reizvollen Anblick ertragen zu müssen, und sandte einen stillen Fluch gen Himmel, ehe er ihr so sachlich wie möglich erklärte:

»Nun, Josie. Jetzt hör mir zu. Du *wirst* dich waschen, weil ich es nicht *dulde*, dass du mir auch nur eine Minute länger die Luft verpestest.«

»*Non!*«

Adam stemmte sich aus dem Sessel und zwang Josie so, zu ihm aufzublicken. Herrgott, er brauchte nur die Hand auszustrecken und …

»Verflucht, Weib! Entweder *du* wäschst dich, oder *ich* tue es! Und du solltest es besser nicht darauf ankommen lassen!«

Als Smithe das Wasser Eimer für Eimer hereinbrachte, konnte er die Spannung im Raum fast mit Händen greifen. Ein einziger Blick in Blacksouls Augen zeigte ihm, dass sich ein Sturm zusammenbraute. Schnell füllte er den Zuber mit dem heißen Wasser. Anschließend legte er ein Handtuch und ein nach Jasmin duftendes Stück Seife neben den Bottich und zog sich zurück.

Adams Drohung stand zwischen ihnen, und Josie wusste keinen Ausweg. Ein letztes Mal setzte sie zum Widerspruch an. Schon hob Adam sie hoch, trug sie durch den Raum und ließ sie in die Wanne fallen.

Ein ganzer Schwall Wasser schwappte über den Rand, und sie kreischte entrüstet auf.

Noch ehe sie sich in eine sitzende Position bringen und sich die Haare aus dem Gesicht wischen konnte, beugte er sich drohend über sie. Zwang sie so, im Wasser zu bleiben.

Sherry, dachte er. Ihre Augen erinnerten ihn an Sherry. Und ebenso wie das goldene Getränk schienen sie gemacht, ihm die Sinne zu benebeln.

»Wasch dich!«

Stocksteif saß Josie im Wasser. Zwar hatte Blacksoul ihr den Rücken zugekehrt, aber er saß nur einen Meter von ihr entfernt. Was erwartete er von ihr? Sollte sie etwa das Hemd ausziehen? Nein, das würde sie nicht tun. Außer, er würde die Kabine verlassen! Aber es sah nicht so aus, als beabsichtigte er, dies zu tun.

»Worauf wartest du?«, fragte er. Seine Stimme klang heiser und gepresst.

»Nun, Monsieur – ich habe bereits gesagt, dass ich mich *nicht* vor Euch ausziehen werde.«

»Es gibt nichts an dir, was ich nicht schon an anderen Frauen gesehen hätte. Und außerdem ist dein Hemd so durchsichtig, dass es ohnehin nichts verhüllt.«

Erschrocken sah Josie an sich hinab und schlug sich verlegen die Hände vor die Brust. Die Schamesröte schoss ihr ins Gesicht.

»Ihr seid … *un monstre!* Warum demütigt Ihr mich nur so? Könnt Ihr nicht hinausgehen, bis ich fertig bin?«

»Nein, das kann ich nicht. Oder muss ich dich daran erinnern, dass du vorhin erst alles auf den Kopf gestellt hast, um eine Waffe zu finden, die du gegen mich richten konntest?«, belehrte er sie. »Und wenn du jetzt nicht augenblicklich anfängst, werde ich dir gerne behilflich sein!«

Insgeheim musste Adam zugeben, dass er tatsächlich einen kleinen Stich der Enttäuschung verspürte, als er hörte, wie Josie hinter ihm anfing, sich im Wasser zu bewegen. Mit einem schmatzenden Geräusch landete das pitschnasse Hemd auf dem Boden neben der Wanne. Als kein weiteres Kleidungsstück den Weg aus der Wanne fand, juckte es Adam in den Fingern, dieser Göre eine Lektion zu erteilen. Nur die Furcht vor seiner eigenen Schwäche hielt ihn davon ab.

»Die Hose!«, forderte er sie daher ungeduldig auf.

»*Non!* Jetzt reicht es aber! Ihr seid der Kapitän, der böse Captain Blacksoul, und Ihr wollt mir Eure Macht demonstrieren. Bitte schön – aber wenn Ihr mich entkleidet sehen wollt, werdet Ihr es entweder selbst tun müssen oder Ihr gesteht mir fünf Minuten allein in dieser Kabine zu!«

Sollte er sie doch umbringen! Sollte er sich doch an ihr vergehen! Sie würde es ohnehin nicht verhindern können. Dann sollte es eben so sein! Aber sie würde es ihm nicht leicht machen! Würde ihre Unschuld mit aller Kraft verteidigen.

So hatte sie sich das zumindest gerade noch gedacht. Als Blacksoul sich nun aber langsam und geschmeidig aus dem Sessel stemmte, hielt sie den Atem an.

Adam drehte sich zu seiner widerspenstigen Gefangenen um und musste schlucken. Trotzig und mit vor Zorn sprühenden Augen saß sie vor ihm, ohne ihre Blöße zu bedecken. Er ballte die Fäuste. Ein Muskel in seinem Kiefer zuckte, als er sich ihr näherte. Was sollte er tun? Sie packen und ihr tatsächlich eigenhändig die Hose vom Leib reißen? Ihr diesen frechen Ausdruck aus dem Gesicht küssen? Herrgott! Mit einem lauten Fluch stürmte er aus seiner Kabine und knallte mit ganzer Kraft die Tür hinter sich ins Schloss. An Deck drehten sich alle Köpfe in seine Richtung.

»Was?«, brüllte er. »Los, weitermachen!«

Mit einem Fingerzeig bedeutete er Smithe, vor seiner Kabine Posten zu beziehen, während er selbst Zuflucht am Ruder suchte.

Wütend umklammerte er das glatte Holz und schaffte es nicht, das Bild von Josies perfekten Brüsten aus seinem Kopf zu vertreiben. Er wusste, er war schon lange nicht mehr der Mann, als der er geboren war. War schon lange kein Gentleman mehr. Aber diese niederen Gelüste, die ihn bei Josies Anblick gepackt hatten, hätte er sich selbst nicht zugetraut. Er wurde immer mehr zu dem, was er hasste. Und wie er das sah, gab es für ihn auch kein Zurück. Als hätte Hawkins mit seinem Säbelstreich nicht nur sein Gesicht zerstört, sondern auch sein Leben, seine Zukunft und sogar seine Seele.

Josephine sah überrascht auf die Tür, die mit einem lauten Knall hinter Blacksoul ins Schloss fiel. Sie konnte gar nicht glauben, die Auseinandersetzung für sich entschieden zu haben. Sicherlich würde ihr nicht viel Zeit bleiben, daher wollte sie besser keine einzige kostbare Sekunde vergeuden. Schnell zog sie die Hose aus und wusch sich gründlich von Kopf bis Fuß. Sie fühlte sich tatsächlich etwas besser. Mit einem abschätzenden Blick auf die Tür vergewisserte sie sich, dass von ihrem Peiniger noch nichts zu sehen war, und ließ sich schließlich tief ins Wasser gleiten. So gut es in der engen Wanne ging, wusch sie ihr Haar aus und schäumte es mit der duftenden Seife ein.

Als sie fertig war, stieg sie eilig aus dem Wasser und wickelte sich in das große Handtuch. Unentschlossen, was sie nun tun sollte, stand sie da. Zu ihren Füßen bildete sich eine kleine Wasserlache, aber das war ihr egal. Anscheinend hatte weder der Kapitän noch sein Helfer daran gedacht, dass sie nach dem Bad etwas zum Anziehen benötigen würde. Wie auch bei Henderson hing an Blacksouls Kleidertruhe ein massives Schloss. Das Handtuch war aber für eine erneute Begegnung mit dem Piraten bei Weitem nicht geeignet, daher zögerte sie nicht lange, sondern trat hinter den Paravent und schlang sich zusätzlich noch Blacksouls Bettlaken um den Körper. Dann setzte sie sich in einen der Sessel und wartete auf die Rückkehr des Mannes, der ihr Schicksal in seinen Händen hielt.

Schon vor Stunden war es dunkel geworden. Einer nach dem anderen verließen die Seeleute ihren Posten, und nur die Mitglieder der Besatzung, die in dieser Nacht ihren Dienst taten, saßen bei einem Glas Rum beisammen und scherzten leise.

Adam stand noch immer am Steuer, als sich Smithe vernehmlich neben ihm räusperte.

»Was ist?«, fragte Adam.

»Captain, Stefano fragt, ob er das Ruder heute Nacht nicht übernehmen soll. Was soll ich ihm sagen?«

Schweigen. Sein Blick war auf den schwarzen Horizont gerichtet. Seit er aus der Kabine gestürmt war, hatte er versucht, Klarheit in seine Gedanken zu bringen. Er hatte sich geschworen, die junge Frau zu beschützen, auch wenn es ihm nicht leichtgefallen war. Adam wusste, er hatte bereits einmal versagt. Was, wenn er wieder scheitern würde? Es schien ihm, als würde sich sein Schicksal wiederholen. Sein Versagen ihm vorherbestimmt sein. Selbst der unerschütterliche Smithe war beunruhigt. Und das, ohne zu ahnen, dass die größte Gefahr für Josephine Legrand nicht von der Besatzung, sondern von seinem Kapitän ausging.

»Captain?«, hakte Smithe nach.

»Nein, er soll übernehmen. Und Felipe soll ein Abendessen für mich und Mademoiselle Legrand richten.«

Adam ballte die Fäuste. Seine Finger schmerzten, so fest hatte er sich in den vergangenen Stunden am Ruder festgehalten, um nicht hinunter in seine Kabine zu gehen und wer weiß was mit diesem ihm ausgelieferten Mädchen zu tun. Inzwischen, so hoffte er, hatte er sich wieder unter Kontrolle.

Dennoch holte er tief Luft und strich sich das Haar zurück, ehe er sein Reich betrat. Es war dunkel und ruhig. Beinahe so wie immer. Nur ein Hauch von Jasmin hing in der Luft und veränderte dadurch alles. Er entzündete die Laterne neben der Tür und noch zwei weitere neben dem Fenster. Zuerst dachte er, die Kabine sei leer, bis er Josie zusammengerollt und schlafend im Sessel vorfand. Unschlüssig blieb er stehen und betrachtete sie.

Das Gesicht umrahmt von kinnlangen Locken, die vollen, leicht geöffneten Lippen und der dunkel schimmernde Bluterguss weckten in ihm den Impuls, sie in den Arm zu nehmen. Ihr zu sagen, dass alles gut werden würde, ihr niemand etwas zuleide tun werde, solange sie unter seinem Schutz stand. Aber es hatte schon einmal zwei Frauen gegeben, die darauf vertraut hatten. Zwei Frauen, die heute nicht mehr am Leben waren, weil er dieses Versprechen nicht gehalten hatte.

Er wickelte sich eine Strähne ihres Haares um den Finger. Es war samtweich, und der Jasminduft stieg ihm zu Kopf. Kurzerhand hob er sie hoch und trug sie hinter den Paravent. Vorsichtig, ohne sie zu wecken, bettete er sie zwischen die Kissen und breitete eine weitere Decke über ihr aus. Dann setzte er sich an seinen Schreibtisch und betrachtete missmutig den Tintenfleck auf seinem Boden. Restlos würde sich dieser Schlamassel sicher nicht entfernen lassen. Weil er nicht so recht wusste, wie er diese Nacht verbringen sollte, entrollte er eine der Seekarten und versuchte, Ablenkung in der Berechnung der Route zu finden.

Wie jeden Tag zeichnete sein Finger die Linie nach, die Willie Hawkins voraussichtlich in Richtung Südafrika führen würde. Seit die Silberflotten nicht mehr genug Profit abwarfen, hatte sich der gefürchtetste Mann des gesamten Atlantikraums auf die Sklavenschiffe der Dreiecksfahrer verlegt. Er hatte schon so viele Sklaven in die Karibik verkauft, dass er von den Händlern freudig begrüßt wurde und selbst hohe Würdenträger darüber hinwegsahen, mit einem der schlimmsten Piraten Geschäfte zu machen. Adams Finger tippte auf eine Stelle, an der er hoffte, endlich seine Rache zu bekommen.

Josie stöhnte im Schlaf.

Adam hob den Kopf, sein Blick brannte sich in die Bespannung des Paravents.

Sie brauchte Kleidung. Sein Blick fiel auf seine Truhe, und er bemerkte die nasse Hose und das Hemd, welches sie anscheinend im Lauf des Tages ausgewaschen und zum Trocknen über die Truhe gebreitet hatte. Nun gut, vorerst musste das ausreichen. Er konnte vielleicht den schmächtigen Felipe bitten, eine seiner Hosen und ein Hemd zu opfern.

Ein leises Klopfen an der Tür riss ihn aus seinen Überlegungen. Er rollte die Karte ein und öffnete. Der Spanier stemmte ein voll beladenes Tablett in die Höhe, und Adam trat zur Seite, um den Koch einzulassen. Felipe hob fragend die Augenbraue, als er Josie in Adams Bett liegen sah, aber Blacksouls warnender Gesichtsausdruck hielt ihn von einer Bemerkung ab.

»Captain, wenn Ihr nichts weiter braucht, gehe ich jetzt schlafen.«

Adam nickte und hielt ihm die Tür auf. Als er wieder allein war, tat er etwas, was er noch nie zuvor getan hatte, seit er mit seiner Crew unterwegs war. Er schloss die Tür ab. Das Tablett auf dem Tisch blieb unbeachtet, und er trat an den Paravent. Das Licht der Laternen beschien das zarte Wesen auf seinem Bett, und seine Männlichkeit regte sich. Fluchend wandte er sich ab, löschte die Laternen und schob sich den zweiten Sessel so hin, dass er seine Füße darauflegen konnte, während er im anderen versuchte, eine bequeme Position einzunehmen. Das würde eine ungemütliche Nacht werden, so viel stand fest.

Kapitel 7

Als Josie am nächsten Morgen erwachte, stieg ihr der Duft von frischem Kaffee in die Nase, und sie rieb sich verschlafen die Augen.

»Bist du endlich aufgewacht?«

Sie wickelte sich die Decken fest um den Leib und trat unsicher hinter dem Paravent hervor. Blacksoul war frisch rasiert, sein Haar im Nacken zusammengebunden. Anders als am Vortag, als sie ihn beinahe unbekleidet an Deck gesehen hatte, war er an diesem Morgen ordentlich angezogen. Er saß an seinem Schreibtisch und sah sie erwartungsvoll an. Anscheinend hatte er gerade irgendwelche Papiere studiert.

Josie sah etwas verlegen an sich hinunter und nickte.

»Monsieur, *s'il vous plaît*, wäre es möglich, dass wir über die ganze Sache sprechen? Ich …«

Hilflos stockte sie, denn sie wusste nicht, worum sie bitten sollte. Um Gnade oder gar um Hilfe? Von ihm nach New Orleans gebracht zu werden, oder darum, sie am Leben zu lassen? Wenn sie doch nur hätte erahnen können, was seine Absicht war.

»Bevor wir uns in aller Ruhe über dich, deinen Verbleib auf meinem Schiff und deine Aufgaben in dieser Zeit unterhalten werden, schlage ich vor, du kleidest dich an.«

Er deutete auf einen Stapel Kleidungsstücke, der auf dem Tisch lag. Dann vertiefte er sich wieder in seine Papiere.

»*Merci.*«

Josie verschwand hinter dem Wandschirm und beeilte sich, in Hose und Hemd zu schlüpfen. Die Hose war ein gutes Stück zu lang, und sie krempelte sie bis zu ihren Knöcheln hoch. Das Hemd hingegen war etwas eng. Nur mit Mühe ließen sich die oberen Knöpfe schließen. Sie fühlte sich sehr unwohl, so dem Kapitän gegenübertreten zu müssen. Mit wenig Erfolg versuchte sie, ihr Haar zu glätten, und zupfte einzelne Strähnen zurecht. Mehr würde sie in dieser Situation nicht aus sich herausholen können.

Als sie fertig war, sah Adam auf. Seine Mundwinkel verzogen sich zu einem Lächeln.

Lächeln? War das möglich? So schnell, dass sie dachte, es sich eingebildet zu haben, war es auch wieder verschwunden, und Adam kam mit zusammengepressten Lippen auf sie zu.

»Frühstück?«, bot er an und deutete auf einen der Sessel.

Josie nickte und setzte sich. Dankbar und schüchtern lächelnd, griff sie sich eine der Brotscheiben und biss herzhaft hinein.

Obwohl Adam vorgehabt hatte, vernünftig und in Ruhe mit Josie das weitere Vorgehen zu besprechen, stellte er jetzt fest, dass dies nicht so einfach werden würde. Wie die geborene Unschuld saß sie da. Den Blick gesenkt, mit dem Hemd, welches sich so über ihren vollen Brüsten spannte, dass es zwischen den einzelnen Knöpfen tiefe Einblicke gewährte, und dem Haar, so zerzaust, als hätte ein leidenschaftlicher Liebhaber es ihr in der Nacht in Unordnung gebracht.

Herrje, wie sollte das nur gut gehen?

Anscheinend hatte er eine ganze Weile damit zugebracht, sie anzustarren, denn gerade, als er das Wort ergreifen wollte, leckte sie sich die letzten Krümel aus dem Mundwinkel und etwas Honig von der Fingerspitze. Sofort stand Adams Körper in Flammen, und er ballte die Hände zu Fäusten. So konnte es nicht weitergehen. Er würde ihr eines seiner eigenen Hemden geben, damit zumindest ihre Brüste ihn nicht länger zum Narren halten konnten.

Erinnerungen kamen auf. Schmerzliche Erinnerungen. Erinnerungen an Abigail Winthers. Die letzte Frau, die er an Bord gehabt hatte. Die Anstandsdame der jungen Catherine Nelson. Auch deren Schönheit hatte ihn abgelenkt. So sehr, dass er Hawkins' Schiff erst bemerkt hatte, als es bereits zu spät gewesen war.

»… wollt Ihr gar nichts?«, riss ihn Josies Frage aus seinen Gedanken.

»Wie bitte?«

»Esst Ihr selbst etwa nichts?«, wiederholte sie ihre Frage.

Adam wischte sich die plötzlich schweißnassen Hände an der Hose ab und griff nach seinem Glas.

Rum. Obwohl der Rum seine Schuld nicht verringern konnte, betäubte er doch den Schmerz. Solch einen Fehler wie damals durfte er nicht noch einmal machen. Auch um seiner selbst willen nicht.

»Jetzt nicht.«

»*Alors*, Monsieur, was habt Ihr nun mit mir vor?«

Josie wischte sich die Hände ab und sah ihn abwartend an.

Adam schwieg. Was hatte er mit ihr vor? Er hatte sich über diese Frage schon die ganze Nacht den Kopf zermartert.

»Das ist nicht ganz einfach zu beantworten. Ich hatte ja nicht mit dieser unerwarteten Wendung gerechnet. Ich brauche jemanden, der sich um Kleinigkeiten hier an Bord kümmert und der für meine Belange sorgt.«

Josie atmete auf.

»Das kann ich, Monsieur. Ich werde mich natürlich so gut es geht nützlich machen …«

Adams Faust donnerte auf den Tisch.

»Nein! Das kannst du nicht! Was denkst du denn, was meine Männer tun werden, wenn du ihnen die ganze Zeit vor der Nase herumtanzt? Nein! Du bleibst schön hier. Wirst diese Kabine ohne meine ausdrückliche Erlaubnis nicht verlassen, ist das klar?«

»Was? *Non*, das kann nicht Euer Ernst sein. Wie lange denn?«

Adam zuckte die Schultern.

»Ich weiß es nicht. Ich hoffe, innerhalb der nächsten Wochen mein Ziel zu erreichen. Was mich aber viel mehr interessiert, ist die Frage, wie ich dich wieder loswerde.«

»Loswerden? Freilassen?«

Josie bekam große Augen bei der Vorstellung, dieses Schiff zu verlassen und endlich ihren Vater in die Arme schließen zu können.

»Monsieur, wenn Ihr mich nach New Orleans bringt, wird Euch mein Vater sicher reich belohnen«, versicherte sie schnell.

»New Orleans liegt völlig abseits unserer Route. Wer weiß, ob wir in den nächsten Monaten auch nur in die Nähe kommen.«

»Aber …«

»Wenn jedoch das Lösegeld passt, …«

»Mein Vater wird jede Summe zahlen, die Ihr verlangt, das schwöre ich Euch!«, flehte Josie.

»Wir werden sehen, Schätzchen. Bis dahin wirst du tun, was ich sage, und mir besser keinen Ärger machen, ist das klar?«

Josie konnte kaum glauben, dass dies alles so einfach sein sollte. Aber noch ehe sie weitere Fragen stellen konnte, war Blacksoul aufgestanden. Er leerte sein Glas und sah ihr eindringlich in die Augen.

»Und begehe nicht den Fehler, dich als etwas anderes zu sehen, als du bist. Meine Gefangene. Du würdest es bitter bereuen!«

Sein Kiefer zuckte, und er strich sich mit der Hand über die Narbe, ehe er auf die Tür zusteuerte.

Mutlos sank Josie in sich zusammen. Die Erleichterung, welche sie eben noch verspürt hatte, weil er sie zurück zu ihrem Vater bringen würde, verblasste angesichts seiner barschen Worte.

Als die Tür hinter ihm ins Schloss fiel, sah Josie ihm lange nach. Was war er nur für ein seltsamer Mann. Er war wie sein Gesicht, dachte sie.

Die eine Seite zerstört, vernarbt und verhärtet. Diese Seite drohte ihr, machte ihr Angst und tötete Seeleute mit einer kalten Grausamkeit, die einfach nicht zu der anderen Seite passte. Denn diese war freundlich und angenehm – von engelsgleicher Schönheit, was sie völlig verwirrte, ihr Herz schneller schlagen ließ und ihr ein nie gekanntes Kribbeln verursachte.

Die nächsten Tage verliefen weitgehend ereignislos. Josie bekam von Blacksoul oder seinem Maat kleinere Aufgaben zugeteilt. Sie stopfte Hemden und Hosen, besserte Nähte aus und putzte hinter dem Kapitän her. Am ersten Tag hatte sie versucht, den Tintenfleck zu entfernen, war aber gescheitert. Die Farbe war tief ins Holz eingedrungen und hatte es dauerhaft verfärbt. Außerdem hatte Blacksoul klargestellt, dass er nicht vorhatte, Josie weiterhin sein Bett zu überlassen. Smithe hatte ihr stattdessen ein Lager vor dem Bücherregal aufgebaut und dazu die Sessel und den Tisch weiter in die Mitte der Kabine geräumt.

Obwohl Smithe täglich von früh bis spät vor ihrer Tür Wache hielt, überließ Adam seine Gefangene meist sich selbst. Nur zu den Mahlzeiten gesellte er sich zu ihr, sah sie dann aber nur schweigend an. Seit sie bei einer dieser Gelegenheiten all ihren Mut zusammengenommen und ihn nach der Narbe gefragt hatte, trug er das Haar offen, ließ die goldenen Strähnen seine Entstellung verbergen. Die eisige Mauer des Schweigens auf ihre Frage ließ sie jeden weiteren Versuch, etwas über sein Schicksal zu erfahren, aufgeben.

Erst wenn sich Josie abends längst schlafen gelegt hatte, kam Blacksoul in die Kabine, saß bei gedämpftem Licht über seinen Karten, betrank sich mit Rum und legte sich irgendwann vollständig bekleidet in sein Bett. Und noch bevor Josie am nächsten Morgen die Augen aufschlug, war er schon wieder verschwunden.

Adam war am Ende. Seit Tagen war er auf der Flucht. Auf der Flucht vor sich selbst. Vor seinen Gefühlen und vor der Frau, welche diese in ihm weckte. Er ertrug ihre Nähe kaum, denn sobald er sie sah, fragte er sich, wie es wäre, ein Mann zu sein, der um diese Frau werben konnte. In diesen Momenten hasste er Hawkins noch mehr. Denn das Leben, in dem er genau das hätte tun können, hatte ihm dieser genommen.

Auf der Flucht vor seinen Gefühlen und seinen niederen Instinkten, die er, wie er gestehen musste, noch weniger kontrollieren konnte als seine Erinnerungen, hatte er auch heute wieder viele Stunden am Ruder verbracht. Doch erst in diesem Zustand körperlicher Erschöpfung war er sicher, nicht mehr die Kraft zu haben, sich Josie zu nähern.

Er dankte Smithe, der es sich vor der Kapitänskabine gemütlich gemacht hatte, und schickte ihn in seine Koje.

Dann trat er ein und verriegelte die Tür. Eigentlich hatte er vorgehabt, erneut die Route zu berechnen, aber da er selbst den ganzen Tag das Steuerrad in den Händen gehalten hatte, war er sicher, nicht vom Kurs abgekommen zu sein. Willie Hawkins war in greifbarer Nähe, das hatte er im Gefühl. Er schenkte sich ein Glas Rum ein und stürzte es in einem Zug hinunter.

Sofort füllte er sein Glas erneut, und der klare Inhalt brannte sich den Weg seine Kehle hinab. Schließlich goss er sich ein drittes Mal ein, ehe er es auf der Kleidertruhe neben seinem Bett abstellte. Mit der angenehmen Schwere des Rums im Blut schlüpfte Adam aus den Stiefeln, legte seinen Säbel ab und, nach einem prüfenden Blick auf die schlafende Gefangene, auch sein Hemd. Wie immer hatte ihm Smithe Wasser und Seife bereitgestellt. Er schöpfte das kalte Nass mit den Händen und wusch sich das Salz von der Haut. Die Meeresbrise trug so viel davon mit sich, dass man es sogar schmecken konnte, wenn man sich die Lippen leckte.

Zum ersten Mal seit Tagen fühlte Adam sich entspannt. Er war erschöpft, müde und leicht angetrunken. Sicher würde er heute Nacht Schlaf finden und sich nicht wieder nur ruhelos herumwälzen. Er löschte die Laterne und schlüpfte unter seine Decke.

Tatsächlich schien er eingeschlafen zu sein, denn er erwachte, als erstickte Laute an sein Ohr drangen. Mit einem Satz war er aus dem Bett, griff seinen Säbel und trat hinter dem Paravent hervor.

Josie schrie und schlug um sich. Adam suchte die Kabine ab, aber es war niemand zu sehen. Wachsam entzündete er eine Laterne. Tatsächlich war niemand hier. Auch eine Überprüfung der Tür zeigte, dass diese nach wie vor verschlossen war. Ein weiterer Schrei der Frau ließ Adam zu ihr eilen, neben ihr zu Boden sinken. Sanft rüttelte er sie an den Schultern.

»Josephine! Schätzchen, wach auf!«

Tränen rannen aus den geschlossenen Augen über ihre Wange, und sie keuchte, als sie sich seiner Berührung bewusst wurde.

»*Non*, bitte nicht! Loslassen!«, kreischte sie, dabei wild um sich schlagend.

Ein schrecklicher Albtraum quälte sie, aber es wollte ihm einfach nicht gelingen, zu ihr durchzudringen. Immer wieder hämmerten ihre Fäuste auf ihn ein, während er beruhigende Worte in ihr Ohr murmelte. Wie ein Kind hob er sie hoch, trug sie zu seinem Bett und sprach weiter leise auf sie ein. Er setzte sich und hielt sie fest in seinen Armen. Strich ihr das Haar aus dem Gesicht und die Tränen von der Wange. Nach einigen Minuten wurde ihr Wimmern leiser, ihre Gegenwehr schwächer und schließlich öffnete sie mit einem letzten Seufzen die Augen.

Schiere Verzweiflung sprach aus ihrem Blick, und sie schien Schwierigkeiten zu haben, sich zu orientieren.

»Was …, wo …«, flüsterte sie mit heiserer Stimme.

Adam schob sie etwas von sich und lächelte sie beruhigend an.

»Es ist alles gut. Du hast nur geträumt. Geht es wieder?«, hakte er nach.

Josie nickte, noch immer benommen. Die Intensität ihres Traumes bereitete ihr eine Gänsehaut. Erst jetzt wurde ihr bewusst, dass sie nur mit Blacksouls weitem Hemd bekleidet war und er selbst nicht mehr als seine hautenge Kniebundhose trug. Sie wollte nicht so nah bei ihm sein, aber das Grauen hielt sie noch immer in seinen eisigen Klauen. Die Bilder des Traumes standen ihr selbst jetzt noch vor Augen, und sie flüchtete sich in das sichere Gefühl seiner beschützenden Arme.

»Es war *horrible*«, flüsterte sie und wischte sich mit den Händen übers Gesicht, als gelänge es ihr so, den Traum aus ihrem Kopf zu vertreiben.

»Du musst keine Angst mehr haben.«

Behutsam streichelte er ihr den Rücken. Josie erzitterte, als sie seinen heißen Atem in ihrem Nacken verspürte.

»Ich weiß, aber die Bilder – sie verschwinden nicht.«

Adam lehnte seinen Rücken gegen das hölzerne Kopfteil und bettete sie in seine Arme. Ihre Not ließ ihn nicht unberührt.

»Was hast du denn geträumt?«

Josie lehnte den Kopf zurück, um ihm ins Gesicht sehen zu können. Sein Blick war ihr so fremd. So verändert. Seine Augen waren sanft und seine Lippen so verlockend, wenn sie wie jetzt dieses beruhigende Lächeln trugen.

»Es war das Feuer. Ich habe von dem Feuer geträumt«, fing sie an, leise und mit stockender Stimme zu erzählen.

»Welches Feuer?«

»Die Plantage. Der Sklavenaufstand auf Guadeloupe.«

Sofort waren die Bilder wieder in ihrem Kopf. Sie kniff die Augen zusammen, und Adam griff nach ihrer Hand.

»Der Himmel leuchtete rot, stand in Flammen. Sie haben das Haus angezündet und die Felder. Ich wollte fliehen, aber überall waren Flammen. Sie kamen immer näher, ich stürzte, und meine Beine waren schwer wie Blei, ich kam kaum vorwärts. Irgendwann holten sie mich ein. Hielten den abgetrennten Kopf von Monsieur Orino in den Händen, schleiften mich mit sich, …«

»Scht. Ist doch gut. Es war doch nur ein Traum.«

Josie versteifte sich.

»*Non!*«, rief sie, »Es war nicht nur ein Traum. Das Feuer, der Aufstand, das alles ist wirklich geschehen! *Oui*, ich bin entkommen, die Sklaven – sie haben mich nicht erwischt, aber was nützt mir das? Bin ich nicht immer noch in Gefahr? Gefangen von einer Horde Seeräuber, fern den Menschen, die ich liebe?«

Wütend auf sich selbst, tatsächlich Trost in den Armen des Piraten gefunden zu haben, wehrte sie ihn nun ab.

»Ihr, Captain Blacksoul, seid nicht besser als die Sklaven! Deren Blutrausch ist für mich sogar irgendwie verständlich. Immerhin kämpfen sie um ihr eigenes Leben und ihre Freiheit, aber was ist mit Euch? Wofür kämpft Ihr, wenn nicht nur zu Eurer Freude?«

Josie hatte sich aus seinen Armen gelöst und schob sich zur Bettkante.

»Adam«, flüsterte er.

»Was?«

»Mein Name ist Adam«, wiederholte er geduldig. Sie spürte seinen Blick zwischen ihren Schulterblättern.

Ihre Wut verrauchte ebenso schnell, wie sie gekommen war. Es war nicht richtig von ihr gewesen, ihn derart anzugreifen. Er hatte sie schließlich getröstet und versucht, ihr zu helfen.

Der Ton seiner Stimme ließ sie innehalten. Ihr Herzschlag setzte kurz aus. Sie konnte nicht sagen, was es war, aber urplötzlich hatte sich etwas verändert. Langsam drehte sie sich zu ihm um. Sah in sein Gesicht, verlor sich in seinem Blick.

»Adam.« Sie sprach seinen Namen aus, als wöge sie ab, ob er tatsächlich zu ihm passte. Als sein Name über ihre Lippen kam, musste Josie schlucken. Es klang so richtig. Er war nicht Blacksoul, war es nie gewesen. Der Mann, der ihr in seinen Armen Sicherheit geboten hatte, war niemals Blacksoul gewesen, sondern immer Adam. Und sie wusste noch etwas: Adam war für sie sogar noch gefährlicher, als sie jemals für möglich gehalten hätte.

All seine Selbstbeherrschung aufbringend, um die schöne Französin nicht erneut in seine Arme zu ziehen, erhob er sich und goss ihr ein Glas Rum ein. Sich seiner spärlichen Kleidung nicht bewusst, stand er vor ihr und reichte ihr das Getränk.

»Du musst das nicht glauben,« griff er das Gespräch wieder auf. »Aber auch ich habe gute Gründe.«

Da sie noch immer nahezu nackt in seinem Bett saß, errötete sie, als ihr bewusst wurde, wie nahe sie sich gerade noch gewesen waren.

»Euer Leben geht mich nichts an. Entschuldigt meinen Ausbruch. Ich bin einfach müde. Meine Nerven sind mit mir durchgegangen.«

Sie nippte an dem Glas, und die klare Flüssigkeit brannte sich ihre Kehle hinab. Verwirrt durch die widersprüchlichen Gefühle, welche in ihr tobten, erhob sie sich.

»Ich danke Euch, dass Ihr meinem Traum den Schrecken genommen habt. Sicher kann ich jetzt wieder schlafen.«

Mit einem letzten Blick in sein inzwischen wieder verschlossenes Gesicht schob sie sich an ihm vorbei und begab sich zu ihrem Nachtlager. Sie versuchte zu ignorieren, dass Adam ihr hinterhersah, und legte sich hin. In der Absicht, der gefährlichen Nähe des Piratenkapitäns zu entgehen, stellte sie sich schlafend.

Kapitel 8

Anders als an den Tagen zuvor, hielt sich Adam noch in seiner Kabine auf, als Josie erwachte. Verschlafen rieb sie sich die Augen und streckte sich.

»Na?«, hakte er nach, »hast du gut geschlafen?«

Josie stand auf und griff sich ihre Hose.

»*Oui, merci.* Ich werde mich erst …«, sie deutete auf ihre Kleider und den Paravent, und, als er zustimmend nickte, verschwand sie dahinter.

»Warum seid Ihr noch nicht an Deck?«, fragte sie gedämpft, während sie sich das Hemd über den Kopf zog.

»Ich habe es heute nicht besonders eilig«, wich Adam ihrer Frage aus. »Und da dachte ich mir, ich leiste dir beim Frühstück Gesellschaft.«

»*Bien.*«

Aus unerklärlichen Gründen hob seine Anwesenheit Josies Laune, und sie beeilte sich mit ihrer Morgentoilette. Als sie schließlich hinter dem Paravent hervortrat, goss Adam ihnen gerade eine Tasse Kaffee ein und bedeutete ihr, sich zu setzen. Schiffszwieback mit Honig lag bereits auf ihrem Teller.

In friedlichem Schweigen saßen sie beisammen, und Josie konnte nicht umhin, den Mann, der ihr gegenübersaß, zu bewundern. Wenn man einmal von der Narbe absah, war Adam einfach atemberaubend. Seine stattliche Körpergröße, die starken Arme und seine leuchtenden Augen hätten jeder Frau den Schlaf geraubt. Und wenn sie ihn nun so ansah, musste sie sich eingestehen, dass die Narbe auf den ersten Blick viel schlimmer ausgesehen hatte. Wie sie sich davon hatte abgestoßen fühlen können, wollte ihr heute Morgen nicht mehr so recht in den Sinn kommen.

Als Adam sich wenig später seinen Aufgaben an Deck widmete, kam Josie die Stille in der Kabine erdrückend vor. Überhaupt erschienen ihr diese vier Wände immer mehr wie das Gefängnis, das sie waren. Sie wollte so gerne wieder die Sonne auf ihrer Haut spüren und sich den Wind ins Gesicht wehen lassen. Unruhig ging sie an diesem Tag auf und ab, bis endlich Smithe eintrat und ihr ihre Tagesaufgabe zuwies. Eines der Segel war eingerissen. Das dicke Tuch zu flicken, würde nicht so einfach werden, aber Josie tat ihr Bestes.

Ebenso wie am Morgen, kam Adam auch zum Mittagessen und am frühen Abend zu ihr in die Kabine und speiste mit ihr. Als er sich nach dem Abendessen wieder erhob, hielt Josie es nicht länger aus.

»Adam?«, rief sie ihm nach.

»Was ist denn?«, fragte er, überrascht, dass sie seinen Vornamen verwendete. Niemand an Bord hatte ihn je so gerufen, und es klang beinahe fremd in seinen Ohren.

»Kann ich nicht mit Euch kommen? Ich halte es nicht länger aus. Die Eintönigkeit der Kabine erdrückt mich.«

»Nein«, antwortete er schroff, um jede Widerrede im Keim zu ersticken.

»Aber, … *pourquoi* …?«

»Nein, habe ich gesagt! Kein Wort mehr!«

Damit beeilte er sich, sie zu verlassen.

Elend. Er fühlte sich elend. Sein Blick glitt über die Seeräuber, einen Haufen rauer Kerle. Keiner von denen hatte mehr etwas zu verlieren, genauso wenig wie er selbst. Als sich Smithe von seinem Platz neben der Tür erhob und zu ihm trat, klopfte er dem kleinen Mann mit den Knopfaugen dankbar auf die Schulter.

»Was ist los, Captain? Ihr schaut so finster.«

»Ach, ich dachte gerade daran, wie wir uns begegnet sind.«

Smithe nickte und beide sahen es vor sich, als wäre es gestern gewesen.

»Was ist das? Da treibt doch was?«

One-Hand-Harry deutete mit dem Haken, der seine abgetrennte Hand ersetzte, vor sich ins Wasser.

Sein Kumpan Louis zog das Paddel ins Boot und beugte sich nach vorne.

»Was …? Zur Hölle, das ist doch eine Leiche!«, rief er.

»Dann paddle weiter! Bevor die *Aurora* ganz und gar versinkt!«

»Die steht schon lichterloh in Flammen. Sicher gibt es für uns da nichts mehr zu holen. Und hier treibt nur wertloses Zeug!«

»Und ein Toter! Dann rudere eben wieder zurück. Der Captain wird's verstehen«, gab Harry gleichgültig zurück.

»Wir sollten nachsehen, ob er noch lebt.«

»Unsinn. Überhaupt – was sollen wir mit ihm machen, wenn er noch lebt? Lass ihn, den holen sich die Haie.«

Aber Louis fühlte sich unbehaglich. Was, wenn dieser von Haien angefressene Leichnam dann stinkend und verwesend in ihrer Bucht angeschwemmt würde? Ekelhaft.

»Und was, wenn er was Wertvolles in den Taschen hat?«, gab er zu bedenken.

»Na schön! Siehst du ihn noch? Dann zieh ihn eben raus, wenn du meinst.«

Mit der messerscharfen Spitze seines Hakens pulte sich Harry zwischen seinen Zähnen herum und schnalzte mit der Zunge, als er das bräunliche Fundstück betrachtete.

Louis, der den reglosen Körper nicht aus den Augen gelassen hatte, packte ihn am Gürtel und wuchtete ihn über die dünne Bootswand.

»Zum Teufel, was ist denn mit dem passiert!«, entfuhr es ihm, als er die blutigen Fetzen sah, die die Überreste des Gesichts darstellten.

Harry schnalzte wieder mit der Zunge, und sein Haken machte sich an der Hosentasche der leblosen Gestalt zu schaffen.

»Sieht so aus, als hätte sich schon ein Hai bedient«, stellte er nüchtern fest.

»Quatsch. Sieh doch hin. Das ist ein gerader Schnitt. Das war kein Hai.«

»Ist ja egal. Der ist so blank wie wir. Nichts in den Taschen und nichts am Leib. Wirf ihn wieder rein!«

Ein röchelndes Husten ließ die beiden erstarren.

»Los!«, rief Harry. »Rein mit ihm!«

Als er sich mit seiner verbliebenen Hand an dem Geretteten zu schaffen machte, ging Louis dazwischen.

»Hör auf! Der lebt noch. Wir schaffen ihn zum Captain.«

»Klar, der lebt – aber wie lange noch? Sieh ihn dir doch an! Denkst du, er freut sich, dass er den Rest seiner Tage mit so einer Visage herumlaufen muss?«

»Das ist dann aber nicht mein Problem.«

Damit legte sich Louis in die Riemen und ruderte zurück zur Great Bird Isle, wo der Unterschlupf der Piratenmeute um Captain Allard lag. Fast die ganze Insel war von Piraten besiedelt. In der südlichen Bucht lagen drei Schiffe vor Anker. Und obwohl die Insel nur fünf Meilen vor Antigua lag, konnten die

Kontrollen der königlichen Marine den Männern nichts anhaben, da ihnen ihr gesetzloses Treiben bisher nicht nachgewiesen worden war.

Wenig später schleiften sie das Ruderboot über den Sand. Adam kam keuchend zu sich. Ein Fehler, wie er fand. Sein Gesicht brannte wie Feuer, und im Rest seines Körpers hatte er kein Gefühl. Er musste tot sein. Im Fegefeuer. Aber warum? Er war ein Mann von Ehre, von Rechtschaffenheit.

»He, du?«, stieß ihn jemand am Bein an.

Adam blinzelte, aber sein Blick blieb getrübt. Sein Gehirn schien – außer Schmerz – nichts wahrnehmen zu können.

Er wurde an den Armen gepackt und stolperte über eine Kante. Dann spürte er Sand unter seinen Füßen, brachte aber nicht die Kraft auf, diese in Bewegung zu setzen.

»Pack mit an, ich schlepp den nicht allein!«, hörte er jemanden sagen.

»Du wolltest ihn doch unbedingt rausfischen, dann schaff ihn auch alleine ins Dorf.«

Adam musste kurz das Bewusstsein verloren haben, denn als er wieder versuchte, die Augen zu öffnen, lag er auf einer Pritsche, und neben ihm prasselte ein Feuer.

Langsam schärfte sich sein Blick und er sah in das lächelnde Gesicht einer Frau. Ihr dunkles Haar war im Nacken zu einem lockeren Knoten gefasst. Lachfältchen umrahmten ihre großen, freundlichen Augen.

»Ich bin Suelita«, stellte sie sich vor. »Wie geht es dir?«

Adam zuckte vor Schmerz zusammen, als er versuchte, etwas zu sagen. Erneut schien sein Gesicht zu verbrennen, und er wollte sich an den Kopf fassen, aber Suelita hielt ihn davon ab.

»Nicht. Du bringst Schmutz in die Wunde.«

Wunde? Wie aus dem Nebel tauchten Bilder in seiner Erinnerung auf. Der Säbel – er war einfach niedergefahren und hatte ihm das Gesicht zerschnitten. Willie Hawkins höchstpersönlich hatte diesen Streich geführt. Mit einem Mal war alles wieder da. Die *Aurora*, Lady Winthers und die junge Catherine Nelson. Und die Gesichter der Männer, die das alles verschuldet hatten. Er krümmte sich zusammen, wollte nicht wahrhaben, dass seine eigene Schuld unermesslich groß war. Er hatte versagt! Hatte nur Augen für die wunderschöne Abigail Winthers gehabt und seine Aufgabe, das Schiff und die Passagiere zu schützen, vernachlässigt.

»Keine Sorge, ich werde dir helfen.«

Ihr Blick war voll Vertrauen, und so verlor er sich darin. Überließ sich ihren heilenden Händen. Nur wenige Tropfen eines bitteren Gebräus, welches sie ihm vorsichtig in den Mund flößte, brachten ihm erlösenden Frieden.

»Suelita habe ich es zu verdanken, dass ich heute noch hier neben dir stehen darf, mein Freund.«

Erneut klopfte Adam seinem Maat auf die Schulter und sandte in Gedanken einen Gruß an die Frau, die immer lächelte.

»Wie wahr! Aber Ihr hattet auch Glück, dass ausgerechnet Allards Männer Euch auf die Insel brachten«, stimmte Smithe zu.

»Allard, der alte Haudegen! Hätte mich aber ohne seine Suelita trotzdem einen Kopf kürzer gemacht. Es ist ihm so gar nicht recht gewesen, dass er mir aus unserer Zeit auf der *Mary Ann* noch etwas schuldig war.«

Smithe runzelte die Stirn.

»Warum stand er eigentlich in Eurer Schuld?«

Adam zuckte mit den Schultern. Das alles war so lange her. Es fiel ihm schwer zu glauben, dass es sich in diesem Leben ereignet haben sollte. Das Leben vor William Hawkins' Tat war ihm beinahe in Vergessenheit geraten.

»Ich war damals noch ein Junge. Gerade fünfzehn Jahre alt, als wir, Nelson, Allard und ich, unter Kapitän John Rathbone nach Port Royal kamen. Der Sturm in der Nacht hatte uns einen Mast gekostet, und so mussten wir notgedrungen diesen Hafen anlaufen. Die Reparatur war in vollem Gange, und Rathbone gab uns jüngeren Seeleuten Landgang, damit wir nicht im Weg herumstanden. Begeistert rannte ich zurück ins Mannschaftsquartier, um mir Geld zu holen. Ich wollte für Margarete ein Andenken besorgen – eine Kette mit kleinen Muscheln schwebte mir vor.«

Der Gedanke an seine Schwester Margarete ließ Adam stocken, und er fragte sich, ob sie jemals an ihn dachte.

»Und weiter?«, hakte Smithe interessiert nach. Er hatte noch nie erlebt, dass der Captain etwas von sich preisgab. Genaugenommen vermutete er sogar, dass er selbst hier an Bord der Einzige war, der Blacksouls echten Namen kannte.

»Hm, ich mach es kurz – ich ertappte ihn dabei, wie er unsere Kameraden bestehlen wollte, und hatte vor, ihn aufzuhalten. Ich drohte ihm mit meinem Messer und verlangte, dass er sich dem Kapitän stellen sollte. Natürlich versuchte er, mich zu überzeugen. In den schillerndsten Farben malte er mir das Bild seiner Zukunft als Pirat in einer der reichsten Städte der Welt. Port Royal, so sagte er, sei unser großes Glück – eine Stadt, die für Männer wie uns alles biete. Er sagte, Sitten oder Moral gebe es hier nicht, und das Schicksal habe es für uns so gewollt.«

Smithe lachte. Die Träume des jungen Allard deckten sich ziemlich genau mit seinen eigenen Jugendfantasien.

»Und das hat Euch nicht sofort überzeugt? Ich an Eurer Stelle hätte ihn nicht verraten, sondern ihm tragen geholfen!«, witzelte er.

Adams strafender Blick brachte den Maat dazu, nur noch breit zu grinsen.

»Ich hatte ein Messer, und er hatte eines. Minutenlang umrundeten wir uns, ohne dass es einer wagte, den Kampf zu eröffnen. Schließlich schlug er vor, das Schicksal entscheiden zu lassen. Er fasste in seine Tasche und holte eine angelaufene Silbermünze hervor. Sie sollte entscheiden. Kopf oder Zahl. Alles oder nichts. Würde er gewinnen, müsste ich ihn mit dem Diebesgut ziehen lassen, würde ich gewinnen, sollte er die Sachen zurückgeben und das Schiff verlassen. Er ließ mir die Wahl und ich sagte Zahl. Allard schnippte die Münze, fing sie und schlug sie auf seinen Handrücken. Langsam hob er die Hand. Und ich schwöre dir, das Gesicht auf dem alten Geldstück schien mich zu verspotten. Das Schicksal hatte es gut mit Allard gemeint. Ich hielt mein Wort und ließ ihn ziehen.«

Adam zuckte mit den Schultern, wie um sich von der Last der Erinnerung zu befreien.

Smithe zog die Augenbrauen nach oben und fragte ungläubig:

»Hat Allard deshalb noch einmal mit Euch die Münze geworfen?«

»Ja. Weißt du nicht mehr, dass er mich aufhielt, als ich die Insel verlassen wollte? Er könne mich nicht gehen lassen, da ich sein Versteck kenne, behauptete er.«

Smithe schlug sich auf den Schenkel und nickte.

»Doch, doch, aber ich weiß auch noch, wie wir alle dachten, ein richtiges Duell mit dem Degen stünde uns bevor. Allard war ein guter Kämpfer, und im Nu hatten sich alle um Euch versammelt. Ich selbst hatte übrigens auf Euch gesetzt«, entsann sich der Maat.

»Warum? Ich war geschwächt von der Verletzung.«

»Ja, aber Ihr wart getrieben von dem Wunsch nach Vergeltung und hättet Euch durch nichts aufhalten lassen. Das konnte jeder sehen. Fast alle haben auf Euch gesetzt. Vielleicht wusste es auch Allard«, sinnierte Smithe.

»Jedenfalls einigten wir uns, wie schon zuvor, darauf, das Schicksal entscheiden zu lassen. Entweder würde ich sterben, oder man würde mich gehen lassen und mir zusätzlich die *Deathwhisper* überlassen. Alles oder nichts.« Adam schloss die Augen und sah die kleine Dublone, deren goldener Glanz noch so hell strahlte wie am Tag ihrer Prägung, fast noch vor sich. Sie war viel wertvoller gewesen als diejenige, die sie auf der *Mary Ann* verwendet hatten. Das Bildnis eines großen Tempels hatte die Münze geziert – angeblich war sie aus der sagenumwobenen Goldenen Stadt Eldorado.

Smithe staunte nicht schlecht.

»Allard sagte, sie sei ein Glücksbringer, habe ihn immerhin zu Suelita geführt. Aber weil er der Ansicht war, die Dublone habe ihn im Stich gelassen, als der Wurf mir dieses Schiff in die Hände spielte, gab er sie mir. Und ich gab sie dieser eigensinnigen Engländerin, die wir im letzten Jahr mit Rum versorgt haben. Im Gegensatz zu mir hat sie den Glauben an Glück noch nicht verloren.«

»Ach ja, der Mitternachtsfalke, ich erinnere mich«, schmunzelte Smithe, da seine eigene Unaufmerksamkeit es der Frau erst ermöglicht hatte, an Bord der *Deathwhisper* zu gelangen. »Was habt Ihr nur an Euch, Captain, dass sich immer Weiber in Hosen auf unser Schiff schleichen?«

»Liegt das an mir? Ich würde behaupten, in beiden Fällen unschuldig zu sein. Und dennoch befindet sich Allards Münze nun in Lady Julias Besitz.«

»Nach alledem könnte man fast meinen, der harte Captain Allard sei in Wahrheit gar nicht so übel.«

»Täusch dich da nicht. Hätte er gewonnen, hätte er mich getötet. Geschäft ist Geschäft!«

Kapitel 9

Nach dem Streit am Vormittag hatte sich Adam nicht mehr in seiner Kabine blicken lassen, und Josies Wut brodelte nach wie vor unter der Oberfläche. Es gab keinen Grund für ihre Gefangenschaft, außer dem, dass Blacksoul es so wollte. Was bezweckte er damit? Musste er ihr seine Macht beweisen, oder war es einfach eines seiner grausamen Spielchen?

So begrüßte sie ihn mit einem nicht gerade freundlichen Blick, als er spätabends eintrat. Mit befehlsgewohnter Stimme beorderte er sie zu sich.

»Komm her.«

Eigentlich hatte sie keine große Lust, seiner Aufforderung nachzukommen, aber sein Blick warnte sie, ihn nicht herauszufordern. Also tat sie wie befohlen und blieb knapp vor ihm stehen.

»Und nun?«

»Ich will das nicht bereuen müssen, also tu, was ich sage, oder …«

Ohne den Satz zu beenden, öffnete er die Tür und schob Josie hinaus an Deck.

Vor Überraschung verschlug es ihr die Sprache, und sie sah ihn fragend an.

»Du wolltest doch raus, also bitte!«, murrte er und schloss die Tür hinter sich.

Unsicher stand Josie da. Es war eine sternenklare Nacht, die weißen Segel der *Deathwhisper* blähten sich im Wind, und die Geräusche des Schiffes kamen ihr nach der Stille in der Kabine unnatürlich laut vor. Da Adam sie erwartungsvoll ansah, schlenderte sie zur Reling.

»Willst du dich von Bord stürzen?«

»Vielleicht«, antwortete sie scherzhaft.

Adam sah sich um. Nur wenige seiner Männer taten um diese Uhrzeit noch Dienst, und die Dunkelheit tat ihr Übriges, Josies Anwesenheit an Deck zu verbergen. Dennoch fühlte er sich unwohl. In seiner Gesellschaft würde es niemand wagen, ihr etwas anzutun, aber er beging sicher nicht den Fehler, seinen Männern blind zu vertrauen.

Josie stützte die Arme auf die Reling und ließ ihren Blick über die unendliche Weite des Atlantiks schweifen. Das Mondlicht verwandelte die weiße Gischt der Wellen in diamantene Schaumkronen. Wie dunkelblauer Samt umspielte das Meer den Schiffskörper.

Mit einem genussvollen Stöhnen sog Josie die kühle, berauschende Nachtluft ein. Es war wundervoll. Sie schloss die Augen und lehnte sich gegen die Reling. Spürte die sanften Bewegungen des Schiffes, lauschte auf das Schwappen der Wellen und das Knarzen der Segel.

Adam konnte seinen Blick nicht von der Frau neben sich lösen. Wie eine mystische Galionsfigur reckte sie den Kopf gen Himmel. Sie war in silbernes Mondlicht getaucht, und ihre Laute der Verzückung klangen wie der verzauberte Gesang der Sirenen, die mit ihren Stimmen die Seeleute ins Verderben lockten. Und wenn er sie so ansah, musste er bekennen, ihr bereits verfallen zu sein.

Alles in ihm brannte darauf, sie bis zur Besinnungslosigkeit zu küssen. Er begehrte die junge Französin mit solcher Macht, dass seine Knöchel weiß hervortraten, weil er sich so fest an die Brüstung klammerte, um Josie nicht in seine Arme zu reißen.

»*Merci.* Adam, ich danke Euch. Es ist wundervoll, hier unter den Sternen zu stehen«, flüsterte sie.

Als sie ihn anlächelte, war er verloren. Er umschlang sie mit seinen Armen und zog sie an sich. Mit einem Laut der Verzweiflung presste er seine Lippen auf ihren Mund und grub seine Hände in ihr lockiges Haar.

Josie schwindelte. Vor Überraschung vollkommen reglos, lag sie in seinen Armen, während seine Zunge neckend ihren Mund plünderte. Sie erzitterte unter dem Ansturm ihrer eigenen Gefühle. Fiebrige Hitze breitete sich in ihrem Leib aus, machte sie unruhig, und wie von Geisterhand gelenkt, bog sie sich ihm entgegen.

Adam bemerkte die Veränderung, reagierte mit beinahe körperlichen Schmerzen auf ihre Kapitulation. Er zog sie noch näher an sich, ließ sie seine Erregung spüren. Eine Hand wanderte hinunter zu ihrer verlockenden, in Felipes enger Hose steckenden Kehrseite, die ihn schon seit Tagen beinahe den Verstand kostete. Als Josie unter seiner Berührung erbebte, wurde ihm klar, was er tat. Und, was noch schlimmer war, was er wünschte zu tun. Im Geiste sah er sich ihre Schenkel spreizen und sich an ihrer Süße laben. Sah sie unter seiner Berührung vor Begierde erzittern, wenn er dann endlich in sie eindringen und sie mit jedem seiner harten Stöße ausfüllen würde.

Mit beinahe übermenschlicher Selbstbeherrschung schob er die junge Frau von sich und entließ sie widerstrebend aus seiner Umarmung. Trotz der Dunkelheit konnte er ihre geröteten Wangen und ihre von seinen Küssen feuchten Lippen deutlich erkennen. Ein schmerzhaftes Ziehen ging durch seine verräterischen Lenden.

»Verflucht!«

Er kehrte ihrem aufgelösten Antlitz den Rücken zu, denn sonst hätte er dem Drang, sie erneut in seine Arme zu reißen, nicht widerstehen können.

»Geh in die Kabine!«

»Aber, *pourquoi* ...?«

Josies Herz raste. Ihre Lippen schmeckten nach seinen Küssen, und das Echo seiner Berührung hallte durch ihren Körper. So plötzlich dieser köstlichen Nähe beraubt, fröstelte sie, und sein Verhalten irritierte sie.

»Nichts aber!«, brüllte er sie an. »Wenn du nicht sofort verschwindest, dann ...«

Adam ließ den Satz unvollendet und schleifte sie zurück zu seiner Kabine. Josie jedoch weigerte sich, durch die Tür, die er ihr aufhielt, zu treten.

An seiner Schläfe pochte eine Ader, und er hielt die Fäuste geballt.

»Was soll das? Warum tut Ihr das? *Je*, ... *Vous* ... was da eben ...«, stammelte Josie.

»Geh! Ich warne dich.« Er schloss die Augen, als könne er ihren Anblick nicht länger ertragen. »Geh jetzt.«

»Aber, Adam. Bitte, lasst mich doch ...«

Josie wollte nicht zurück in die Kabine. Sie hatte zwar Angst vor den Gefühlen, die er mit seinem Kuss in ihr geweckt hatte, aber wenigstens hatte sie sich wieder lebendig gefühlt. Eingeschlossen in seinem Refugium, kam sie sich hingegen schon wie lebendig begraben vor.

Ungeduldig wirbelte er sie herum und stieß sie mit dem Rücken gegen den Türrahmen. Mit zusammengebissenen Zähnen knurrte er sie an:

»Wenn du nur noch eine Sekunde hier stehst, dann schwöre ich, mache ich dich zu meiner Mätresse! Und – bei Gott! – es wäre mir das größte Vergnügen!«

Josie sah, dass es ihm ernst damit war, und riss sich erschrocken los. Als er die Tür mit einem lauten Knall hinter ihr zuschlug, zitterten ihr die Knie, und sie hatte Mühe, bis zum Sessel zu kommen.

Oh ja, dieser Mann war zerrissen, wie sein Gesicht! Er war wie Tag und Nacht, wie heiß und kalt, Liebe und Hass!

Sie presste sich eines der Kissen an die Brust und weinte. Was war nur mit ihr passiert? Die plötzliche Leere, die nun von ihr Besitz ergriff, war fast noch schlimmer als das heiße Pulsieren zwischen ihren Schenkeln, welches sein ungestümer Kuss entfacht hatte. Wie hatte ihr so geordnetes, sicheres Leben sich in kurzer Zeit nur so verändern können?

Ein mordender Pirat hatte sie eben geküsst, ihren Körper erkundet und angedroht, sie zu seiner Mätresse zu machen! Wie konnte er es überhaupt wagen? Natürlich war ihr Ruf ruiniert, darüber war sie sich längst im Klaren. Niemand, der davon erfuhr, dass sie unzählige Tage auf einem Schiff mit Piraten zugebracht hatte, würde sie mehr heiraten wollen. Ihre Aussichten auf eine gute Partie waren dahin.

Aber das bedeutete noch lange nicht, dass sie sich damit zufriedengeben würde, die Mätresse eines Mannes zu spielen, bis dieser sein Verlangen gestillt hatte und zur Nächsten weiterzog. Auch nicht, wenn es bedeutete, dass ihr eigenes, eben zum Leben erwachtes Verlangen ungestillt bleiben musste. Nein, niemals würde sie Blacksouls Mätresse werden! Und sie würde ihn nie wieder Adam nennen! Es hatte sich heute deutlich gezeigt, dass Adam im Zweikampf den niederen Gelüsten von Blacksoul unterlegen war.

Mit einem ängstlichen Blick auf die Tür verkroch sich Josie schließlich in ihr Bett.

Sie seufzte. Warum hatte sie sich nicht sofort gegen seinen Kuss gewehrt? Warum hatte sie ihm erlaubt, sich diese Freiheit herauszunehmen? Die Antwort war einfach, aber schmerzhaft. Sie hatte es genossen. Hatte noch nie etwas Köstlicheres empfunden als das Gefühl seiner Hände auf ihrem Körper. Er hatte sie wahrlich entflammt. Warum hatte er aufgehört? Warum sich nicht einfach genommen, was er so sehr begehrte? Denn dass er sie begehrte, stand außer Frage. Sie hatte deutlich seine Erregung durch die enge Hose gespürt. Hart wie Stahl hatte sich der Beweis dafür gegen ihren Schenkel gepresst.

Auch jetzt noch wurde ihr bei der Erinnerung daran heiß, und sie strampelte sich die Decke vom Leib. Josie hatte Mühe, die Hitze, die noch immer durch ihren Körper rieselte, zu ignorieren, das heiße Sehnen nach seiner erlösenden Berührung zu unterdrücken. Da sie sich anscheinend auf ihren Körper, diesen Verräter, nicht verlassen konnte, nahm sie sich vor, dem Kerl einfach aus dem Weg zu gehen. Tagsüber sollte das kein Problem sein, denn dann war Blacksoul zumeist an Deck. Und wenn nicht, würde sie einfach immer ein Möbelstück zwischen ihnen beiden als Deckung nutzen.

Zufrieden damit nickte sie schließlich doch ein, nur um in ihren Träumen erneut in den starken Armen des Mannes zu liegen, der diese köstlichen Empfindungen in ihr geweckt hatte.

Adam goss sich, nachdem er Josie in seiner Kabine eingeschlossen hatte, einen Eimer mit eiskaltem Wasser über den erhitzten Leib. Aber auch das half wenig. Sein Verlangen nach der Französin tobte ungemildert weiter. Denn trotz seines Versuchs, sich mit der Übernahme des Steuerrades abzulenken, bereitete ihm seine Erregung fast die ganze Nacht Unannehmlichkeiten. Seine Hosen waren einfach zu eng.

Seine eigenen Worte hallten ihm durch den Kopf. Sie zu seiner Mätresse machen? Hatte er das tatsächlich gesagt? Er wusste, sie war die Tochter eines reichen Plantagenbesitzers und sicher keine Frau, die sich von irgendwem zur Mätresse machen ließe. Aber ebenso wenig würde sie ihn heiraten.

»Heiraten?«, murmelte er und zupfte den Hosenstoff in seinem Schritt zurecht. Doch sosehr er sich auch bemühte, seine noch immer lodernde Begierde verursachte nach wie vor ein ungemütliches Ziehen in seinen Lenden. Heiraten war ein unsinniger Gedanke, denn er war ein Mann ohne Ehre. Solange dies so war und er Catherine Nelsons Tod nicht gerächt, die Mörder nicht getötet und ihr damit wenigstens Gerechtigkeit verschafft haben würde, gab es für ihn selbst keine Zukunft. Die Jagd nach William Hawkins war zu seinem Schicksal geworden.

Wenigstens hatte es der schreckliche Gedanke an Catherine geschafft, die Erregung aus seinem kochenden Blut zu vertreiben.

Zwei Gesichter noch. Zwei Vergewaltiger, deren Antlitz er nicht vergessen würde, bis er sie eigenhändig getötet hatte. Und dann kam Hawkins. Sollte ihm das Glück jedoch hold sein, konnte es passieren, dass der Höllenhund noch vor seinen ehemaligen Kumpanen abtreten würde.

Adam suchte den nächtlichen Horizont nach der *Kerberos* ab. Er fühlte es, Hawkins war nicht mehr weit.

Kapitel 10

Nach dieser Nacht war es nicht verwunderlich, dass Josie übellaunig und wie gerädert erwachte. Zum Glück war von dem Mann, der in ihren Träumen solch unbeschreibliche Dinge mit ihr getan hatte, keine Spur zu sehen. Sie zog sich die Decke über den Kopf und fluchte.

War er etwa die ganze Nacht nicht in die Kabine zurückgekehrt? Ob er wohl, wie in den letzten Tagen, das Frühstück mit ihr einnehmen würde? Das Öffnen der Tür unterbrach ihre Grübeleien, und sie lugte unter der Decke hervor. Es war nur Smithe, der einen ganzen Eimer voll Kartoffeln brachte.

»Guten Morgen, Miss Josie«, grüßte er wie immer.

Sie schlug die Decke zurück und erhob sich.

»*Bonjour*. Soll ich etwa schon wieder den ganzen Vormittag Kartoffeln schälen?«, fragte Josie unwillig, die allmählich keinen Appetit mehr auf das Knollengemüse hatte.

»Ja. Aber schneidet Euch nicht, wenn es gleich etwas wackelig wird«, warnte er.

»Wackelig? Warum? Kommt ein Sturm auf?«, hakte Josie alarmiert nach.

Smithe fühlte sich in seiner Haut unwohl. Es behagte ihm nicht, mit der Frau über die Dinge zu sprechen, die an Bord vor sich gingen.

»Nein. Kein Sturm. Wir nehmen Kurs auf ein Schiff.«

»Welches Schiff? Was hat das zu bedeuten?«

»Das hat für Euch nichts zu bedeuten, Ihr sollt Euch nur nicht die Finger abschneiden!«

Josie schlug sich die Hand vor den Mund.

»Oh Gott! Ich verstehe – ihr überfallt es! So wie ihr es mit Hendersons Schiff getan habt! Nein – das dürft ihr nicht!«

»Mädchen, beruhigt Euch!«

»Beruhigen? Wie kann ich mich beruhigen? Ich werde ganz sicher nicht hier in der Kabine bleiben und tatenlos zusehen, wie ihr unschuldige Menschen überfallt und ermordet!«

Wütend stieß sie den Eimer mit den Kartoffeln um und versuchte, an Smithe vorbei zur Tür zu gelangen. Sie musste mit Adam reden – ihn irgendwie davon abhalten.

»Was wollt Ihr denn sonst tun?«, fragte der Maat höhnisch, als sein unnachgiebiger Griff ihr Vorhaben vereitelte. »Etwa zusehen? Wollt Ihr wirklich noch einmal sehen, wie Blacksoul für Gerechtigkeit sorgt?«

Ihre Versuche, sich loszureißen, beeindruckten ihn nicht im Geringsten.

»Gerechtigkeit? Was soll das für eine Gerechtigkeit sein, die einen wehrlosen Mann, der um Gnade fleht, auf so abscheuliche Weise das Leben kostet?«

»Kind, Ihr versteht nichts! Habt Ihr Euch den Kapitän noch nie angesehen?«

»Geht es darum?«, schrie sie wütend. »Um diese alberne Narbe? Dafür will er sich an Unschuldigen rächen? Weiß er denn nicht, dass er selbst mit der Narbe noch schöner ist als die meisten Männer?«

»Du dumme Göre!«

Smithe stieß Josie zurück auf das Nachtlager. Bedrohlich baute er sich vor ihr auf.

»Du kannst von großem Glück sagen, dass Blacksoul dich nicht hört! Denkst du wirklich, es geht bei dem Ganzen um ihn? Nein, Kind – darum geht es nicht. Solange ich ihn kenne, ging es noch nie um ihn, sondern immer nur um Catherine Nelson.«

Damit drehte er sich um und wollte aus der Kabine gehen. Er hatte hier schon zu viel Zeit verplempert, wurde an Deck gebraucht.

»Halt! Bitte!«

Josie rappelte sich auf und umschlang seinen Arm, um ihn zum Stehenbleiben zu zwingen.

»Bitte, sag mir, wer das ist. Diese Catherine. Bitte.«

Mit einem bedauernden Kopfschütteln wandte er ihr den Rücken zu.

»Das geht nur Blacksoul was an. Ich kann Euch nur eines sagen: Sie ist seine Vergangenheit und seine Gegenwart – seine Schuld, seine Sühne und seine Ehre. Um sie zu retten, hätte er noch sehr viel mehr gegeben als nur sein Gesicht, und er wird nicht eher ruhen, bis er William Hawkins gefunden hat!« Smithe zögerte. »Ich gebe Euch einen guten Rat: Reißt besser keine alten Wunden auf. Es ist noch keinem gut bekommen, Blacksouls Handeln zu hinterfragen.«

Josie stand da wie versteinert. Bereits vor einer Weile hatte sich die Tür hinter Smithe geschlossen, aber sie konnte sich noch immer nicht rühren. Wie dumm sie war! Dumm und naiv! Wie hatte sie sich nur in diesen Mann verlieben können? Wie hatte es passieren können, dass sie ihr Herz ausgerechnet an einen brutalen, mordenden Piraten verlor, dessen ganzer Lebensinhalt darin bestand, eine Frau namens Catherine zu rächen? Wie sehr musste ihr Verlust ihn schmerzen, wenn er ihre Peiniger auf diese Art und Weise hinrichtete? Wenn Adam bereit gewesen war, noch mehr zu geben als nur sein Gesicht, wie Smithe ihr versichert hatte, dann musste er sie sehr geliebt haben.

In ihrer Kehle bildete sich ein harter Klumpen, der bei jedem Atemzug schmerzte. Sie konnte nicht schlucken, und in ihren Augen schwammen Tränen. Unfähig, sich auch nur zu bewegen, fühlte sie, wie die Gewissheit über sie hereinbrach, ihr Herz verloren zu haben. Vermutlich hatte sie sich schon an ihrem ersten Tag hier an Bord in ihn verliebt, als er im goldenen Morgenlicht am Ruder stand. Dieses Gefühl hatte sich vertieft, als er sie aus ihrem Traum befreit und ihr in seinen Armen Trost gespendet hatte. Und seine Küsse im Mondlicht hatten ihr gezeigt, dass sie ihn nicht nur liebte, sondern auch begehrte, sich geradezu nach ihm verzehrte.

Und sie? Sie selbst war nur eine Last für Adam. Hielt ihn aus seiner eigenen Kabine fern, weil er anscheinend dachte, sein Andenken an Catherine zu beschmutzen, wenn er sie, Josie, in den Armen hielt. Anders konnte sie sich sein merkwürdiges Verhalten nicht mehr erklären. Aber warum hatte er sie dann zu seiner Mätresse machen wollen? Oder war dies nur eine leere Drohung, um sie zu ängstigen?

Aber egal, wie sie es drehte und wendete, es stand fest: Adam erwiderte ihre Gefühle nicht. Selbst wenn er körperlich auf sie reagierte, so hatte er sie doch auch immer wieder von sich gestoßen.

Sie war nicht Catherine und würde es niemals sein. Und mit weniger als seiner Liebe wollte sie nicht leben. Nur seine Geliebte zu sein, war ihr nicht genug.

Ohne die in der Kabine verstreuten Kartoffeln weiter zu beachten, versuchte sie zum ersten Mal, seit sie an Bord war, ihren Kummer mit Rum zu betäuben.

Sie hatte gerade das erste Glas geleert, als ein lautes Donnern das Schiff zur Seite neigte. Zwei der vier Bordkanonen waren abgefeuert worden, und der Rückstoß ließ die *Deathwhisper* wanken. Josie hielt sich die Ohren zu, und die Vorstellung, was sich gerade an Deck abspielen mochte, bereitete ihr Übelkeit.

»Er ist ein Mörder, kaltblütig und gnadenlos«, wirbelten ihr die Gedanken durch den Kopf. »Er liebt Catherine noch immer.«

Sie stellte das Glas beiseite und setzte die ganze Flasche an ihre Lippen. Warum wurde ihr Schmerz denn nicht betäubt? Warum schmeckte sie noch immer seine Küsse?

Die Zeit schien stillzustehen. Es schienen Stunden vergangen zu sein, als sich endlich die Tür öffnete und Adam eintrat. Bei seinem Anblick japste Josie erschrocken nach Luft. Er sah furchtbar aus. Sein Hemd war über und über voll mit Blut. Der Hemdsärmel wies dort, wo er selbst einen Streich eingesteckt hatte, einen langen Schnitt auf. Sein Blut lief ihm die Hand hinunter, tropfte unbeachtet auf den Boden. Anscheinend hatte er sich damit über sein Gesicht gewischt, denn seine Wange war ebenfalls beschmiert. Das Haar fiel ihm offen ins Gesicht, und in der unverletzten Hand hielt er noch immer den todbringenden Säbel.

Ohne Josie zu beachten, stapfte er durch den Raum, warf die Klinge auf den Schreibtisch und riss sich mit einer fließenden Bewegung das Hemd vom Leib. Er warf es in ihre Richtung.

»Bring das in Ordnung«, befahl er.

Er trat hinter den Paravent, und Josie starrte angeekelt auf das ruinierte Hemd.

Sie wusste genau, was er getan hatte. Und sie verachtete ihn dafür. Konnte beinahe die flehende Bitte des Mannes um Gnade hören, der Blacksouls Zorn abbekommen hatte. Nein, wenn er sich wie ein Berserker benahm, sollte er auch wie einer herumlaufen – sie würde keinen Finger rühren, dieses Hemd, den Beweis seiner Grausamkeit, zu waschen oder zu flicken.

Wütend erhob sie sich. Der Rum machte sie mutig, jedoch schien ihr das Schiff mehr als sonst zu wanken.

»*Non!* Bringt es doch selbst in Ordnung«, rief sie.

Wut. Das Wort war viel zu schwach, um auch nur annähernd auszudrücken, was Adam empfand. Ernüchtert hatte er feststellen müssen, an der Nase herumgeführt worden zu sein. Wieder einmal war ihm der Höllenhund entkommen! Das Schiff, auf welchem er Hawkins, die Geißel des Karibischen Meeres, vermutet hatte – und welchem er nun seit Wochen hinterherjagte –, war nur die *Charon*, dessen Begleitschiff, gewesen.

Das hatte ihn so hart getroffen, dass ihm beinahe die beiden Gesichter entgangen wären. Die Visagen der letzten beiden Männer, die er, neben Willie Hawkins, zu töten geschworen hatte.

Während seine Crew sich noch die Taschen mit Beutegut füllte, konnte er nicht anders, als sich die beiden Männer vorzunehmen. Der Erste war glimpflich davongekommen. Mit einem schnellen Schnitt hatte er diesem die Kehle aufgeschlitzt. Doch mit dem anderen hatte er sich Zeit gelassen. Er war es gewesen, der ihn damals von Bord seines eigenen Schiffes geworfen und dem vermeintlich sicheren Tod überlassen hatte.

Mit ihm hatte er Katz und Maus gespielt. Hatte ihn mit dem Säbel über Deck gejagt und ihm nach und nach immer mehr Wunden zugefügt. Erst zum Schluss spaltete er ihm, wie allen anderen zuvor, das Gesicht und stieß ihm seinen Säbel in die Brust. Die Erleichterung aber blieb aus. Warum? Er hatte doch endlich all die Männer gerichtet, die sich an der unschuldigen Miss Winthers vergangen und Catherine auf dem Gewissen hatten. Musste erst noch der Höllenhund sterben, ehe er seine Schuld beglichen hatte? Vermutlich war es so. Und wieder blieb das Gefühl zurück, nicht genug getan zu haben, um die Frauen, die ihm sein Freund Horatio Nelson anvertraut hatte, zu schützen.

»Habt Ihr gehört? Ich werde diesen Lumpen *nicht* flicken!«, wiederholte Josie, denn Adam schien sie überhaupt nicht wahrzunehmen.

Langsam drehte er sich zu ihr um.

Seine Augen sprühten Funken, und seine Kiefer mahlten vor Wut.

Mit drei großen Schritten war er bei ihr und packte sie an den Schultern. Das Adrenalin des Kampfes jagte noch immer durch seine Adern, und er war nicht in der Lage, auch nur einen klaren Gedanken zu fassen. Wie oft hatte er sie schon gewarnt, sich ihm nicht zu widersetzen? Was musste er tun, um ihr zu zeigen, dass man sich mit ihm besser nicht anlegte?

»Was hast du gesagt?«, flüsterte er mit zornbebender Stimme.

»Ich sagte, dass ich mich weigere, das Hemd eines Mörders zu waschen, *comprenez-vous*?«, antwortete Josie, deren Vorsicht durch die Wirkung des Alkohols abhandengekommen war.

Im nächsten Moment packte er das Hemd, welches sie am Leib trug, und riss mit einer einzigen Bewegung die Knopfleiste auf. Ohne Rücksicht darauf, dass Josie darunter nackt war, zog er es ihr herunter.

»Wenn das so ist, werde ich eben dieses tragen!«, knurrte er. Dann erst wanderte sein Blick über ihren Körper. Des Schutzes der Kleidung beraubt, stand nichts mehr zwischen ihm und den verführerischen Hügeln ihrer vollen Brüste, die sie vergeblich versuchte, mit ihren Händen zu bedecken.

Jäh und mächtig loderte Adams Lust auf.

Sie war atemberaubend. Von purer Begierde getrieben, trat er näher.

»Ich denke, es ist Zeit, dir eine Lektion zu erteilen. Niemand missachtet ungestraft meine Befehle – auch du nicht.«

Unbeachtet fiel das Hemd zu Boden, und er riss Josie mit einer kraftvollen Bewegung in seine Arme. Dass sie versuchte, sich aus seinem Griff zu befreien und mit ihren Fäusten auf ihn eintrommelte, hielt ihn nicht davon ab, ihren Mund mit seinen Küssen zu erobern. Er hob sie auf seine Arme und trug sie geradewegs zum Bett. Ihre Schreie trank er wie süßen Wein, und seine Hände erkundeten ihren zarten Leib. Er legte sich neben sie, hielt sie aber mit seinem Schenkel unter sich gefangen. Nicht einen Moment gab er ihre Lippen frei, sondern teilte sie mit seiner Zunge, erkundete ihre Hitze, labte sich wie ein Verhungernder an ihrem honigsüßen Mund. Verzehrt von dem brennenden Verlangen, sie zu nehmen, plünderten seine Hände hungrig ihren verlockenden Körper.

Josie wimmerte. Sie stand in Flammen, ihre Gegenwehr konnte gegen Adams Kraft nicht das Geringste ausrichten. Und mit jeder Sekunde, die er sie auf diese unbeschreibliche Weise berührte, schwand ihr Wunsch, sich aus seinen Armen zu befreien. Als er seine Hand um ihre Brust schloss, sein Daumen über ihre harte Knospe strich, durchfuhr es sie wie ein Blitz. Sie stöhnte auf, überrascht von der Welle der Lust, die ihren Körper durchflutete. Seine Berührungen hinterließen das glühende Verlangen nach mehr. Ohne sich dessen bewusst zu sein, grub sie ihre Finger in sein Haar und keuchte seinen Namen, als er wieder und wieder ihre Brust dieser zarten Marter unterzog.

Adam hob den Kopf, suchte ihren Blick. Leidenschaft loderte in ihren Augen – ihre Gegenwehr war erloschen. Ihre Kapitulation brachte sein Blut noch mehr in Wallung. Sein heißer Schaft pulsierte, drängte ihn, sich endlich Erleichterung zu verschaffen und die Französin auf jede erdenkliche Art in Besitz zu nehmen. Es kostete ihn alles an Selbstbeherrschung, seine eigene brennende Begierde zu zügeln, um ihr Vergnügen zu bereiten. Aber das wollte er. Wollte ihre Lust entfachen, sie dazu bringen, sich ihm in absoluter Hingabe auszuliefern und ihn genauso zu begehren, wie er sie begehrte.

Als er sich nun langsam wieder über sie beugte und seine Zunge ihren Hals hinab zu ihrer rosigen Spitze wandern ließ, wölbte sie sich ihm entgegen und erzitterte unter dem Ansturm der Gefühle. Ihre Welt hatte aufgehört, sich zu drehen. Sie verlor sich in ihrer wachsenden Erregung. Wünschte die unbekannte Erlösung herbei, während sie sich zugleich wünschte, dieser Moment möge niemals enden.

Adam war an der Grenze dessen, was er aushalten konnte. Wie er sich danach sehnte, jede Stelle ihres Körpers zu erkunden, sie überall zu berühren und mit seinen Lippen und seiner Zunge zu liebkosen. Schon seit einer gefühlten Ewigkeit verzehrte er sich nach der Französin, und ihre Reaktion auf ihn steigerte seine Erregung ins Unermessliche. Hektisch zerrte er an den Bändern ihrer Hose und schob diese schließlich Stück für Stück nach unten, bis das hinderliche Kleidungsstück zu Boden fiel. Ohne mit seinen hungrigen Lippen von ihren Brüsten abzulassen, ließ er seine Hand nach unten wandern, zum Zentrum ihrer Lust.

Ihr Atem kam stoßweise, und sie warf den Kopf von einer zur anderen Seite. Feuchter Nektar benetzte seine Finger, als er ihre intimste Stelle berührte und mit kreisenden Bewegungen liebkoste. Ihr ganzer Körper spannte sich an, als ekstatische Wellen der Verzückung über sie hinwegspülten.

Bei Josies Lustschrei, welcher ihren Höhepunkt begleitete, fuhr Adam auf.

Mit einem Mal wurde ihm bewusst, was er tat, und, obwohl es ihn schmerzlich danach verlangte, sich tief in die feuchte Hitze zu versenken und sich endlich zu nehmen, was er so sehr begehrte, rückte er von ihr ab. Mit vor Leidenschaft dunkler

Stimme stellte er die Frage, auf die sein von Lust umnebelter Verstand so dringend eine Antwort verlangte.

»Josie, willst du es? Wenn ich jetzt weitermache, … dann gibt es kein Zurück mehr.«

Das Echo ihrer Ekstase trieb wie Blei in ihrem Blut. Sie fühlte sich schwer. Seine Frage drang kaum in ihr Gehirn vor.

»Was?«, fragte sie matt.

»Willst du es? Meine Mätresse sein? Josie, bei Gott, ich brauche eine Antwort, oder …«

Er fuhr sich mit der Hand durchs Haar, bemerkte, dass sein Arm eine Blutspur auf Josies Bauch hinterlassen hatte. Erschrocken rückte er von ihr ab. Was war er? Ein Wilder? Der sich nach dem Kampf einer Frau aufzwang, wie Männer es seit Jahrhunderten taten, wenn sie ihre Feinde besiegt hatten? Mochte seine eigene Begierde noch so groß sein, niemals würde er sich ihr aufdrängen oder sie gegen ihren Willen nehmen. Das schmerzhafte Ziehen in seinen Lenden ignorierend, erhob er sich vom Bett.

Sein plötzlicher Rückzug ließ auch Josie wieder klarer denken. Seine Frage hämmerte in ihrem Kopf. Er hatte nicht gefragt, ob er sie lieben dürfe. Hatte ganz bewusst das Wort *Mätresse* gewählt. Und sie dummes Ding saß nun da, hatte die Leidenschaft in seinen Armen kennengelernt, nur um jetzt all dies zurückweisen zu müssen. Sein drängender Blick weckte ihr Schamgefühl, und sie konnte nicht begreifen, wie sehr sie sein Liebesspiel genossen hatte. Verlegen griff sie nach der Decke und verhüllte ihre Blöße.

Die Abscheu vor sich selbst und Josies Anblick, die sich nun, als sie erkannte, was beinahe geschehen war, von ihm zurückzog, waren Adam Antwort genug. Aber, um sich selbst für sein wollüstiges Verhalten und die mangelnde Kontrolle über seine niederen Gelüste zu bestrafen, wollte er es hören. Vielleicht wäre er dann künftig in der Lage, sich von ihr fernzuhalten.

»Antworte mir!«, verlangte er barscher als beabsichtigt.

Mit festem Blick, der nichts mehr von dem eben erlebten Höhepunkt und ihrem inneren Aufruhr erahnen ließ, spie sie ihm ihre Antwort entgegen.

»*Non, jamais!* Niemals, Blacksoul, werde ich Eure Mätresse! Ich werde mich nur dem Mann hingeben, den ich liebe – und der mich liebt!«, schwor sie, die Decke fest an sich pressend.

Adam trat zurück, griff nach dem Hemd, welches zuvor unbeachtet auf dem Boden gelandet war und schlüpfte hinein. Er warf einen letzten Blick auf das Bett. Sein Blut befleckte die Laken. Dann stürmte er hinaus.

Josie sank zitternd auf dem Bett zusammen. Was war nur passiert? Wie hatte es nur so weit kommen können? Sie wusste, warum sie sich nicht stärker gegen ihn gewehrt hatte. Weil sie unzählige Male genau davon geträumt hatte. Weil sie es nicht aushielt, *nicht* in seinen Armen zu liegen. Weil sie seit seinem ersten Kuss wissen wollte, was da noch kommen würde. Und – bei Gott! – sie wusste es nun. Noch immer spürte sie den Nachhall der Explosion, die ihren Körper erschüttert hatte.

Verschämt über ihr eigenes schamloses Verhalten zog sie sich mit zitternden Fingern die Hose wieder an und suchte ihren Schlafplatz nach einem Ersatzhemd ab. Schließlich hob sie die Knöpfe vom Boden auf, sammelte die Kartoffeln ein und machte sich daran, diese zu schälen. Während dieser eintönigen Arbeit verfluchte sie ihr Schicksal.

Wie hatte sie es nur zulassen können, sich in diesen Mann zu verlieben? Sich nach seiner Gesellschaft ebenso wie nach seiner Berührung zu sehnen? Sich vor dem Tag zu fürchten, an dem er sie nach New Orleans bringen und aus ihrem Leben segeln würde? Aber was konnte sie tun? Wie sollte sie um seine

Liebe kämpfen? Wie konnte sie ihn eine Frau vergessen lassen, an die er jeden Tag seines Lebens erinnert wurde, sobald er sich selbst im Spiegel ansah? Nein, sie musste um ihrer selbst willen lernen, sich auf ein Leben ohne ihn vorzubereiten.

»*Merde!*«, rief sie und sah auf das dünne purpurne Rinnsal, welches aus dem Schnitt in ihrem Daumen quoll. Sie steckte den Finger in den Mund, und eine Träne lief ihre Wange hinab. Es war nur die erste einer wahren Flut.

Als Smithe etwas später eintrat, saß sie noch immer zusammengesunken da und weinte.

»Miss Josie? Ist alles in Ordnung bei Euch?«

Seit er gesehen hatte, wie Blacksoul aus der Kabine gestürmt war, ahnte er, dass sich nichts Gutes zwischen den beiden zugetragen haben konnte. Aber er hatte wahrlich nicht erwartet, die kleine Französin in Tränen aufgelöst vorzufinden.

Sie nickte und wischte sich mit dem Ärmel übers Gesicht. Es war verquollen und rot.

»Hm, *oui, oui,* … es ist nichts, ich habe mich nur geschnitten«, wehrte sie ab und streckte dem Maat zum Beweis ihren Daumen entgegen.

Kapitel 11

Adam kam sich vor wie ein Tier! Wie ein wildes Tier. Zum ersten Mal seit vielen Jahren wurde ihm sein Schiff zu eng. Er schien zu bersten, so groß war der Druck, der auf ihm lastete. Er war sich der unzufriedenen Blicke in seinem Rücken bewusst, erkannte die zusammengesteckten Köpfe, die auseinanderfuhren, sobald er sich näherte. Lange würde der Frieden nicht mehr währen. Nach dem Überfall auf die *Charon* waren die Männer zwar etwas entspannter, denn die erbeutete Prise hob die Laune. Trotzdem lag der Ärger schon in der Luft.

Außerdem hielt Adam die Nähe dieser verführerischen Sirene nicht länger aus. Um sich ihr nicht noch einmal zu nähern, schwor er sich, seine Kabine nicht mehr zu betreten. Ihre Zurückweisung riss ihm das Herz aus der Brust. Langsam erkannte er, dass es nicht nur ihr Körper war, nach dem er sich verzehrte. Sie hatte Mut, die kleine Lady, und sie war ehrlich. Sie verfolgte ihn in seinen Träumen, ihre leidenschaftlichen Küsse waren ihm zu Kopf gestiegen. Es wurde Zeit, sie schnellstmöglich von Bord zu schaffen. Denn er fürchtete, sie ansonsten nicht mehr gehen lassen zu können.

Die Abscheu vor seinen eigenen Gedanken, seinem Verlangen nach Josie und dem, was er ihr beinahe angetan hätte, war so groß, dass er sich am liebsten selbst gerichtet hätte, wie er gestern die beiden Handlanger Hawkins' gerichtet hatte. Er war keinen Deut besser. Im Gegenteil, er war ein Heuchler! Jagte jahrelang hinter diesen Drecksäcken her, weil sie es gewagt hatten, den Frauen, die unter seinem Schutz standen, Gewalt anzutun. Und dann warf er sich selbst wie ein brünstiger Hirsch auf die unschuldige Josephine Legrand.

War er etwa inzwischen zu dem geworden, was er selbst so verabscheute? Was er hasste? Hatte er tatsächlich keinen Funken Ehre mehr im Leib? Zum Glück konnte seine Familie nicht sehen, in welch verachtenswerte Kreatur er sich verwandelt hatte. Erst wenn er jeden einzelnen von Catherine Nelsons Peinigern gefunden haben würde, konnte er nach England zurückkehren, ihrer Familie sagen, dass ihr Tod gerächt sei und ihre Seele Frieden finden könne. Und vielleicht – wenn ihm Horatio vergeben würde –, konnte dann auch seine Seele endlich Frieden finden.

Zumindest sah es so aus, als bekäme er schon bald die Möglichkeit, Hawkins zu töten. Der Kapitän der *Charon* hatte zwar behauptet, nur wenige Seemeilen hinter der *Kerberos* gesegelt zu sein, um dieser den Rücken freizuhalten. Dennoch waren die Segel von Hawkins' Schiff nicht am Horizont auszumachen.

»Alle Segel in den Wind!«, rief er seinen Männern zu. Er würde aus der *Deathwhisper* alles herausholen, was er konnte, um endlich an sein Ziel zu gelangen. Ein kritischer Blick in den Himmel verhieß jedoch nichts Gutes. Dunkle Wolkenberge türmten sich vor ihnen auf, und helle Blitze entluden sich in der Ferne. Mit voll gesetzten Segeln in den Sturm, das konnte ihm den erhofften Vorteil bringen – oder ihn alles kosten.

»Was ist denn los?«, fragte Josie.

Smithe war aufgebracht. Blacksoul weigerte sich, auch nur einen Fuß in seine Kabine zu setzen, und so musste er wieder alles erklären.

»Ein Sturm. Wir segeln direkt hinein. Es kann ungemütlich werden. Setzt oder legt Euch am besten hin, damit Euch die Brecher nicht von den Beinen reißen. Passt auf, dass Euch nichts gegen den Kopf schlägt, und macht um Himmels willen kein Feuer! Keine Lampen, das ist viel zu gefährlich. Habt Ihr alles verstanden?«

Josie nickte.

»*Oui*, aber warum …?«

»Fragt nicht, tut, was ich Euch sage, dann wird nichts geschehen. Jeder einzelne Mann an Bord wird gebraucht. Muss ich Euch einschließen, oder bleibt Ihr freiwillig hier drinnen?«

»Einschließen? *Mon Dieu, non!* Was, wenn wir sinken? Dann …«

»Wir sinken nicht.«

»*Non, s'il vous plaît* – nicht abschließen. Ich verspreche es. Ich bleibe hier und tue, was du sagst.«

Er musterte sie abschätzend. Konnte er ihren Beteuerungen Glauben schenken? Schließlich nickte er und trat hinaus in den Sturm. Der eisige Luftzug trug Regen in die Kabine und die schlingernden Bewegungen wurden stärker. Josie kroch auf ihr Lager.

Adam war vom Sturm durchnässt. Der Wind peitschte über das Schiff. Hohe Brecher spülten über die Bordwand und rissen alles fort, was nicht niet- und nagelfest war. Eines der Stagsegel war bereits gerissen und schlug gegen den Großmast. Die Männer hingen in den Seilen, versuchten den Fockmast abzutakeln und so zu verhindern, dass die *Deathwhisper* vom Wind wie ein Spielball herumgeworfen wurde.

Adam krallte sich ans Steuerrad. Es war nass und glitschig unter seinen Händen, und sein Körper schmerzte, so fest stemmte er sich gegen die Wellen. Sein Zopf hatte sich schon vor einer ganzen Weile gelöst, und das Haar behinderte die

Sicht. Außer dem Kampf der Männer gegen die Naturgewalt gab es aber ohnehin nichts zu sehen. Der Himmel war nachtschwarz, ebenso wie die dunklen Fluten, die sie versuchten zu durchkreuzen. Einzig die Blitze beleuchteten kurzzeitig den Horizont und versprühten ihren Zorn. Längst waren sie vom Kurs abgekommen, versuchten nur noch, das Schiff zu halten.

Eine riesige Welle hielt breitseits auf sie zu, und Adam brüllte einen Befehl, der vom Wind davongetragen wurde. Pablo wurde von den Fluten erfasst und gegen den Mast geschleudert, an den er sich angebunden hatte. Dort sank der Spanier reglos zusammen. Schon spülte die nächste Welle über ihn hinweg, dann die nächste und noch eine. Adam fluchte. Auch er hatte sich ans Ruder geknotet, um nicht fortgerissen zu werden. Aber wenn Pablo nicht bald Hilfe bekam, würde er ertrinken – vorausgesetzt, die Wucht des Aufpralls hatte ihm nicht bereits das Leben gekostet. Adam zog seinen Säbel und durchtrennte seine Sicherheitsleine. Mit vor Kälte tauben Fingern hangelte er sich am Geländer entlang, hinunter auf das Hauptdeck.

»Smithe, übernimm du das Ruder!«, brüllte er und deutete auf das führerlose Steuerrad.

Das Salz brannte in seinen Augen, und die über ihm zusammenschlagenden Wellen pressten ihm die Luft aus den Lungen. Die tosende See war unberechenbar wie ein wildes Tier, welches bereit war, die scharfen Reißzähne in seinen Nacken zu graben. Die Bestie wartete nur auf einen Fehler von ihm. Obwohl Adam das Schiff in- und auswendig kannte, fehlte ihm die Orientierung. Gerade stürzte die Brigantine über einen aufgetürmten Kamm in ein metertiefes Wellental hinab. Es schien Adam, als öffnete das Biest sein todbringendes Maul, um sie alle zu verschlingen.

In der Kabine war es stockdunkel. Josie krallte sich an dem am Boden verschraubten Tischbein fest und betete. Sicherlich wurde ihr Gebet nur deshalb nicht erhört, weil sie es von derben Flüchen unterbrochen sprach. Bei jedem Heben und Senken des Schiffs flog ihr das Inventar um die Ohren, und sie musste mit Prellungen übersät sein. Aber das Schlimmste war, dass sie vollkommen allein war. Was wäre, wenn sie sich mit all den herumwirbelnden Teilen verletzte? Niemand würde es bemerken, sie würde ohne Chance auf Rettung sterben.

Ein weiterer Brecher hob das Schiff empor, nur um es kurz darauf wieder in die Tiefe zu ziehen. Die *Deathwhisper* neigte sich gefährlich zur Seite. Josie schrie vor Angst. Sie saß in der Falle, würde mit Sicherheit hier ertrinken! Sie wollte – nein, sie *musste* hier raus! Und wenn es war, wie Smithe gesagt hatte, würden alle Mann beschäftigt sein und ihre Anwesenheit vermutlich nicht bemerken. Sie würde nur hinaus auf das Deck schlüpfen und niemanden von der Arbeit abhalten, aber sie hielt dieses untätige Abwarten im Dunkeln einfach nicht länger aus.

Entschlossen kroch sie auf allen vieren zur Tür. Als sie den Knauf drehte, donnerte ihr das Türblatt entgegen und warf sie zur Seite. Wie Nadelstiche peitschte ihr der Regen ins Gesicht, und, noch ehe sie das Deck überhaupt erreicht hatte, war sie von Kopf bis Fuß durchnässt. Sie krallte sich am Türrahmen fest und starrte entsetzt auf das Bild, welches sich ihr bot. Das Hauptdeck war leer gespült. Keine der Kisten oder Fässer waren mehr zu sehen, die Segel hingen in Fetzen von den Masten. Die *Deathwhisper* glich einem Geisterschiff. An einer Seite war die Reling gebrochen. Das gesplitterte Holz ragte ihr wie Klauen entgegen. Messerscharfe Klauen, die sich in ihr Fleisch schlagen wollten. Der Wind peitschte ihr das nasse Haar in die Augen, und sie wischte sich mit dem Ärmel übers Gesicht.

Als sich plötzlich neben ihr das Wasser meterhoch auftürmte, verlor Josie die Orientierung, dachte, das Schiff kentere.

Aber warum fiel sie nicht? Warum riss es sie nicht von den Beinen? Dann erst erkannte sie, dass nicht das Schiff sich neigte, sondern das Meer sich erhob – sie verschlingen wollte.

Sie hatte einen Fehler gemacht! Einen fatalen Fehler! Schon wurde sie von den eisigen Wassermassen gepackt und gegen etwas Unnachgiebiges geworfen. Der Aufprall presste ihr den letzten Rest Atem aus der Lunge, ihre Zähne schlugen hart aufeinander. Sie wusste nicht, wo oben oder unten war, konnte gegen die Gewalt der Welle nicht das Geringste ausrichten.

Willenlos wurde sie von den Wassermassen umhergeworfen, der Sog der sich zurückziehenden Welle trieb sie unaufhaltsam auf das Loch in der Reling zu. Ihre Fingernägel brachen bei dem sinnlosen Versuch, irgendwo Halt zu finden. Dann, als sie schon fast die Hoffnung aufgegeben hatte, bekam sie ein Seil zu fassen. In Todesangst klammerte sie sich daran fest und versuchte, um Hilfe zu rufen, bekam aber nur ein heiseres Keuchen heraus. Plötzlich wurde sie gepackt, emporgehoben und gegen die Wand der Kombüse gedrückt. Ein Mann stand vor ihr und schirmte sie mit seinem Körper vor dem nächsten herandonnernden Brecher ab. Die Welle konnte es zu ihrem Glück an Kraft mit den vorherigen nicht aufnehmen. Auch ihr Retter schien froh darüber zu sein, denn er lächelte. Josie atmete erleichtert aus. Sie war gerettet. Als er sich das nasse Haar aus dem Gesicht wischte, erkannte Josie ihn. Es war der Engländer, der sie auf Hendersons Schiff gefunden hatte. Wie war noch gleich der Name des Kraftpakets gewesen? Henry? Gerade, als Josie ihm danken wollte, verzog sich sein Mund zu einem unschönen Grinsen.

»Na sieh an, was habe ich mir denn da Hübsches aus dem Meer gefischt?«

Josie erstarrte. Was sollte das? Warum benahm er sich so merkwürdig?

»Oh, *merci*, ich danke Euch, Sir. Ihr habt mir das Leben gerettet!«, überging Josie seine Worte und versuchte, sich aus seinem eisernen Griff zu befreien.

»Das habe ich wohl«, nickte er langsam, während sein Blick genüsslich über Josies Körper glitt. Ihr Hemd war zerrissen und klebte an ihr wie eine zweite Haut. »Und darum wirst du dich jetzt ganz artig bei mir bedanken!«, verlangte er.

»*Oui, oui, bien sûr*, ich …«

Weiter kam sie nicht, denn Henry presste grob seinen Mund auf ihren und kniff ihr schmerzhaft in die Brust. Entsetzt versuchte sie, ihm zu entkommen, zu treten und zu kratzen, aber der Seeräuber ließ nicht von ihr ab. Selbst als die nächste Welle drohte, sie von den Füßen zu reißen, unterbrach er sein Tun nicht.

»Oh ja, Süße, darauf habe ich schon lange gewartet«, bekannte er und drückte sie auf die nassen Dielen. Wie gelegen es ihm mit einem Mal kam, an dieser uneinsehbaren Stelle Dienst zu tun. Sein Körpergewicht hielt sie unter ihm gefangen, während er anfing, an seiner Hose herumzunesteln. Mit ganzer Kraft biss Josie in die Hand, welche er ihr grob auf den Mund drückte.

»Au!«, rief Henry und verpasste ihr eine schallende Ohrfeige, aber der kurze Moment, in dem er seine blutende Hand zurückzog, reichte ihr, um nach Hilfe zu rufen.

»Dumme Gans! Niemand hört dich. Und niemand wird je erfahren, wie sehr wir beide uns gleich amüsieren werden, denn alle werden annehmen, eine Welle hätte dich mitgerissen. Wie dumm, dass du nicht in der Kabine geblieben bist.«

Er zwickte sie grob in die Brust und lachte, als er ihren panischen Blick sah. Genau so gefielen ihm die Frauen.

Adam fluchte laut und schluckte einen Schwall Salzwasser hinunter. Er kämpfte sich weiter über das rutschige Deck, stemmte sich mit ganzer Kraft gegen den Wind und betete, dass die nächste Welle weniger kraftvoll als die letzte sein würde, denn sonst würde er unweigerlich über Bord gehen.

Pablo lag noch immer reglos neben dem Mast, und Adam hatte Mühe, ihn zu erreichen. Gerade, als sich das Schiff erneut zur Seite neigte, griff er nach dem nassen Tau, welches sich der Spanier um die Mitte gebunden hatte und krallte sich daran fest. Seine Hände waren taub vor Kälte, und er spürte seine Kraft schwinden. Dann richtete sich die *Deathwhisper* wieder auf, und er robbte näher an den Bewusstlosen heran.

Zumindest atmete er noch. Adam griff ihm unter den Achseln hindurch und richtete ihn auf. Dabei hustete dieser und spuckte Wasser. Am sichersten war es jetzt, ihn zu Josie zu bringen und ihr aufzutragen, sich um ihn zu kümmern.

Er warf einen schnellen Blick hinüber zu seiner Kabine und erstarrte mitten in der Bewegung. Die Tür stand weit offen, und die Dunkelheit im Inneren verursachte ihm eine Gänsehaut. Panische Angst, wie er sie noch nie empfunden hatte, ergriff von ihm Besitz. Vergessen war Pablo, der Sturm oder sein Schiff. Einzig die Sorge um Josie trieb ihn an. Ohne sich um seine eigene Sicherheit Gedanken zu machen, eilte er geduckt über das Deck.

Den Schlag des Segeltuches, welches vom Wind umhergepeitscht wurde, nahm er kaum wahr, auch nicht das herumwirbelnde Holzstück, welches nur haarscharf an ihm vorbeischoss. Als er nach einer Zeit, die ihm länger vorkam als ein ganzes Leben, seine Kabine erreichte, wusste er es, noch ehe er einen Blick hineingeworfen hatte.

Josie war weg!

Mit einem schnellen Blick suchte er das Schiff ab. Durch den strömenden Regen konnte er kaum weiter als einige Meter sehen. Das Deck lag verlassen vor ihm, zwei seiner Männer kämpften noch immer mit einem der Stagsegel, welches sich durch den gebrochenen Mast nicht einholen ließ. Adams Herz schlug ihm wild in der Brust. Adrenalin pumpte durch seinen Körper, und dennoch fühlte er sich hilflos wie ein kleines Kind. Verzweifelt rief er Josies Namen, wissend, dass sein Ruf vom Brüllen des Sturms übertönt wurde.

Keuchen. Das erregte Keuchen des rothaarigen Mannes über ihr war trotz des Tumultes um sie herum das einzige Geräusch, welches in ihr Bewusstsein vordrang. Sie hatte nicht genug Kraft, sich zu befreien, und je mehr sie sich wehrte, umso größer schien seine Erregung.

Dann – ganz plötzlich – erstarrte er, nahm seine Hand von ihrem Mund und richtete sich auf. Nur für einen Moment sah sie in Adams Gesicht. Noch nie hatte sie etwas Vergleichbares gesehen. Und Henry auch nicht.

Dieser erkannte, dass er einen todbringenden Fehler gemacht hatte, als er den Säbel des Kapitäns an seiner Kehle spürte. Denn es war gewiss – Gnade konnte er von Blacksoul nicht erwarten.

»Weg von ihr!«, brüllte Adam, und sein Hass schien so mächtig, dass selbst der Sturm für einen Moment verstummte. Unheimliche Ruhe legte sich über das Schiff, während um sie herum ein dunkler Trichter Trümmerteile in den Himmel riss. Sie befanden sich im Auge des Orkans.

Zitternd versuchte Josie, auf die Beine zu kommen und die Überreste ihres Hemdes zusammenzuraffen. Mit dem Säbel dirigierte Adam Henry an die Wand und half Josie hoch.

»Bist du in Ordnung? Hat er dir etwas getan?«

Seine Angst um sie klang in jedem Wort mit, und er suchte in ihrem Blick nach einer Antwort. Sie war so verletzlich, ihre bebenden Lippen, das nasse Haar und ihre großen, angstgeweiteten Augen. Beinahe hätte er wieder versagt, hätte fast nicht verhindern können, dass ihr etwas Schreckliches zustieß.

Er hob sie mit einer Hand hoch und barg sie an seiner Schulter. Sie schlang ihm dankbar die Arme um den Hals und vergrub ihr Gesicht in seinem Hemd. Er hob den Blick in den Himmel, sah den Rüssel des Sturms um sie herum tanzen. Es war noch nicht vorbei. Die Seile surrten, und die Männer, die allesamt noch an ihren Sicherheitsleinen hingen, wappneten sich, Poseidons Zorn ein weiteres Mal standzuhalten.

Henry wusste, dass jedes Wort zu seiner Verteidigung überflüssig war. Schließlich hatte er in den letzten Jahren immer wieder gesehen, wie gnadenlos Blacksoul richtete. Er hatte sein Leben verspielt. Aber entgegen allen Erwartungen hatte ihm der Kapitän seinen Säbel noch nicht in den Leib gerammt.

»Henry, es tut mir leid. Es war mein Fehler, die Frau an Bord zu nehmen«, setzte Adam an, und ehrliches Bedauern sprach aus seinem Blick. »Aber du kanntest meinen Befehl und hast dich darüber hinweggesetzt.«

Mit einem einzigen Schwung seines Säbels durchtrennte er das Tau, welches Henry mit dem Schiff verband. Mit vorgehaltener Waffe dirigierte er ihn vor sich her in Richtung Kapitänskabine. Wohl wissend, dass er und Josie genauso wenig gesichert waren wie der Engländer, trat er in die Tür, richtete aber seine Klinge weiter auf den an Deck stehenden Seemann.

Der Wind peitschte, die Wellen bäumten sich erneut meterhoch neben dem Schiff auf. Die *Deathwhisper* knarzte bedrohlich, und dennoch waren alle Augen an Bord nur auf Henry und Blacksoul gerichtet. Ohne zu blinzeln, standen sich die beiden Männer gegenüber, und jeder wusste um seine Schuld an dem, was geschehen war. Adam würde seine Waffe nicht gegen seinen eigenen Mann richten, aber am Leben lassen konnte er ihn auch nicht.

»Henry, du hast dich meinem Befehl widersetzt für dein Vergnügen in den Armen einer Frau!«, rief Adam so laut, dass alle es trotz des erneut aufkommenden Sturmes hören konnten. »Ich überlasse dich der Umarmung einer Geliebten, die ihre kalten, nassen Arme bereits nach dir ausstreckt. Ihr bist du willkommen!«

Bei diesen Worten brach eine Welle über dem Schiff. Adam knallte die Tür der Kabine hinter sich zu, stemmte sich mit aller Kraft dagegen und presste die Frau in seinen Armen fest an sich. Er musste es nicht sehen, um zu wissen, dass dort, wo Henry eben noch gestanden hatte, das Deck jetzt leer war.

Kapitel 12

In der plötzlichen Dunkelheit der Kabine ließ sich Adam mit Josie zu Boden gleiten und hauchte zarte Küsse auf ihren nassen Scheitel. Das Gefühl der Angst hatte wie eine eisige Klaue nach ihm gegriffen, als er erkannt hatte, dass Josie nicht in seiner Kabine war. Die Minuten, in denen er das ganze Deck nach ihr abgesucht hatte, fest davon überzeugt, das Meer habe sich die Frau geholt, waren die schlimmsten seines Lebens gewesen.

Nun hielt er sie fest an sich gepresst, atmete ihren unvergleichlichen Duft ein, nahe daran, sich darin zu verlieren. Die Erleichterung darüber, dass ihr nichts passiert war, brachte einen kleinen Lichtstrahl in die dunklen Winkel seiner Seele. Zärtlichkeit übermannte ihn, und seine Lippen wanderten weiter zu ihrer Schläfe. Er strich ihr sanft die nassen Strähnen zurück und hob mit einer Hand ihr Kinn, sodass sie ihn ansehen musste.

»Ich bin sehr wütend auf dich«, hauchte er. »Henry war ein guter Seemann – das hätte nicht passieren müssen, wenn du getan hättest, was ich dir gesagt habe.«

Seine Hände fuhren über ihren Rücken, sein Atem strich über ihre nasse Haut und ließ sie erzittern.

Josie versuchte, sich zu verteidigen, aber Adam legte seinen Zeigefinger auf ihre Lippen, um ihr den Mund zu verschließen.

Das schmerzhafte Ziehen in seinen Lenden als Reaktion auf die weiche, volle Lippe unter seinem Finger zügelte seine Wut, weckte aber ein noch viel mächtigeres Gefühl.

»Du hast mir einen furchtbaren Schrecken eingejagt.«

Er hätte sie fast verloren. Verloren, ohne sie je besessen zu haben. Und dass er sie endlich besitzen musste, war so unausweichlich wie der nächste Atemzug. Er konnte sich nicht länger selbst bestrafen, sich nicht länger die Freuden des Lebens vorenthalten. Wenn er sich jetzt nicht nahm, was er so heiß begehrte, würde er seine Seele verdammen, für immer in Finsternis zu weilen.

»Tu das nie wieder!«

Mit diesen Worten zog er sie noch fester an sich und küsste sie. Mit einer Zärtlichkeit, die aufzubringen ihn selbst überraschte, glitt seine Zunge über ihre Lippen, neckte sie und erbat Einlass.

Der Schreck saß Josie noch tief in den Knochen. Adams warmer Körper und seine starken Arme versprachen Schutz und Geborgenheit, und ohne jeden Zweifel öffnete sie sich ihm. Das Schiff trieb noch immer durch den Ausläufer des Sturms, aber keiner der beiden schien das zu bemerken.

Adam konnte sich nicht länger zurückhalten. Die Angst, sie zu verlieren, hätte ihn fast umgebracht. Was war er gewesen, ehe sie in sein Leben getreten war? Eine schwarze Seele, beladen mit Schuld und Hass – ohne Gnade und ohne die Aussicht auf eine Zukunft. Doch die Frau mit den sherryfarbenen Augen hatte seine Welt verändert.

Hatte ihn geändert.

Sie hatte ihn wieder zurück ins Leben geführt und Gefühle in ihm geweckt, die er so noch nie kennengelernt hatte. Obwohl sie seine Gefangene war, hielt sie doch sein Herz gefangen. Langsam und ohne ihren innigen Kuss zu unterbrechen, trug er Josie zum Bett.

Er brauchte sie und – bei Gott! – er konnte es keinen Moment länger ertragen, sie nicht zu fühlen, nicht ihre Haut zu schmecken und ihre köstlichen Laute der Verzückung zu hören.

Ungeduldig befreite er sie von den Resten ihres Hemdes.

Josie war erfüllt von Glück. Die Sanftheit seines Kusses und der Zauber seiner Berührungen machten sie schwindelig. Es schien, als stünde in diesem Moment nichts zwischen ihnen. Als gäbe es für sie beide nur eines, die Liebe in den Armen des andern zu finden. Mit Erstaunen über ihre eigene Kühnheit zog sie Adam das nasse Hemd aus dem Hosenbund und schob es am Rücken nach oben. Langsam ließ sie ihre Hände unter den Stoff gleiten und erkundete seinen breiten Rücken. Genoss das Spiel der harten Muskeln und seine seidige Haut unter ihren erkundenden Fingern.

»Josie«, flüsterte er heiser vor Verlangen ihren Namen, nur, um sie sofort wieder zu küssen. Er ließ Küsse über ihr Gesicht, ihren Hals bis hinunter zu ihren Brüsten wandern und setzte sie damit in Brand. Unruhig riss sie an seinem Hemd, wollte endlich auch ihn überall berühren können.

Mit einem kehligen, tiefen Lachen schob sich Adam von ihr weg und öffnete langsam Knopf um Knopf.

»Ungeduldig?«, neckte er sie.

Als Antwort rappelte sich Josie auf, setzte sich rittlings auf seinen Schoß und schob seine Hände beiseite. Ihre eigene Verwegenheit beschleunigte ihren Puls, und schneller, als er selbst es getan hatte, öffnete sie sein Hemd. Atemlos schob sie es ihm über die Schulter und bewunderte im schwachen Dämmerlicht seine Schönheit, die sie eher fühlte, als dass sie sie wirklich sehen konnte. Aber all ihre anderen Sinne waren geschärft, und sie fühlte seine zärtlichen Berührungen mit einer Intensität, die sie nie für möglich gehalten hätte.

Adam stöhnte. Sie so auf sich sitzen zu haben, war die reinste Folter. Seine Erregung presste sich hart gegen den engen Stoff seiner Beinkleider. Es fühlte sich an, als drohte er unter dem Druck seiner Lenden zu bersten. Noch nie hatte eine Frau ihn so sehr erregt. Er erhob sich, Josie mit sich ziehend, und als sie vor ihm stand, öffnete er die Bänder ihrer Hose, bis ihr der Stoff um die Füße fiel. Mit einem harten Kuss schob er sie von sich, drückte sie auf das Bett nieder und befreite sich aus seinen eigenen Beinkleidern.

»Ich werde jetzt nicht mehr aufhören«, warnte er sie, ehe er ihre Brustwarze mit seinen Lippen umschloss und seine Zunge langsam um ihre harte Spitze kreisen ließ.

Josie vernahm seine Worte wie durch einen Nebel aus köstlichen Empfindungen. Auch für sie war an Aufhören nicht mehr zu denken. Sie wollte diesen Mann. Wollte noch einmal dieses unbeschreibliche Gefühl erleben, welches er ihr bereitet hatte. Und ihm dies ebenso zurückgeben.

»*Non*, das musst du nicht«, antwortete sie und zog ihn zu sich herab. Sein langes Haar kitzelte sie, als er sie erneut mit seinen Küssen eroberte.

Als sie Adams nackten Körper neben sich fühlte, setzte ihr Herzschlag aus. Seine langen, muskulösen Beine, den flachen Bauch und seine starke Brust zu spüren, berauschte sie mehr als der stärkste Wein. Seine Kraft machte ihr keine Angst mehr, sondern war beruhigend und sehr erregend. Wohlige, schwere Hitze breitete sich von ihrem Schoß über den restlichen Körper aus. Das Blut rauschte durch Josies Adern, als Adam ihren Nabel mit seiner Zunge neckte. Willenlos ließ sie sich treiben und genoss die Gefühle, welche er in ihr wachrief.

Adam war berauscht von ihrer Zartheit. Ihre Haut glatt wie Seide, der leichte Hauch von Jasmin, welcher ihrem Körper anhaftete, und ihre großen, erwartungsvollen Augen verzauberten ihn. Es war Jahre her, dass er bei einer Frau gelegen hatte. Er hatte sich dieses Vergnügen versagt, gedacht, es würde ihn von seinem Ziel ablenken, geglaubt, keine Liebe verdient zu haben. Er hatte sich getäuscht. Nur mit größter Selbstbeherrschung gelang es ihm, sich nicht wie ein Tier auf sie zu stürzen. Ihre Brüste lagen perfekt in seiner Hand. Die vor Erregung aufgerichteten Spitzen zwischen seinen Lippen gaben ihm Macht über ihre Gefühle und steigerten seine eigene Erregung ins Unermessliche. Josie wimmerte unter dieser zarten Marter.

Er streichelte ihren Bauch, ließ seine Hände um ihre schmale Taille wandern und umkreiste ihren Nabel. Das seidige Dreieck zwischen ihren Schenkeln zog ihn magisch an. Er tastete sich von ihrem Knie den weichen Schenkel hinauf bis zu ihrer geheimsten Stelle. Er erinnerte sich an ihre Reaktion, als er sie das erste Mal dort berührt hatte. Langsam und behutsam ließ er seine Finger über das Zentrum ihrer Lust streichen. Josie keuchte, wölbte sich seinen kreisenden Fingern entgegen.

Als sie nun ihrerseits zögerlich die Hand um den Teil seines Körpers legte, den eine junge Dame wie sie vor ihrer Hochzeitsnacht nicht zu Gesicht bekommen sollte, hielt er es nicht länger aus.

Ihre schüchterne Berührung ließ ihn erzittern, brach ein tiefes Loch in seine selbst auferlegte Zurückhaltung.

»Nicht, Schätzchen«, warnte er sie. Entschieden zog er ihre Finger beiseite und schob sich auf sie. Intuitiv spreizte sie die Schenkel für ihn und hob ihr Becken.

Sein vor Leidenschaft dunkler Blick bohrte sich bis in ihr Herz, als er sie zärtlich in Besitz nahm. Berauscht von dem Wissen, dass Josie ihn ebenso begehrte wie er sie, glitt er tief in die Enge ihres willigen Leibes.

Erschrocken verkrampfte sich Josie, als der Schmerz kam.

Alle Muskeln seines Körpers anspannend, verharrte Adam reglos, bis der Schmerz der verlorenen Unschuld abebbte, auch wenn er selbst nichts sehnlicher wünschte, als zwischen ihren Schenkeln Erleichterung zu finden. Denn auch wenn er nicht wirklich überrascht war, die Barriere ihrer Jungfräulichkeit zu durchbrechen, jubilierte etwas in ihm, als ihm klar wurde, dass noch niemand jemals zuvor dieses kostbare Juwel in den Händen gehalten hatte. Erst als sich Josie durch Adams Küsse und seine langsamen Bewegungen beruhigte, fuhr er mit schmerzhafter Langsamkeit fort, sich in ihr zu bewegen.

Seine Vorsicht und Zärtlichkeit ließen bei Josie rasch die vorherige Erregung zurückkehren und zogen sie erneut in den Strudel der Gefühle.

Sie war so heiß und eng, dass jede seiner vorsichtigen Bewegungen Adam der Ekstase näherbrachte. Er war wie ein Verdurstender. Nur Josie konnte seinen Durst stillen. Ihre bebenden Lippen, die vor Erregung geröteten Wangen – dies alles peitschte ihn unaufhaltsam dem Höhepunkt entgegen.

Auch Josie strebte dem Gipfel zu. Die Spannung in ihrem Leib wuchs mit jeder Bewegung weiter an. Sie sah in die Augen des Mannes, den sie liebte, und erkannte seine eiserne Zurückhaltung. Ungeduldig hob sie sich jedem seiner Stöße entgegen, klammerte sich an ihn und rief seinen Namen, als die Wogen der Ekstase über ihr zusammenschlugen.

In diesem Moment ergab sich auch Adam seiner Lust, und Josies pulsierender Leib umschloss sein zuckendes Fleisch. Erschöpft sank er auf sie nieder, küsste ihre Augenlider und ihre Nasenspitze, ehe er sich neben sie legte und sie in seine Arme zog.

Verschlafen öffnete Adam die Augen. Seine Kabine lag in Trümmern. Seekarten und Bücher waren überall verstreut, in den Scherben der Lampen auf dem Boden brach sich die einfallende Morgensonne. Die sanften Bewegungen des Schiffes wirkten beruhigend. Sie hatten es geschafft, Poseidons Zorn zu entkommen. Der Sturm war fort, aber sie waren noch da. Dennoch war Adam vom Kurs abgekommen. In mehr als einer Hinsicht, wie er beim Blick auf die schlafende Frau in seinen Armen erkannte.

Kapitel 13

England, Burnham Thorpe, 1790

Die Turmglocken der *All Saints Church* hallten laut durch Burnham Thorpe. Die junge Braut schritt andächtig am Arm ihres Vaters den Mittelgang entlang. Vorne am Altar erwartete sie ihr Onkel William, der, ebenso wie sein Vater vor ihm, das geistliche Oberhaupt dieser kleinen Gemeinde war. Neben ihm stand mit großen Augen ihr zukünftiger Ehemann Archie Carlyle.

Bevor ihr Vater ihre Hand an Archie übergab, küsste er sie zum Abschied auf die Wange. Verborgen unter dem weißen Schleier rollte eine Träne der Rührung über die Wange der Braut.

Catherine Nelson war glücklich. Nach allem, was passiert war, hätte sie nie für möglich gehalten, den Mann, den sie liebte, auch heiraten zu können.

Obwohl William bereits mit der Zeremonie begonnen hatte, wandte Catherine sich mit einem kurzen Blick über die Schulter noch einmal um. In der ersten Bankreihe der Kirche saß derjenige, dem sie diesen Umstand zu verdanken hatte. Ihr geliebter Onkel Horatio.

Der fing ihren Blick auf, lächelte zurück und zeigte nach vorne. Sie verstand. Sie sollte nicht länger zurückblicken, sondern ihrer Zukunft als Lady Carlyle entgegensehen.

Die Trauungszeremonie war wundervoll und dem Brautpaar das Glück in den strahlenden Gesichtern anzusehen, als es schließlich aus der Kirche trat und die Wünsche der Gäste entgegennahm.

Das Pfarrhaus von Burnham Thorpe, in dem anschließend die ausgelassene Feier stattfand, war mit Blumen und Kerzen geschmückt. Musik lud zum Tanz ein.

»Lady Carlyle, ich muss schon sagen, du siehst umwerfend aus«, schmeichelte Horatio, als er sich nach dem Festmahl an seine Nichte wandte.

»Onkel Horatio!«

Catherine strahlte vor Glück und schlang ihrem Lieblingsonkel die Arme um den Hals. Dieser befreite sich eiligst und schimpfte sie mit erhobenem Zeigefinger aus.

»Meine Liebe, du bist nun verheiratet, vergiss das nicht. Du repräsentierst jetzt deinen Gatten und solltest daher solch stürmische Bekundungen deiner Zuneigung unterlassen.«

»Da hast du natürlich recht, Onkel. Aber ich bin so glücklich, und ohne dich würde ich diesen Tag ganz sicher nicht feiern.«

Tränen traten ihr in die Augen, als sie daran dachte, was geschehen war – was ihr Onkel für sie aufgegeben hatte.

»Aber, Catherine – Tränen an deinem Hochzeitstag sind kein guter Anfang.«

Archie Carlyle unterbrach das Gespräch durch sein Erscheinen, und er sah fragend von seiner Frau, die sich die Augen tupfte, zu Horatio.

»Liebes, ist alles in Ordnung? Bedrückt dich etwas?«, fragte er besorgt.

»Nein. Ich denke nur gerade, dass dies mein letzter Tag hier im Pfarrhaus sein wird. Ich werde mein Zuhause sehr vermissen.«

Archie hauchte ihr sanft einen Kuss auf die Schläfe.

»Aber wir werden doch nur nach London gehen. Du kannst deine Familie jederzeit besuchen. Und sie dich.«

Horatio nickte zustimmend.

»Jetzt, wo ich dich in guten Händen weiß, überlege ich, ob ich nicht selbst wieder in den aktiven Dienst treten und zur See fahren soll«, gestand er.

»Sehr gut, sehr gut«, stimmte Lord Carlyle zu. »Männer wie Ihr, Horatio, werden dringend gebraucht. Oh, Liebes, ich sehe gerade Mister Redcliff, mit dem ich noch etwas Wichtiges besprechen wollte. Bitte entschuldigt mich«, erklärte er, woraufhin er sich mit einer knappen Verbeugung in Richtung eines gut beleibten Herrn entfernte.

Mit einer unsicheren Bewegung strich sich Catherine über das schlichte cremefarbene Kleid, ehe sie ihren Onkel wieder ansah.

»Willst du das wirklich tun? Was ist mit deinem Eid?«

»Mein Eid bindet mich nicht länger. Du bist nun in Sicherheit. Lord Carlyle hat Rang und Namen, er kann dich besser beschützen als ich. Niemals wird dir William Hawkins in London etwas anhaben können. Und solange ich nicht wieder in seinen Gewässern kreuze, nehme ich an, ist es ihm egal, was aus mir wird.«

»Dann hast du mich angelogen?«

»Womit? Ich habe dich nie angelogen, meine kleine Catherine.«

Er musste lächeln. Seine Nichte war nicht mehr das kleine Mädchen, welches er vor vielen Jahren mit in die Karibik genommen hatte. Sie war zu einer bezaubernden Frau herangewachsen. Einer Frau, die ebenso schön und klug war wie ihre

Großmutter, deren Namen sie auch trug. Und sie war nun eine verheiratete Frau. Carlyle war ein angesehenes Mitglied der Londoner Oberschicht. Und obwohl er um Catherines dunkles Geheimnis wusste, hatte er sie aus Liebe zu seiner Ehefrau gemacht.

»Du hast mir immer beteuert, es habe dich nicht betrübt, den Dienst zu quittieren und nach Hause zu kommen.«

»Nun das hat es auch nicht. Für deine Unversehrtheit wäre ich noch viel weiter gegangen, hätte ganz andere Opfer gebracht. Du musst verstehen, ich war damals vielen Kapitänen im Karibischen Meer ein Dorn im Auge. Und das war im Nachhinein gesehen sogar unser Glück.«

»Wieso? Warum war das unser Glück?«

Nelson zuckte mit den Schultern. Seit Langem hatte er mit niemandem mehr über William Hawkins gesprochen.

»Weil es etwas gab, was ihm wichtiger war, als …«, stockte er, »… als, nun …«

»Als sich an mir zu vergreifen, meinst du?«, fragte Catherine geradeheraus.

»Ja, das wollte ich sagen. Nun, meine Liebe, dadurch, dass ihm meine Anwesenheit auf Antigua derart lästig war, hatten du und dein Wohlbefinden auf einmal einen Wert für ihn. Wie klug es von dir war, ihm zu sagen, wer du bist!«

»Ich weiß nicht mehr so genau, was an jenem Tag passiert ist, aber wenn ich mich recht entsinne, dann hat Mister Reed ihn davor gewarnt, mir etwas zu tun, weil er sonst deinen Zorn zu spüren bekäme.«

Sie runzelte die Stirn und versuchte, sich an den schrecklichsten Tag ihres Lebens zurückzuerinnern. Aus gutem Grund hatte sie versucht, alles, was geschehen war, zu verdrängen. Allein der Gedanke, was man dem stattlichen Kapitän angetan hatte, jagte ihr einen Schauer über den Rücken.

Auch Nelson gedachte seines treuen Freundes und bekreuzigte sich.

»Ja, so muss es wohl gewesen sein«, murmelte Catherine.

»Adam Reed war klug. Er hat dir damit das Leben gerettet.«

»Ich weiß, Onkel. Sogar heute wache ich manchmal noch auf und sehe sein Gesicht vor mir, blutig und zerstört und so voller Verzweiflung.«

»Glaube mir, meine Liebe. Er war ein Mann von Ehre, der, so wollen wir hoffen, einen schnellen Tod fand.«

Wie immer, wenn die Erinnerung an diesen Tag sie heimsuchte, war es ihr, als drücke ein Felsen auf ihre Brust und nähme ihr die Luft. Erneut trübten Tränen ihren Blick.

»Was wird denn Frances dazu sagen, dass du wieder zur See willst?«, wechselte sie schnell das Thema. Horatio war froh über die Ablenkung. Fühlte er doch nach wie vor tiefe Schuld am Tod seines Freundes. Nur zu gut erinnerte er sich an Adams strikte Weigerung, seine Nichte und deren Anstandsdame an Bord zu nehmen. Nur seinetwegen hatte Reed seine Meinung geändert und ihm diesen Gefallen getan. Einen tödlichen Gefallen.

»Sie wusste, dass ich ein Marineoffizier bin, als sie mich geheiratet hat«, antwortete er.

»Aber seither wart ihr beide nur hier in England. Sie wird sich daran gewöhnt haben, dich immer bei sich zu haben«, überlegte sie.

»Sei unbesorgt,«, lachte er. »Frances sagt, ich fange an, ihr lästig zu werden.«

Obwohl Horatio versuchte, seinen Worten einen heiteren Klang zu geben, gelang es ihm nicht, die Geschehnisse dieser Zeit ganz aus seinen Gedanken zu verdrängen.

Nachdem er damals Hawkins' Brief erhalten hatte, war für ihn klar gewesen, dass er alles tun würde, um das Mädchen zu retten. Die Drohung, seine Nichte werde sterben, wenn er sich nicht umgehend aus der Karibik entfernte, zwang ihn, seinen Posten bei der Marine aufzugeben. Allerdings konnte er aufgrund der ihm drohenden Verhaftung Hawkins' Drängen nicht so schnell wie erhofft nachkommen, da er ganze acht Monate an Bord der *Boreas* festgesessen hatte. Schließlich wurde die Anklage fallengelassen, da er bereits wegen Catherine den Dienst quittiert hatte. Unmittelbar nachdem er die *Boreas* verlassen hatte, heiratete er die junge Witwe Frances und buchte eine Passage nach England. Dort konnte er dann auch endlich seine geliebte Nichte in die Arme schließen. Allein in ihrem Blick hatte er erkannt, wie belastend die monatelange Gefangenschaft für sie gewesen sein musste.

Umso erleichterter war Horatio nun, sie heute so glücklich zu sehen.

»Meine Liebe, ich werde meine Frances sicher sehr vermissen, aber dich mindestens ebenso sehr!«

Damit küsste er der Braut die Hand und verneigte sich förmlich, ehe er sie wieder ihren anderen Gästen überließ. Er trat in den Garten und schlenderte den Kiesweg entlang bis zu der Bank mit dem schönen Blick auf seinen Fischteich. Vor einem Jahr hatte er den Teich angelegt. Er schmunzelte, wie jedes Mal, wenn er sich sein Werk ansah. Er hatte versucht, die Form eines Schiffes nachzuempfinden, aber, obwohl er ein sehr guter Marineoffizier war, hatte er die Grenzen seiner gärtnerischen Fähigkeiten sehr schnell erreicht. Der Teich sah beinahe aus wie ein Schiff, aber seetüchtig war es ganz sicher nicht.

Das Gespräch mit Catherine hatte seinen Entschluss gefestigt. Er würde seinem Freund und Mentor Samuel Hood schreiben. Vielleicht gab es eine Mission, der er sich anschließen konnte. Immerhin breiteten sich die Kämpfe in Frankreich weiter aus. Die Bürger kämpften um ihre Rechte, und es sah so aus, als weite sich der Aufstand noch aus. Sicher würde er da gute Dienste leisten können. Seit er damals ohne jede Erklärung den Dienst quittiert hatte, hatte er keinen Kontakt mehr zu Hood gehabt. Es war an der Zeit, das zu ändern. Sein Freund Adam hätte nicht gewollt, dass er sich dem Willen dieses abtrünnigen Piraten Hawkins beugte.

Kapitel 14

»Bermuda Island?«

Adam kratzte sich am Kinn. Es war kaum zu glauben, wie weit sie der Sturm vom Kurs abgetrieben hatte. Bereits im ersten Tageslicht hatten sie erkannt, dass am Horizont Land in Sicht war, und beschlossen anzulegen, um die Reparaturen am Schiff vorzunehmen. Nun lagen sie an der Südküste der Insel vor Anker. Ein paradiesisch weißer Sandstrand erstreckte sich vor ihnen, so weit das Auge reichte.

»Wir müssen im Inneren des Orkans mitgetragen worden sein, anders lässt sich das nicht erklären«, antwortete Smithe.

»Muss wohl so sein. Hawkins können wir jedenfalls abschreiben«, murrte Adam.

»Das fürchte ich auch. Wir könnten ihn abpassen, wenn er mit dem Schiff voll Sklaven zurückkommt«, schlug der Maat vor.

»Vorausgesetzt, wir kriegen die *Deathwhisper* wieder flott. Es hat uns ganz schön erwischt.«

Erst im Tageslicht wurde klar, dass der Schaden größer war als angenommen. Um seine Männer zu motivieren, hatte Adam ihnen soeben einen Tag Landgang gegeben und hoffte, damit die Gefahr für Josie zu reduzieren. Er wollte nicht noch einen Mann verlieren. Hoffentlich hatten die Freudenhäuser in der nahe gelegenen Stadt genug Mädchen, denn seine Crew war mit viel Gold in den Taschen von Bord gegangen. Die reiche Beute hatten sie dem Überfall auf die *Charon* zu verdanken. Hawkins' Männer lebten gut von ihren Plünderungen und dem schmutzigen Geschäft mit Sklaven.

»Willst du dich nicht auch vergnügen?«, fragte Adam seinen Maat, obwohl er dessen Antwort schon kannte.

»Nein, Captain. Ich liebe meine Frau, und wenn wir nach Hause kommen, werde ich *sie* lieben und nicht irgendeine billige Dirne.«

»Nun, billig sind sie nicht, die Dirnen«, widersprach Adam.

Smithe lachte. »Und Ihr, Captain? Es scheint mir, als hättet Ihr etwas Ablenkung nötig. Seit die Frau an Bord ist, seid Ihr noch gereizter als sonst.«

Mit einem Blick auf die geschlossene Kabinentür zuckte Adam die Schultern.

»Smithe, mein Freund, seit die Französin an Bord ist, bin ich nicht nur gereizt, sondern erkenne mich kaum mehr wieder.« Er blickte in den Himmel, als könne er dort eine Erklärung finden. »Ich sehe plötzlich keinen Sinn mehr darin, Hawkins zu jagen. Ich werde niemals gewinnen. Vor Jahren hat er mich besiegt, und was auch immer es ist, was mich seither antreibt, ich bin nicht mehr sicher, ob es das alles wert ist.«

»Ob es das wert ist? Ihr seid wahrlich verwirrt!«

Er klopfte seinem Kapitän auf die Schulter und deutete auf die Kombüse.

»Kommt, wir wollen einen Schluck trinken.«

Schnell hatte Smithe eine Flasche Rum hervorgeholt und zwei Becher. Adam nippte und stellte das Glas beiseite. Den Trost, den er so oft in diesem Getränk gefunden hatte, brauchte er nicht. Er brauchte eine Lösung!

»Also, was soll das ganze Gerede? Ich muss Euch doch nicht daran erinnern, warum Ihr das alles tut, oder?«

»Nein, natürlich nicht. Catherine Nelson und Abigail Winthers haben verdient, dass ich ihre Mörder finde und ihren Tod räche. Meine Ehre verbietet es mir, Horatio in die Augen zu sehen, solange ich dies nicht getan habe. Und dennoch, die Schuld von damals kann ich auch dadurch nicht schmälern.«

»Und was ist mit eurem eigenen Leben? Hat er es Euch nicht ebenso zerstört?«

»Das da?« Adam fasste sich ins Gesicht, befühlte die blasse Linie, die sich über sein Gesicht zog.

Smithe schüttelte den Kopf.

»Nein! *Das* doch nicht! Ich meine Euren Ruf, Eure Schiffe. Immerhin hat Samuel Hood Euch zum Gesetzlosen erklärt. *Da*s meine ich. Und übrigens findet die Französin Euch selbst mit der Narbe noch schöner als die meisten anderen Männer.«

Der überraschte Blick seines Kapitäns brachte Smithe zum Lachen, und er leerte seinen Becher.

»Wann hast du denn mit Josie über mich gesprochen?«, fragte Adam, und sein Blick verfinsterte sich.

»Ganz ruhig, Captain. Sie war wegen des Überfalls aufgebracht und hat die Gründe dafür erfragt.«

Diese Antwort besänftigte Adam noch nicht. Er hasste Gerede.

»Und was, bitte schön, hast du ihr gesagt?«

Smithe zuckte die Schultern.

»Nicht viel, nur die Sache mit Miss Nelson, und dass Ihr erst aufhören werdet, wenn Ihr den Höllenhund gefunden habt.«

Adam nickte und drehte seinen Becher in den Händen.

»Und dann, Smithe? Was tue ich dann?«

Der Maat schenkte seinen Becher erneut voll und grübelte.

»Dann könnt Ihr Nelson schreiben oder ihn aufsuchen und alles erklären. Sicher wird er dann auch bei Hood ein gutes Wort für Euch einlegen. Ihr könntet vielleicht Eure Schiffe zurückbekommen und wie vor dieser schrecklichen Sache ein geordnetes Leben führen.«

Adam lachte. »Vergisst du da nicht etwas Entscheidendes?«

Smithe runzelte die Stirn. »Was denn?«

»Die Sache mit Hood wird sich so einfach nicht aus der Welt schaffen lassen. Zwar hatte er keine Ahnung, dass ich die *Deathwhisper* nur nach Antigua in den Hafen steuern wollte, um auf eines meiner Schiffe umzusteigen, denn damit hätte ich Hawkins längst erwischt – sie sind alle viel schneller, als diese Brigantine hier –, aber dass er gleich das Feuer eröffnet, hätte ich nicht erwartet.«

»Ja, es war dumm vom Kanonier, keinen Befehl abgewartet, sondern gleich das Feuer erwidert zu haben. Dass Hood Euch nach dieser Sache für einen angriffslustigen Piraten hält und Eure Handelsschiffe beschlagnahmt, kann man ihm nicht verübeln.«

Nun nahm Adam doch einen Schluck. Es war unfassbar, wie sehr sich damals die Welt gegen ihn verschworen hatte.

»Wie auch immer, wenn ich Hawkins erst getötet habe – und ich werde ihn töten –, dann muss ich anfangen, mein Leben wieder in den Griff zu bekommen.«

Er warf einen Blick über die Schulter zur Kombüse hinaus in Richtung seiner Kabine. Dieser blieb nicht unbemerkt. Smithe wusste sehr wohl, was los war. Waren es nicht immer die Frauen, die einen Mann dazu brachten, sein Leben in den Griff zu bekommen?

»Wir richten das Schiff und setzen dann Segel in Richtung New Orleans«, gab Adam an und erhob sich. Sein gut gefüllter Becher blieb unbeachtet stehen, als er mit großen Schritten auf seine Kabine zuhielt.

Josie war früh am Morgen erwacht, als Adam sich angekleidet hatte. Er hatte sie zärtlich geküsst und war dann verschwunden. Seitdem waren einige Stunden vergangen, und sie hatte reichlich Zeit gehabt, über die letzte Nacht nachzudenken.

Sie konnte noch immer nicht glauben, was geschehen war. Sie hatte sich ihm hingegeben! Wenn ihr Vater dies erfahren würde, würde er Adam umbringen. Da tat es vermutlich nichts zur Sache, dass ihr Ruf ohnehin ruiniert war, nur weil sie sich auf diesem Schiff aufgehalten hatte. Und, wenn sie ehrlich war, bedauerte sie die letzte Nacht nicht im Geringsten. Zwar stieg ihr heute vor Verlegenheit die Röte ins Gesicht, wenn sie an die Dinge dachte, die sie getan hatten, aber es war nicht zu leugnen, dass es wundervoll gewesen war. Nur, wie mochte Adam über die Sache denken? Sah er sie jetzt als seine Mätresse? Hatte er nur seine Lust an ihr gestillt und würde sie nun nicht weiter beachten? Wenn er doch nur hier gewesen wäre, dann …

Erschrocken fuhr Josie auf, als der Mann, den sie soeben herbeigesehnt hatte, plötzlich in der Tür stand.

Verlegen sah sie zu ihm hinüber. Adam entging Josies Reaktion auf sein Erscheinen nicht, und langsam trat er ihr entgegen.

»Was lässt dich denn erröten?«, fragte er mit samtener Stimme.

»*Rien du tout*, es … es ist nichts.«

»Dann war es also *nichts*, das dich dazu gebracht hat, meinen Namen zu rufen?«

Er stand nah bei ihr, sodass sie den Kopf in den Nacken legen musste, um seinem eindringlichen Blick standhalten zu können. Seine Worte jagten einen erregenden Schauer durch ihren Körper, und ihr Puls beschleunigte sich. Sie benetzte sich die mit einem Mal trockenen Lippen.

Der Anblick ihrer Zunge war Adams Untergang. Obwohl er nur gekommen war, um ihr anzubieten, sich den Tag über an Deck aufzuhalten, hatte ihn Josies Anblick schon im ersten Moment verzaubert. Er wollte sie noch einmal erröten sehen, wollte sehen, wie sie sich an die Dinge erinnerte, die sie geteilt hatten. Wollte sie am liebsten schon wieder lieben. Doch nicht sein Bett schwebte ihm dafür vor. Ohne ihr Einverständnis raubte er sich einen tiefen Kuss, ehe er sie an den Schultern umdrehte und sie vor sich zur Tür hinaus dirigierte. Nahe an ihrem Ohr flüsterte er:

»Hör lieber auf, so unverschämt hinreißend auszusehen, sonst …«

Vor lauter Staunen über den Anblick, der sich ihr bot, geriet Josie ins Straucheln. Die Schönheit des weißen Sandstrandes und des kristallklaren Wassers war einzigartig. Hätte Adam sie nicht gehalten, wäre sie gestürzt. So aber fand sie sich erneut viel zu nah bei ihm, um noch klar denken zu können. Langsam und mit deutlichem Widerwillen gab er sie frei und führte sie an die Reling.

»Lust auf ein Bad?«

Überrascht sah Josie ihn an, und das atemberaubende Lächeln, welches sie ihm schenkte, verursachte ihm ein warmes Kribbeln im Bauch und weckte sein Verlangen.

Schnell, um sie nicht wie ein Trottel anzustarren, drehte er sich um, führte sie zu einem der Beiboote und hob sie hinein. Dann sprang er neben sie und rief Smithe herbei. Gemeinsam ließen sie das Boot zu Wasser.

Mit kräftigen Zügen ruderte Adam sie an Land. Die Bucht, zu der er sie gebracht hatte, lag einsam vor ihnen. Geheimnisvoll glänzende Kunstwerke aus Treibholz ragten aus dem Sand. Die Sonne und das Wasser hatten diesen Ästen eine silberne Patina verliehen. Einige Krebse ergriffen die Flucht und suchten im Gestein unter den schief gewachsenen Palmen Unterschlupf.

»*Mon Dieu*, gibt es einen schöneren Ort auf der Welt?«, fragte Josie begeistert.

»Vermutlich nicht«, stimmte Adam ihr zu, und tatsächlich schaffte es diesmal eines seiner seltenen Lächeln, seine Augen mit einem Leuchten zu erfüllen. Überrascht stellte er fest, dass sich das gar nicht so schlecht anfühlte.

Adam setzte sich und grub seine Zehen in den Sand.

»Wenn du baden willst, nur zu«, ermunterte er sie.

Mit einem sehnsüchtigen Blick auf das warme Wasser schüttelte Josie den Kopf.

»*Non, merci*, ich verzichte.«

Sie fühlte sich mit einem Mal befangen – auch wenn sie wusste, wie unsinnig dies nach der letzten Nacht war. Nur die Erinnerung daran reichte aus, erneut dieses unsittliche Verlangen zu wecken.

Auch wenn ihre Augen protestierend blitzten, erhob sich Adam und trat auf sie zu. Mit dem Finger hob er Josies Kinn an und sah ihr in die im Sonnenlicht golden schimmernden Augen. Leuchtende Funken, in denen er sich verlor.

»Hast du Angst vor mir?«, hauchte er in ihr duftendes Haar.

»*Non*, … vielleicht ein bisschen, *un peu*«, gestand sie zögernd.

»Nun, ein wenig Angst kann dir nicht schaden«, scherzte er, und ein tiefes Lachen brachte seine starke Brust zum Beben, als er sie an sich zog. Er küsste sie ganz sanft, ehe er sie ein wenig von sich schob, um, einen nach dem anderen, langsam die Knöpfe ihres Hemdes zu öffnen. Gefesselt von ihrem Anblick, konnte er es kaum erwarten, sie auch aus ihrer Hose zu befreien. Als beide Kleidungsstücke unbeachtet zu ihren Füßen lagen, sie schließlich unbekleidet vor ihm stand, sog er scharf die Luft ein. Zufrieden trat er einen Schritt zurück, und nahm das Bild in sich auf.

Heißer als die Flammen der Hölle loderte seine Begierde auf, und ermutigt durch ihre Bereitschaft, sich von ihm entkleiden zu lassen, entledigte auch er sich eiligst seiner Kleidung. In der Hoffnung, sie mit dem Anblick seiner bereits geschwollenen Männlichkeit nicht noch mehr zu verunsichern, fasste er sie an der Hand und rannte mit ihr in die Wellen. Dort ließ er sie los und hechtete hinein, tat unter Wasser einige tiefe Züge und durchbrach prustend die Oberfläche.

Nicht einmal das kühle Nass vermochte es, die Flamme seiner lodernden Begierde zu löschen. Adam fühlte sich wie ein Ertrinkender. Aber nicht das Wasser raubte ihm den Atem, sondern die verlockende Sirene, auf die er nun mit großen Zügen zuhielt.

Wassertropfen funkelten auf seiner Brust, und Josie bekam weiche Knie. Sie tauchte ebenfalls unter, um ihren erhitzten Leib abzukühlen. Es war verrückt, wie ein einziger Blick des Piraten ihr Herz zum Rasen brachte. Die Strömung umspülte ihren Körper, hob sie hoch und ließ sie beinahe schwerelos treiben. Sie schloss die Augen, lehnte den Kopf nach hinten und genoss die warmen Sonnenstrahlen auf ihrem Gesicht. Adams Hände legten sich auf ihren Bauch, kreisten um ihren Nabel und umfassten ihre schlanke Taille. Ohne ein Wort plünderte er ihren Mund. Sie schmeckte das Salz auf seinen Lippen und gewährte seiner neckenden Zunge Einlass.

Stöhnend vertiefte er seinen leidenschaftlichen Kuss, bis Josies Atem sich beschleunigte und sie sich ihm willig entgegenhob. Er streichelte ihre Brüste und konnte den Blick nicht von dem Dreieck seidigen Haars zwischen ihren Schenkeln losreißen. Wie es ihn danach verzehrte, sie genau dort zu berühren.

Sich diesem Verlangen ergebend, glitt seine Hand zwischen ihre Schenkel. Ihr Aufschluchzen, als er einen Finger in sie gleiten ließ, klang wie Musik in seinen Ohren. Nicht länger in der Lage, sich zurückzuhalten, drehte er Josie herum und zog sie über sich, ohne die Liebkosung ihrer Weiblichkeit zu unterbrechen. Josies heißer Atem vermischte sich mit seinem, als er ihren Mund mit seinen Lippen verschloss und ihre kehligen Seufzer trank. Ebenfalls nicht fähig, sich diesem Zauber zu entziehen, schlang sie ihre Beine bereitwillig um ihn.

Adam genoss das Gefühl ihres schwerelosen Körpers, der in der wogenden Strömung gegen ihn trieb. Als ihr Schenkel über das empfindliche Fleisch seiner prallen Männlichkeit strich, war er endgültig verloren. Mit einer kraftvollen Bewegung hob er sie auf sich und versenkte sich tief in ihr.

Ihr überraschtes Aufstöhnen ob seines erbarmungslosen Eindringens brachte sein Blut noch mehr in Wallung, und mit trägen Bewegungen liebte er sie im Rhythmus der Wellen, bis sie um Gnade flehte.

Aber er war Captain Blacksoul – er gewährte keine Gnade.

Etliches später erwachte Adam im Schatten der Palmen. Zärtlich strich er Josie die Sandkörner vom Körper. Er konnte sich kaum noch vorstellen, wie leer sein Leben gewesen war, bevor er sich diesen außergewöhnlichen Schiffsjungen eingefangen hatte. Er wickelte sich eine ihrer kurzen Locken um den Finger und genoss das samtweiche Gefühl.

Wie verzweifelt musste sie gewesen sein, dass sie sich sogar das Haar abgeschnitten hatte? Es tat ihm leid, der Grund für ihre Furcht gewesen zu sein. Aber, wenn er so darüber nachdachte, war dies sein Glückstag gewesen.

Josie murmelte etwas im Schlaf, schmiegte sich enger an ihn. Sofort reagierte sein Körper auf ihre Nähe, und Adam runzelte die Stirn. Gerade eben hatte er sie zweimal geliebt. Wie konnte es nur sein, dass er sich schon wieder nach ihr verzehrte? Wie sollte er nur weiterleben, wenn er sie erst nach New Orleans gebracht haben würde? Und dass er dies tun musste, stand außer Frage. Wer konnte schon wissen, wie lange es diesmal dauern mochte, bis Hawkins wieder seinen Kurs kreuzte.

Nein, er musste sie nach Hause bringen.

Josie gähnte und rieb sich verschlafen die Augen. Dann setzte sie sich auf und schenkte Adam ein seliges Lächeln.

»Captain, Ihr habt mich ins Paradies entführt«, schnurrte sie wohlig.

»So ist es – und wenn das Lösegeld deines Vaters nicht so unglaublich verlockend wäre, würde ich dich glatt behalten.«

Was als Scherz gemeint war, brachte Josie dazu, sich abrupt zu versteifen.

»Ach, so ist das!«, rief sie wütend, »Das Lösegeld – *d'accord*, das war mir schon beinahe entfallen. Da hättet Ihr Euch aber lieber fragen sollen, ob mein Vater auch bereit ist, für *beschädigte Ware* zu bezahlen!«

Adam lachte. Er fand es zauberhaft, wie ihr französisches Temperament an die Oberfläche kam und ihr die Zornesröte in die Wangen trieb. Unbekleidet saß sie ihm gegenüber, und ihr weißer Busen fesselte seine ganze Aufmerksamkeit.

»Beruhige dich, Schätzchen, wenn er dich nicht zurücknimmt, dann wirst du eben doch meine Mätresse«, stichelte er weiter.

Bei jedem wütenden Schnauben hob sich ihre Brust, und er hätte am liebsten die Hände nach ihr ausgestreckt und sie sofort wieder in Besitz genommen. Bei Gott – die Glut in seinen Lenden verlangte danach, genau dies zu tun. Sein Verlangen niederkämpfend, versuchte er stattdessen, seinen Blick von ihren verlockenden Brustwarzen, die sich ihm so keck entgegenreckten, fernzuhalten. Er war vernünftig genug zu erkennen, dass seine harmlosen Späße sie in echte Rage versetzt hatten.

»Wenn ich nicht irre, werden Mätressen für ihre Dienste entlohnt, und Ihr, Captain Blacksoul, habt Eure Gelüste bereits an mir befriedigt. Ich würde sagen, Euch steht damit kein Lösegeld mehr zu! Ich habe meine *Überfahrt*, wenn ich meinen Aufenthalt auf Eurem Schiff so bezeichnen darf, bereits abgearbeitet!«

Mit Tränen in den Augen stapfte sie in Richtung ihrer zurückgelassenen Kleider davon. Es war zum Wahnsinnigwerden, sie konnte noch nicht einmal seiner Gesellschaft entkommen. Ihre Kraft hätte nicht ausgereicht, zurück zum Schiff zu schwimmen, außerdem gab es hier sicherlich Haie. Aber sie konnte auch nicht alleine zurückrudern und ihn hierlassen. Und sonst gab es in dieser kleinen Bucht nichts, wohin sie hätte gehen können. Wütend schlüpfte sie in ihre Kleider und versuchte, den Sand aus dem Haar zu bekommen.

Immer noch amüsiert, sah Adam ihr nach. Tatsächlich war das Lösegeld ein Spaß gewesen. Er beabsichtigte nicht, überhaupt etwas zu verlangen, und hatte dies am ersten Tag nur gesagt, damit er seine Männer beruhigen konnte. Der Gedanke, dass ihm nicht mehr viel Zeit mit der kleinen Französin vergönnt sein würde, gefiel ihm gar nicht, und so erhob er sich, schlüpfte ebenfalls in seine Hose und umschlang sie von hinten.

»Josie, Schätzchen – sei nicht böse, ich wollte dich nur necken.«

Er knabberte an ihrem Ohr und bemerkte erfreut die Gänsehaut, die sich über ihren Körper ausbreitete. Oh ja, sie war vielleicht wütend auf ihn, ihr Körper anscheinend aber nicht.

»*Non*, lasst das!«, rief sie und riss sich los. Sie rannte bis zum Ruderboot und versuchte vergeblich, es ins Wasser zu schieben.

»Josie, bitte. Bleib bei mir«, rief er ihr nach.

»Ich will zurück zum Schiff, *tout de suite*!«, verlangte sie.

Adam stand an der anderen Seite des Ruderbootes und sah sie an.

»Ich meine nicht *jetzt*. Ich meine *für immer*.«

Wie er dazu kam, das zu sagen, wusste er nicht, aber mit einem Mal war es ihm wichtig, ihr zu sagen, wie sehr er sie liebte. Er konnte nicht zurück – in ein Leben ohne sie. Er hatte doch vor ihr nicht einmal ein Leben gehabt.

Misstrauisch sah sie ihn an, konnte sein Gesicht nicht erkennen, denn die Sonne blendete sie. War dies nur ein grausamer Scherz?

»Bei Euch bleiben? Als was? Als Eure Gefangene oder doch lieber als Eure Mätresse?«, spottete sie.

»Als was auch immer – nur … verlass mich nicht.«

Wenn er doch nur ein Mann von Ehre gewesen wäre, ein Mann mit Rang und Namen, wie der Mann, der er einst gewesen war. Wenn dies alles vorbei, Hawkins tot und Catherine gerächt war, bestünde vielleicht die Chance, wieder dieser Mann zu werden. Ob sie sich vorstellen konnte, ihn dann zu lieben?

Josephines Gedanken überschlugen sich. Bei ihm bleiben? Wie leicht das klang. Aber wie stellte er sich das vor? Sollte sie ihm das Bett wärmen, bis er sie schließlich satthaben würde? Oder träumte er von einem gemeinsamen Leben? Was war mit Catherine? Der Frau, für die er jeden Tag in den Kampf zog. Sie konnte es leicht herausfinden.

»Warum wollt Ihr das? Wegen der *Dinge*, die zwischen uns geschehen sind?«

Adam musste schmunzeln, als er an die Dinge dachte, von denen sie sprach.

»Nein – oder zumindest nicht nur«, gestand er »Ich weiß nicht, was es ist, aber ich brauche dich.«

»Oh, *vraiment*? Dann stelle ich eine Bedingung: Ihr beendet Eure Jagd nach diesem anderen Piraten!«, verlangte sie.

Adam trat einen Schritt zurück. Sein Blick verfinsterte sich. Was redete sie da? Sie zog doch sicher nicht ernsthaft in Erwägung, bei ihm zu bleiben? Sie war geschickt – wusste von Smithe, was damals geschehen war und dass er geschworen hatte, die Frauen zu rächen. Was sie nun von ihm verlangte, konnte er ihr nicht geben – und sie wusste es. So ersparte sie es sich selbst, ihn zurückzuweisen. Aber so leicht wollte Adam ihr den Rückzug nicht machen.

»Ich weiß, dass du mit Smithe gesprochen hast. Wie kannst du das von mir verlangen, wenn du doch genau weißt, was passiert ist?«, fragte er mit unterdrückter Wut in der Stimme.

Josie schloss die Augen. Sie hatte es gewusst. Er liebte Catherine noch immer.

»Es ist ganz einfach, Adam. Ich bleibe bei dir – aber nur, wenn du damit aufhörst, dem Geist von Catherine Nelson hinterherzujagen.«

Ihre Knie zitterten. Sie hatte es getan, den Namen ihrer Widersacherin auszusprechen. Wenn sie doch nur seine Augen hätte sehen können.

Catherine Nelson. Der Name aus ihrem Mund hämmerte in Adams Kopf. Josie irrte sich. Er jagte nicht ihrem Geist nach, sondern dem Zustand der Unschuld, in dem er vor dem Tod des Mädchens gelebt hat. Nun erdrückte ihn die Last der Schuld, die er auf seine Schultern geladen hatte. Es gab keine Möglichkeit, sich davon zu befreien, als den Weg, den er ging.

Sosehr er Josephine Legrand auch liebte – er konnte nicht tun, was sie verlangte. Sein Leben, sein Gesicht, seine Ehre – das alles hatte Hawkins ihm gestohlen und nun kam noch etwas dazu: seine Liebe.

»Das kann ich nicht«, murmelte er und wuchtete das Boot ins Wasser. Mit einer knappen Bewegung hob er Josie hinein und ruderte dann schweigend und ohne sie noch einmal anzusehen, zurück zum Schiff.

Kapitel 15

Frances bürstete ihrem Ehemann über die Uniform, um letzte Fusseln zu entfernen.

»Denkst du nicht, deine Aufmachung ist viel zu förmlich für den Anlass?«, fragte sie.

»Er ist mein Vorgesetzter, und ich erbitte etwas von ihm. Da scheint es mir angebracht«, tat Horatio die Einwände seiner Frau ab.

»Natürlich, aber da du im Moment nicht im Dienst bist, ist er doch auch nicht dein Vorgesetzter. Er kommt als dein Freund, weil er mit uns zusammen speisen möchte.«

»Frances, bitte. Ich werde die Uniform tragen. Wer weiß, ob er mir nach meinem plötzlichen Rückzug, den ich ihm nie weiter erklärt habe, überhaupt noch freundschaftlich gesonnen ist? Immerhin habe ich seit Jahren nichts von ihm gehört. Und ich will wieder aktiv werden. Die Zeit hier mit dir ist schön, aber ich fühle mich verlorener als damals, als wir bei der Erforschung der Nordostpassage im Packeis feststeckten.«

Frances seufzte. Sie bemerkte jeden Tag mehr, dass Horatio die Seefahrt vermisste. Ihr wäre es natürlich lieber gewesen, er würde sie nicht verlassen, aber welcher Mann richtete sich schon jemals nach den Wünschen einer Frau? Mit einer letzten Handbewegung strich sie ihm den Kragen glatt und trat lächelnd zurück.

»Fertig.«

Nelson warf einen letzten Blick in den Spiegel, als auch schon Hufgetrappel in der Einfahrt zu vernehmen war. Gemeinsam gingen sie den Gast begrüßen.

Nach einem hervorragenden Mahl zog sich Frances in ihre Gemächer zurück und überließ die Herren ihren Zigarren und dem Portwein.

»Horatio, mein alter Freund. Du weißt gar nicht, wie sehr mich deine Nachricht erfreut hat. Ich war ernsthaft in Sorge um dich, als du so überstürzt die Karibik verlassen hast. Umso mehr freut es mich, heute dein Gast sein zu dürfen.«

Nelson zog an seiner Zigarre und blies genussvoll den Rauch aus, ehe er antwortete.

»Hätte ich geahnt, dass du in England weilst, hätte ich diese Einladung schon längst ausgesprochen. Ich hatte ja keine Ahnung, in welchen Teil der Erde dich der Dienst für unsere Krone verschlagen hat.«

»In die Heimat, mein Freund, in die Heimat. Und ich muss sagen, es tut verdammt gut, englischen Boden unter den Füßen zu haben.«

Sie hoben ihre Gläser auf den König und auf England.

Nachdenklich sah Samuel seinen Freund an. Diesem war die Ehe anscheinend gut bekommen, hatte er doch um die Mitte etwas zugelegt.

»Also, Horatio, heraus mit der Sprache. Was kann ich für dich tun?«

»Ich will reaktiviert werden. Ich muss wieder ein Schiff befehligen, dieses ruhige Leben taugt mir nicht.«

Hood hob die Augenbrauen. Etwas in der Art hatte er schon dem Brief entnommen, den sein Freund ihm geschickt hatte, aber es wunderte ihn dennoch.

»Als du deinen Dienst quittiert hast, klang deine Entscheidung sehr endgültig. Was hat dich denn dazu bewogen, deine Meinung zu ändern?«, hakte er daher nach.

»Es tut mir leid, dass ich damals ohne jede Erklärung gegangen bin. Aber die Frage ist nicht, was mich nun dazu bringt, dich um Wiederaufnahme zu bitten, sondern vielmehr, was mich damals bewog, mich aus dem aktiven Dienst zurückzuziehen.«

Hood zuckte die Schultern und leerte sein Glas.

»Na schön, dann sag mir, was der Grund war. Ich kann dich nicht zurückholen, wenn ich damit rechnen muss, dass du in Kürze deine Meinung wieder änderst«, erklärte er.

»Das wird nicht geschehen. Ich hatte gute Gründe.«

Nelson schenkte seinem Gast ein weiteres Glas Portwein ein, ehe er sich wieder setzte und mit seiner Erklärung fortfuhr.

»Erinnerst du dich noch daran, dass ich meinen Freund Adam Reed bat, meine Nichte zurück nach England zu bringen?«

Hood schnaubte. »Dieser elende Reed – hätte ich damals geahnt, was mir der Kerl noch für einen Ärger macht, hätte ich ihn noch auf deiner Veranda festgenommen.«

Portwein schwappte über den Glasrand, so ruckartig fuhr Horatio auf.

»Was redest du da? Adam Reed ist tot!«, rief er.

»Tot? Von wegen, da irrst du dich gewaltig.«

Horatio hielt es nicht länger in seinem Ohrensessel. Kopfschüttelnd lief er im Raum auf und ab.

»Was ist los? Warum nimmst du das an? Und was hat das alles mit dir zu tun?«, versuchte Hood zu verstehen, was in seinem Freund vorging. Dessen Verhalten gab ihm Rätsel auf.

»Er kann das unmöglich überlebt haben. Kurz nachdem er mit Catherine an Bord den Hafen verlassen hatte, wurde die *Aurora* von Piraten überfallen. Niemand außer meiner Nichte hat das überlebt. Und sie selbst hat gesehen, wie er schwer verwundet und leblos ins Meer geworfen wurde.«

»Was? Das kann doch nicht sein! Wie konnte das Mädchen so etwas überleben?«

Hood wurde kreidebleich, als er sich vorstellte, was man dem Kind alles angetan haben musste. Bestürzt erhob er sich und konnte kaum fassen, was er hier zu hören bekam.

Schnell versuchte Nelson, die Sache aufzuklären.

»Nein, nein, Catherine geht es gut. Ihr ist nichts geschehen. Der Pirat, der sie in seine Finger bekam, war William Hawkins – du kennst ihn sicher auch unter dem Namen ›Höllenhund‹.«

»Ich kenne Hawkins. Er ist der Schlimmste von allen und wird dennoch inzwischen sogar von der Obrigkeit geduldet. Wie ist sie freigekommen?«

»Hier komme ich ins Spiel. Hawkins hatte wie alle anderen auch ein Problem mit mir und meiner Aufgabe in der Karibik. Die Durchsetzung des *Navigation Act* behinderte ihn anscheinend sehr, sodass er mir einen Handel vorschlug. Mein Rückzug nach England und der Austritt aus der Marine – als Preis für Catherines Leben und Unversehrtheit.«

Samuel nickte nachdenklich.

»Darum bist du gegangen.«

»Ja. Für Catherine. Aber jetzt ist sie verheiratet, und ihr Gatte ist sehr gut in der Lage, für ihre Sicherheit zu sorgen.«

»Und dennoch – sollte dies wirklich ein Zufall gewesen sein? Der Überfall auf Reeds Schiff, genau dann, als deine Nichte an Bord war? Und wenig später läuft er auf dieser Piratenbrigantine in den Hafen von Antigua ein und besitzt auch noch die Dreistigkeit, nach unserem Warnschuss das Feuer auf uns zu eröffnen?«

Hood schien skeptisch und schüttelte ungläubig den Kopf.

»Du musst dich irren! Wie sollte er das überlebt haben können – und selbst wenn, ich kenne Adam. Niemals hätte ich ihm meine Nichte anvertraut, wenn er nicht mein uneingeschränktes Vertrauen genossen hätte. Das alles muss ein Missverständnis sein.«

Er war hin- und hergerissen zwischen der Hoffnung, sein Freund könne noch am Leben sein, und dem Zweifel an Hoods Aussage.

»Catherine war damals überzeugt, er sei tödlich verletzt. Selbst wenn sie die Situation falsch eingeschätzt haben sollte, so war er doch bereit gewesen, sein Leben für das Mädchen zu opfern. Niemals glaube ich daher, dass er mit der Sache etwas zu tun hat«, beschwor Nelson die Unschuld seines Freundes.

Er trat zum Fenster und sah hinaus in den Garten. Konnte es möglich sein, dass Adam noch am Leben war? Warum hatte dieser dann nie versucht, mit ihm in Verbindung zu treten?

»Du vergisst aber, dass er – wie ich schon sagte – versuchte, auf einem Piratenschiff direkt in Antigua einzulaufen. Ich selbst befehligte das Schiff, welches ihn daran hindern wollte. Ich weiß noch genau, wie er nach dem Warnschuss an Deck stand und mit den Armen winkte, so als wollte er seine friedlichen Absichten bekunden. Ich hatte gerade den Befehl gegeben, sich dem Schiff friedlich zu nähern, als ohne Warnung auf uns gefeuert wurde. Natürlich ließ ich sofort das Feuer erwidern, aber die wendigere Brigantine segelte uns einfach davon.«

»Ich kann das nicht glauben. Etwas sagt mir, dass die Sache stinkt.«

Nelson strich sich die Uniform glatt. Rote Flecken – Zeugen seines inneren Aufruhrs – zeigten sich in seinem Gesicht, als er sich Hood wieder zuwandte.

»Warum sollte er auf einem Piratenschiff in Antigua einlaufen? Zu der Zeit lagen doch zwei seiner eigenen Handelsschiffe im Hafen. Warum benutzte er nicht diese?«

»Nach unserem unerfreulichen Zusammentreffen ließ ich seine Schiffe konfiszieren. Sie sind seither Teil der königlichen Flotte.«

Es war üblich, dass eingezogene Schiffe der Marine überstellt wurden, und Hood hatte nach dem Angriff jedes Recht dazu gehabt. Dennoch runzelte Nelson die Stirn.

»Aber wenn die *Aurora* nach dem Überfall des Höllenhundes abgebrannt ist und du seine verbliebenen Schiffe konfisziert hast, wo ist er dann abgeblieben? Bei seiner Familie hat er sich nie gemeldet, das weiß ich.«

»Na wo schon? Bei seinen Piraten. Er trägt doch inzwischen voller Stolz den Beinamen ›Blacksoul‹.«

Kapitel 16

Der Hafen von New Orleans lag vor ihnen. Adam staunte nicht schlecht. Nach dem Brand war die Stadt beinahe vollständig zerstört gewesen. Inzwischen schien sie sich wie Phönix aus der Asche zu erheben und erstrahlte in neuem Glanz.

Nur leider war er viel zu aufgewühlt, um sich weiter mit der Entwicklung der Stadt zu befassen. Gleich würden seine Männer die *Deathwhisper* festmachen und die Planke ausfahren. Er konnte es kaum erwarten, von Bord zu kommen. In den letzten Tagen war er sich wie ein wildes Tier im Käfig vorgekommen. Hatte die Nächte an Deck verbracht und seine Kabine nicht mehr betreten. Und alles nur, um Josie nicht noch einmal unter die Augen treten zu müssen.

Ihn quälte die Erinnerung an ihre samtweiche Haut, an ihre zarten Berührungen und an ihr entrücktes Lächeln, nachdem sie sich geliebt hatten. Er wusste, er hatte keine Wahl. Musste erst seine Dämonen bezwingen, ehe er sich ein Leben mit einer Frau wie Josephine erhoffen konnte. Nur wollte er kein Leben mit irgendeiner Frau, die war wie sie. Er wollte genau sie!

Endlich war das Schiff vertäut, und seine Crew trat gut gelaunt ihren Landgang an. Pablo Morales grinste übers ganze Gesicht, auch wenn ihm dies deutliche Schmerzen bereitete.

Adam hatte am Vorabend mit dem muskulösen Spanier ohne Grund eine Schlägerei angefangen, um sich abzureagieren. Beide trugen heute die Spuren des Kampfes, aber er hatte sich kurzzeitig besser gefühlt. In der Nacht war die Sehnsucht zurückgekehrt. Ruhelos hatte er sich auf seinem harten Schlafplatz an Deck herumgewälzt und versucht, sich auf seine schmerzende Rippe und die aufgeplatzte Lippe zu konzentrieren.

Nun kam Pablo mit einem wissenden Grinsen auf ihn zu.

»Capitán, damit Ihr nicht noch länger aussehen wie eine verliebte Gockel, Ihr müssen mit uns kommen«, witzelte der temperamentvolle Spanier, wobei er vorsichtshalber die Fäuste hob, um sich vor eventuell zu erwartenden Schlägen zu schützen.

Pablos Spott brannte heiß, und die Versuchung, sich erneut zu prügeln, wallte in Adam auf.

»Wir alle wollen haben etwas Spaß, und Ihr dürfen nicht länger so eine Laune haben, sonst wir machen eine Meuterei, sí?«

Empfindlich von Pablos kleiner Stichelei getroffen, wollte Adam schon klarstellen, dass seine Laune verdammt noch mal niemanden das Geringste anginge. Als er aber über dessen Worte nachdachte, musste er zugeben, dass dieser recht hatte. Er war kurz davor, Dummheiten zu begehen, daher schien es ihm zumindest einen Versuch wert, sich seinen Männern anzuschließen, ehe er ganz und gar den Verstand verlor.

Mit einem Blick auf Smithe, der seine Befehle bereits erhalten hatte, wandte er sich ab und ging mit eiligem Schritt von Bord.

Josies Unruhe wuchs. Seit Tagen hatte sie nur Smithe zu Gesicht bekommen, und der hatte nicht mehr zu sagen gewusst, als dass sie New Orleans ansteuerten. Anscheinend war ihr Ziel erreicht, denn an Deck herrschte ungewohnte Ruhe. Auch die Bewegungen des Schiffes deuteten darauf hin, dass sie vor

Anker lagen. Aber warum kam niemand sie holen? Würde man sie freilassen? Welche Summe würde ihr Vater als Lösegeld für sie bezahlen müssen?

Angespannt ging sie auf und ab, blieb nur gelegentlich mit dem Blick an dem eingetrockneten Tintenklecks hängen, den sie an ihrem ersten Tag hier hinterlassen hatte. Es schien, als sei dies vor unendlich langer Zeit geschehen. Damals hatte sie Blacksoul gefürchtet, sogar den lächerlichen Versuch unternommen, sich den vor Kraft strotzenden Piraten mit einem Brieföffner vom Leib zu halten. Heute wünschte sie, ihn dazu bringen zu können, ihre Nähe zu suchen. Aber das tat er nicht.

Es war bereits dunkel, als sich die Tür öffnete und Smithe den Kopf hereinsteckte.

»Mademoiselle Josie? Ich bringe Euch jetzt zu Eurem Vater.«

Furchtbare Verzweiflung packte sie. Sie konnte nicht von Bord gehen. Nicht, ohne ein letztes Mal mit Adam gesprochen zu haben.

»*Aujourd'hui?* Jetzt?« Sie kam sich unvorbereitet vor. Was sollte sie nur tun?

»Wo … wo sind denn alle? Es ist so still.« Alle? Keiner der anderen interessierte Josie, aber sie musste wissen, wo Adam war. Vielleicht konnte sie sich doch von ihm verabschieden, ihm sagen, dass sie ihn liebte und es ihr leidtat, ihn unter Druck gesetzt zu haben.

Smithe schüttelte den Kopf. »Außer Felipe und mir ist niemand mehr an Bord. Aber keine Sorge, wir bringen Euch sicher zu Eurem Vater.«

»Smithe, wo … wo ist er?«

Ein derber Fluch lag Smithe auf der Zunge. Bemerkte er denn als Einziger, was hier los war? Sein Kapitän war nicht mehr wiederzuerkennen, seit er mehr als nur einen kurzen Blick auf die Französin geworfen hatte. Und sie war so unsterblich verliebt, dass es selbst ein Blinder gesehen hätte. Aber was trieben die beiden? Versuchten, sich mit aller Gewalt unglücklich zu machen. Um sie nicht noch mehr in Verlegenheit zu bringen, wandte er ihr den Rücken zu, ehe er ihr antwortete.

»Mit den Männern in einem Puff, Mademoiselle. Schon seit Stunden.«

Wie viel Alkohol er inzwischen intus hatte, konnte Adam nicht so genau sagen, aber endlich schien er kurz davor, in seliges Vergessen hinüberzugleiten. Er hob den Kopf auf der Suche nach der Flasche mit dem Rum.

Seine Männer waren in einem kaum besseren Zustand als er selbst. Angetrunken und mit hübschen, vollbusigen Mädchen auf dem Schoß, feierten sie lautstark ihren Landgang. Zwei brünette, leicht bekleidete Damen tanzten lasziv um die Seeleute herum und warfen hin und wieder einen Blick zu Adam herüber. Mehrfach hatte er sie schon abgewiesen und sich stattdessen lieber an den Rum gehalten. Dennoch sah es nicht so aus, als hätten sie ihr Vorhaben, ihm für ihre Zuwendung eine Stange Geld aus der Tasche zu ziehen, schon aufgegeben.

»*Capitán*, warum Ihr nicht auch haben ein bisschen Spaß mit diese *putas*?«, rief Pablo laut durch das ganze Etablissement.

Adam zuckte mit den Schultern. Vielleicht sollte er tatsächlich versuchen, in den Armen dieser Weiber die schöne Französin zu vergessen. Immerhin wusste er sehr genau, dass es für ihn, den entstellten, ehrlosen Piraten, keine Zukunft mit einer Frau wie Josephine Legrand gab. Zumindest so lange nicht, wie er nicht seine Schuld beglichen, seinen Namen reingewaschen und seine Ehre wiederhergestellt hatte. Warum also verzehrte er sich ausgerechnet nach dieser einen, wenn er doch hier nur die Hand auszustrecken brauchte.

Anscheinend spürten die Damen, dass seine Entschlossenheit wankte, denn sofort scharten sich drei von ihnen um den blonden Hünen und versuchten, sich gegenseitig mit ihren Vorzügen zu übertrumpfen. Ein junges blondes Mädchen mit rosaroten Strümpfen hatte sich auf seinen Schoß gequetscht, ehe er weiteren Einspruch erheben konnte. Die beiden anderen machten einen Schmollmund und setzten sich links und rechts von ihm auf die Bank.

»Na, Süßer, wie wär's mit uns?«, hauchte die Älteste der drei und klimperte gekonnt mit den Wimpern.

»Zieh ab, Ellie, der will lieber junges Gemüse und nicht einen alten Drachen wie dich!«, fuhr die Blondine ihre Konkurrentin an.

»Woher willst du das denn wissen? Sieht ja nicht so aus, als könne er es erwarten, gerade zwischen *deine* Schenkel zu kommen«, geiferte diese zurück.

Die dritte schüttelte darüber nur den Kopf, und fuhr mit ihrer Hand mutig in den Halsausschnitt von Adams Hemd.

»Hört schon auf zu streiten. Er kann uns doch auch alle haben. Also Captain, was denkst du? Willst du mit in unsere Kammer kommen?«

In Adams Kopf ging es so laut zu, dass er das Gezänk der drei Freudenmädchen nicht mehr länger ertragen konnte. Es drohte ihm den Schädel zu spalten. Darum scheuchte er die beiden braunhaarigen Mädchen mit einer unmissverständlichen Handbewegung weg und widmete sich der Blondine auf seinem Schoß. Sie war klein und zierlich, bestand eigentlich nur aus Haut und Knochen. Ganz und gar nicht die Frau, nach der er sich so sehnte. Jetzt bemerkte er auch die Rumflasche, die sich die ganze Zeit über in seiner Hand befunden hatte, und setzte sie an seine Lippen.

»Na, na, Captain, wenn wir uns noch etwas vergnügen wollen, muss jetzt aber mal Schluss sein. Wie wollt Ihr es denn sonst die Stufen hinauf in meine Kammer schaffen?«, gurrte sie und legte Adams freie Hand auf ihre Brust.

Adam sah ihr in die Augen, in denen kein Funke Leben zu stecken schien. Groß und leer wie bei einer Puppe. Spielzeug – das war sie für ihre Kunden. Schnelles Amüsement ohne jedes Gefühl. Er bot ihr den Rum an, und sie leerte den letzten Rest in einem Zug. Dann holte Adam eine Handvoll Münzen aus seiner Tasche und legte sie achtlos auf den Tisch.

»Captain, wenn Ihr wollt, könnt Ihr mich für diese Summe eine ganze Woche in Euer Bett holen«, strahlte sie.

Er schob die Hure von seinem Schoß, erhob sich wankend, und mit einem Blick auf seine Crew deutete er auf die Tür. Er musste hier raus. Sein Ekel vor sich selbst war vielleicht weniger groß, wenn er nicht auch noch die Blicke seiner Mannschaft im Rücken hatte.

»Hey, Süßer, willst du mir nicht deinen Namen sagen? Ich bin Rosie.«

Sie hielt ihm die Tür auf und trat etwas zurück, damit er nicht über sie stolperte.

Die kühle Nachtluft verstärkte Adams Rausch noch. Es blieb ihm nichts anderes übrig, als sich einzugestehen, dass er es diesmal übertrieben hatte. Zum Glück war Rosie an seiner Seite. Er stützte sich auf ihre zierliche Gestalt, um nicht umzukippen. Das Mädchen kicherte und schob Adam wankend die Straße hinunter.

»Und? Wo soll die Reise hingehen, Captain?«, fragte sie lachend, als klar war, dass er die Hafenstraße hinab in Richtung der Docks steuerte.

»Rosie, du redest zu viel«, brachte er mühsam heraus. Wo war denn nur sein Schiff? Hier irgendwo musste es doch sein. Er fuhr sich mit der Hand durchs Haar und versuchte, sich zu konzentrieren.

»Dann gebt meinen Lippen doch eine andere Beschäftigung«, vernahm er dumpf und bemerkte ihre Hände, die sich an seiner Hose zu schaffen machten. Erschöpft lehnte er sich gegen die

Mauer eines der Häuser, während Rosie sich geschäftig eng an ihn schmiegte.

Smithe reichte Josie den Arm, als er sie über die schmale Planke von Bord führte. Die Straßenlaternen warfen in regelmäßigen Abständen Lichtkreise auf das unebene Pflaster. Zum Glück war der Weg nicht weit. Wie Felipe im Laufe des Tages herausgefunden hatte, war ein Eduard Legrand im einzigen Hotel des French Quarter abgestiegen.

Um dorthin zu gelangen, mussten sie die junge Frau allerdings durch das Elendsviertel führen. Bei Tag schon keine sichere Gegend, trieben sich hier des Nachts nur gesetzloses Pack, Bettler und Huren mit ihren Freiern herum. Als sich genau vor ihnen an der Häuserfront so ein zwielichtiges Paar aus dem Schatten löste und in ihre Richtung stolperte, zog Smithe vorsorglich seinen Säbel.

Diese Bewegung weckte Josies Aufmerksamkeit. Den ganzen Weg über hatte sie nur ihre Schuhspitzen im Blick gehabt. Der Unrat auf dem schmutzigen Pflaster schien ihr ebenso trostlos wie das, was vor ihr lag. Am liebsten wäre sie gestorben, als Smithe gesagt hatte, Adam sei mit seinen Männern in ein Bordell gegangen.

Wie konnte er nur? Hatte sie ihm denn nicht das Geringste bedeutet? Ihr Herz blutete, und allein das Atmen erschien ihr eine unlösbare Aufgabe. Stumpf trottete sie zwischen den beiden Seeleuten her, ohne darauf zu achten, wohin sie gingen. Erst als der Maat seinen Säbel zog, wurde sie aus ihren düsteren Gedanken gerissen. Sie sah auf und folgte dessen Blick in Richtung des eng umschlungenen Paares, welches auf sie zu torkelte.

Josie erstarrte. Ihr entfuhr ein spitzer Schrei, als sie erkannte, wer sich da mitten auf der Straße amüsierte.

»*Non*«, flüsterte sie und presste sich die Hände vor den Mund. Smithes derben Fluch bemerkte sie nicht.

Wohl aber Adam. Er hob seinen Kopf, und Josies Anblick riss die Wunde, die er den ganzen Tag zu betäuben versucht hatte, erneut auf. Er wollte sie nicht verlieren. Wollte sie in seine Arme reißen, wieder auf sein Schiff verschleppen und nie wieder gehen lassen. Aber er tat es nicht. Ihr Blick, voller Verachtung und Ekel, zeigte ihm deutlich, was er für sie war – und auch immer sein würde.

»Kommt, Mademoiselle, gehen wir weiter«, forderte Smithe Josie zaghaft auf.

Mit mehr Würde, als sie sich selbst zugetraut hätte, antwortete sie ihm so laut, dass Adam es hören konnte:

»*Mais oui.* Bitte, bringt mich endlich nach Hause. Ich bin froh, wenn ich diesen Piraten nie wiedersehen muss.«

Wie ein Schlag in den Magen. Adam torkelte tatsächlich unter der Wucht ihrer Worte einen Schritt zurück. Das brachte die zierliche Rosie aus dem Gleichgewicht, und sie konnte sich gerade noch stolpernd in Adams Arme retten. Josies eisiger Blick wanderte verächtlich erst über Adam und dann über die Frau an seiner Seite. Mit einem boshaften Lächeln bog Adam der Kleinen den Kopf zurück und küsste sie leidenschaftlich.

Um niemandem ihre Tränen zu zeigen, rannte Josie davon. Es war ihr egal, ob ihre beiden Beschützer sie einholten oder nicht. Laut schluchzend bahnte sich der Schmerz über Adams Verrat seinen Weg ihre Kehle hinauf. Sie schnappte verzweifelt nach Luft. Warum konnte sie nicht atmen? Warum brannte ihr Hals so? Etwa von der unterdrückten Pein, die heraus wollte? Warum trugen ihre Beine sie nicht länger? Gerade noch rechtzeitig streckte Felipe die Arme aus, um die von Weinkrämpfen geschüttelte Französin aufzufangen.

Erst als die Schritte der davoneilenden Josie verklungen waren, löste Adam seine Lippen von Rosies und schob sie von sich.

»Puh, Captain, das hätte ich dir gar nicht zugetraut«, rief die Blondine erfreut.

Plötzlich wieder stocknüchtern, fasste sich Adam an den Kopf und blickte die leere Straße hinunter. Dann wurde er sich des Mädchens bewusst, welches sich verführerisch an ihn drückte, und er stöhnte. Was hatte er getan? Wie hatte er sich nur so gehen lassen können? Er hatte Josies Abscheu wahrlich verdient. Er schüttelte Rosie ab, die sich wie eine rollige Katze an ihm rieb, und drückte ihr eine Münze in die Hand.

»Was …?«, fragte sie überrascht.

»Nimm das – und geh«, wies er sie an und rückte noch weiter von ihr ab.

»Aber, Captain, was ist mit …«

»Verschwinde endlich! Ich will meine Ruhe – deine Dienste sind nicht erwünscht«, fuhr er sie an.

»Habe ich etwas falsch gemacht?«, fragte sie ängstlich. Es brachte ihr sicher Schläge ein, wenn sie einen wohlhabenden Kunden verärgerte, daher näherte sie sich Adam erneut.

»Captain, vielleicht darf ich dir zeigen, was dir entgeht, ehe du mich fortschickst?«

»Mädchen, es liegt nicht an dir, aber ich fürchte bei allem, was mir heilig ist, dass ich ein Narr bin! Ein verliebter Narr!«

Wie ein Vater bei seinem Kind tätschelte er Rosie die Wange und ließ das verdutzte Freudenmädchen stehen. Mit schwerem Schritt und noch etwas unstetem Blick steuerte er auf sein Schiff zu. Einer Zukunft entgegen, die ebenso schwarz war wie seine Seele. Er trat in seine Kabine und fühlte die Veränderung. Sie war nicht mehr da. Kalt und leer lag der Raum vor ihm, der Hauch von Jasmin hing noch immer in der Luft. Er entkleidete sich, spritzte sich Wasser ins Gesicht und fiel in sein Bett. Josies verächtlicher Blick ging ihm nicht aus dem Kopf.

Kapitel 17

Noch immer roch jeder Raum nach frischer Farbe, und an einigen Fenstern war die Dienerschaft noch damit beschäftigt, die schweren Vorhänge anzubringen. Ihr eigenes Zimmer war fertig eingerichtet, aber es fühlte sich noch nicht wie ein Zuhause an. Nach einem Monat im Hotel stand ihr nun die erste Nacht im neuen Stadthaus bevor. Ihr Vater hatte keine Kosten und Mühen gescheut. Das Haus war eines der vornehmsten in ganz New Orleans, und schon für übermorgen hatte Eduard Legrand seine Freunde und Geschäftspartner zu einem großen Fest geladen. Nicht nur die Einweihung sollte gefeiert werden, sondern auch Josies Rückkehr von einem Besuch bei Verwandten.

Dies war die offizielle Erklärung für ihre lange Abwesenheit. Ihr Vater war überglücklich und erleichtert gewesen, als sie plötzlich, in Tränen aufgelöst, vor seiner Tür gestanden hatte. Die Tränen hatte er – zu Josies Glück – ihrer Erleichterung und ihren traumatischen Erlebnissen zugeschrieben. Natürlich hatte er sofort versucht, den Schaden für seine Tochter so gering wie möglich zu halten, und diese Geschichte vom Verwandtschaftsbesuch ersonnen. Weil er allerdings fürchtete, die ganze Sache könne dennoch auffliegen, wollte er den

Ball nutzen, einen passenden Ehemann für Josie zu finden. Alle Männer, die er in Erwägung zog, hatten eine Einladung erhalten.

Josie überwachte gemeinsam mit Monsieur Sabatier die Haussklavinnen beim Einräumen ihrer neuen Garderobe.

»Morgen werden noch die Hüte geliefert«, erklärte der Verwalter.

Josie war so erleichtert gewesen, Sabatier bei ihrer Rückkehr unverletzt anzutreffen und zu erfahren, dass alle anderen Männer von Hendersons Schiff ebenfalls gerettet worden waren. Entgegen ihrer Befürchtung hatten Blacksouls Leute alle verschont. Auch wenn es der Ehre der Seeleute einen Stich versetzt hatte, als sie gefesselt in den Laderaum gesperrt wurden. Zum Glück waren die Gefangenen bereits nach einem Tag von der Mannschaft eines vorbeikommenden Schiffes befreit worden.

Dennoch ertrug sie den fragenden Blick des Verwalters seither nur sehr schwer. Sicherlich fragte er sich, genau wie auch ihr Vater, was ihr in dem Monat an Bord so alles widerfahren sein mochte.

»*Très chic*«, versuchte Josie, Begeisterung für den Kopfschmuck vorzutäuschen.

Die erlesenen Kleider und der andere Pomp kamen ihr im Gegensatz zu früher nur noch wie riesige Kostüme vor. Es schien so, als würde sie von ihnen verschluckt werden. Auch das grüne Kleid, welches sie gerade trug, behinderte sie bei jedem Schritt. Wie angenehm waren doch Hosen und Hemd gewesen. Sie beneidete die Männer darum, sich nicht in die engen Korsagen schnüren und keine meterbreiten Reifröcke tragen zu müssen.

Als endlich alles fertig eingeräumt war, zog sich Monsieur Sabatier mit seinen Arbeiterinnen zurück, und Josie hatte den Raum wieder für sich. Versunken in einer unerklärlichen Melancholie, trat sie ans Fenster und öffnete es weit. Sie ließ die abendliche Meeresbrise ihr Gesicht streicheln und schloss die Augen.

Wie immer, wenn sie dies tat, erschien ihr sofort Adams Bild, wie er beinahe unbekleidet am Ruder seines Schiffes gestanden hatte, vor ihrem inneren Auge. Ihr entfuhr ein Seufzen. Blacksoul war nur ein kurzer, schmerzvoller Einschnitt in ihrem Leben gewesen. Sie durfte nicht jeden Tag an ihn denken, sondern musste endlich anfangen, nach vorne zu blicken. Ihr Vater wollte sie schnellstmöglich verheiraten, und sie wusste selbst, dass dies das Beste war. Aber warum stand sie dann hier am Fenster und überlegte, wie sie dem entkommen konnte?

Weil sie etwas Wichtiges an Bord der *Deathwhisper* verloren hatte. Ihr Herz. Und er war davongesegelt und hatte es einfach mitgenommen – geraubt, wie er auch ihre Unschuld geraubt hatte.

Als die Luft kühler wurde und sie fröstelte, befreite sie sich aus dem Ungetüm von Kleid, kroch unter die Laken und fasste einen Vorsatz:

Sie würde aufhören, an Adam Reed zu denken, und einen Mann zum Heiraten finden!

Schon am nächsten Morgen trafen die ersten Gäste ein und wurden in den großzügig bemessenen Zimmern untergebracht. Dadurch gelang es Josie leicht, ihren Vorsatz umzusetzen, denn ihr blieb keine Sekunde Zeit, über irgendetwas nachzudenken.

Schon führte ihr Vater den nächsten Neuankömmling in den Salon.

»Josephine, *mon cœur*, darf ich dir einen meiner Geschäftspartner vorstellen – das ist Monsieur Hawkins.«

Josie versank in einen Knicks, als der große, schwarzhaarige Mann ihre Hand an seine Lippen führte. Ein ordentlich gestutzter Bart bedeckte den Großteil seines markanten, sonnengegerbten Gesichts. Die angegrauten Schläfen verliehen ihm ein aristokratisches Auftreten.

»Monsieur, ich bin sehr erfreut«, sagte Josie lächelnd.

»Das Vergnügen ist auf meiner Seite, Mademoiselle Legrand. Euer Vater tat wohl daran, Euch so lange zu verstecken. Bei Eurer Schönheit sollte er Euch lieber nicht aus den Augen lassen.«

Sein Kompliment verursachte Josie eine Gänsehaut. Es klang nicht wirklich schmeichelhaft. Ihr erschien es, als schwänge ein gefährlicher Unterton in der tiefen Stimme mit. Der attraktive Gast war ihr unangenehm, und sie fragte sich, warum sie das Gefühl hatte, etwas Wesentliches zu übersehen. Da Hawkins und ihr Vater bereits Platz genommen hatten, klingelte Josie nach der Dienerin, damit den Herren Erfrischungen gebracht wurden.

Was war es nur? Sie war sich ganz sicher, diesen Mann noch nie gesehen zu haben, also woran konnte er sie schon erinnern? Sie lauschte auf seine Stimme, aber auch die weckte keinerlei Erinnerung. Nein, sicher war sie Hawkins noch nie zuvor begegnet. Seine stattliche Erscheinung würde man auch in Erinnerung behalten.

Aber was war dann der Grund für ihr Unbehagen in seiner Gegenwart? Vielleicht war sie auch einfach nur erschöpft. Das musste es sein. Ihr Verstand spielte ihr einen Streich. Immerhin war sie seit Stunden auf den Beinen. Eine kurze Pause würde ihre Nerven beruhigen.

Aber gerade, als sie sich bei den Herren entschuldigen wollte, um sich etwas Ruhe zu gönnen, kam ein weiterer Gast in den Salon. Jonathan Ramsey. Der Bankier war einer der Kandidaten, die ihr Vater in die engere Auswahl genommen hatte. Zugegeben, Ramsey erschien sehr nett. Mit seinem dunkelblonden, kurzen Haar war er durchaus attraktiv zu nennen. Er war zwar nur wenig größer als Josie, aber seine sportliche

Statur verlieh ihm eine ausreichend maskuline Ausstrahlung. Sein jungenhaftes Lächeln war ansteckend, und, seit er als erster Gast das Stadthaus betreten hatte, zeigte er offen seine Bewunderung für Josie. Sicher war er nur in den Salon gekommen, um ihre Gesellschaft zu suchen.

»Monsieur Ramsey, wie schön, dass Ihr Euch zu uns gesellt«, begrüßte Josie ihn daher freundlich und übernahm es, ihn mit Hawkins bekannt zu machen.

»Mademoiselle Legrand, ...«, setzte er an, sobald die üblichen Höflichkeiten ausgetauscht waren, und sie die beiden Herren wieder ihren Geschäftsgesprächen überlassen hatten, »... Ihr entschuldigt, wenn ich sage, dass ich Euretwegen in den Salon kam?«

Josie sah überrascht auf, und Ramsey blickte verlegen zur Seite, lächelte aber weiterhin.

»Ihr seht, so etwas ist mir noch nicht oft passiert. Aber ich konnte unmöglich in meinen Gemächern bleiben, weil ich wusste, Ihr würdet irgendwo im Haus zu finden sein.«

Es war Josie fast ein bisschen unangenehm, wie verliebt der Bankier sie anhimmelte. Immerhin kannte er sie gerade erst seit wenigen Stunden. Auch wenn sie sich von seiner offensichtlichen Begeisterung geschmeichelt fühlte, empfand sie leider außer Sympathie überhaupt nichts in seiner Gegenwart. Er war ein angenehmer Mann, war noch reicher als ihr Vater und beinahe in ihrem Alter. Sicher hätte er einen passenden Ehemann abgegeben. Nur leider verursachte er keinerlei körperliche Reaktion. Ihr wurde bei seinem Anblick nicht warm oder gar heiß, sie bekam keine weichen Knie und verspürte erst recht nicht das Verlangen, ihn zu berühren.

»Monsieur Ramsey, Ihr schmeichelt mir«, gab sie dennoch dankbar zurück und schlug die Augen nieder. »Ich hoffe, Euch gefällt es hier. Könnt Ihr Euch vorstellen, dass bis gestern Abend noch nicht alle Vorhänge angebracht waren?«, wechselte Josie zu einem unverfänglichen Thema.

»Bitte, Verehrteste, nennt mich Jonathan. Das würde mir viel bedeuten.«

Er fasste ihren Arm und sah ihr dabei tief in die Augen. Unter dem Vorwand, sich den Rock zu glätten, entwand sie ihm diesen aber wieder und trat ein wenig zurück. Herrje, das ging aber auch alles viel zu schnell. Wie sollte sie denn nur überzeugend eine Frau spielen, die auf der Suche nach einem Mann war, wenn sie doch immer nur an diesen unsäglichen Adam Reed und seine noch viel unsäglicheren Küsse denken musste? Sogar jetzt wünschte sie, es wäre nicht Ramseys Hand, die sie berührte, sondern die des Piraten.

»Jonathan, ich hoffe, ich enttäusche Euch nicht zu sehr, aber ich fühle mich etwas schwach und würde mich vor dem Essen gerne noch etwas zurückziehen. Wenn Ihr möchtet, werde ich Euch eine Erfrischung bringen lassen, dann könnt Ihr den Herren Gesellschaft leisten«, schlug sie vor.

»Das ist sehr freundlich, aber wenn Ihr mich nun wahrlich schon verlassen wollt, muss ich Euch ein Versprechen abringen, ehe Ihr geht.«

»*Avec plaisir*, und was wünscht Ihr?«, fragte Josie höflich.

»Erweist mir heute beim Dinner die Ehre, meine Tischdame zu sein.«

Josie lächelte. Er war wirklich reizend und nett, wie er nun lächelnd vor ihr stand und sich an einem flehenden Blick versuchte. Beinahe empfand sie Mitleid. Denn trotz seiner Avancen vermochte sie es nicht, ihm mehr als Sympathie entgegenzubringen.

»*Enchanté*, Monsieur, es wäre mir ein großes Vergnügen.«

Sie hoffte, ihm entging, dass ihr Lächeln ihre Augen nicht erreichte, als er ihr zum Abschied einen Kuss auf den Handrücken hauchte.

Den ganzen restlichen Tag versuchte Josie, sich für Jonathan Ramsey zu erwärmen. Sie spielte in allen Facetten den Gedanken durch, seine Frau zu werden. Er war im Grunde genommen der ideale Mann für sie. Und sicherlich konnte sie es schlechter treffen. Besonders unter den gegebenen Umständen. Nur, wie sollte sie dem verliebten Bankier beichten, dass er in der Hochzeitsnacht vermutlich eine böse Überraschung erleben würde, wenn er annahm, sie sei unberührt.

Josie verfluchte sich insgeheim dafür, ihren drängenden Begierden nachgegeben zu haben. Und dennoch konnte sie es nicht bedauern. Vielmehr würde sie ihr Leben lang die Erinnerung an jene Momente wie einen kostbaren Schatz hüten. Allein der Gedanke an Blacksoul weckte in ihr eine unbändige Sehnsucht. Es verlangte sie nach seiner Berührung, nach seinem Kuss, der ihre Sinne benebelt hatte, und nach seinen starken Händen, in denen er ihr Herz hielt.

Und auch, wenn sie tatsächlich Ramseys Frau würde, zur *Frau gemacht* hatte sie ein ruchloser Pirat.

Den Bankier in dieser Hinsicht zu täuschen, war allerdings keine Alternative. Ihn darüber im Unklaren zu lassen, brachte sie nicht über sich. Dafür mochte sie den jungen Mann viel zu gerne. Vielleicht war er ja genug in sie verliebt, um darüber hinwegzusehen. Dennoch verursachte ihr der Gedanke an die Hochzeitsnacht Übelkeit. Denn auch, wenn sie sich in seiner Gesellschaft wohlfühlte, über seine Scherze lachte und seinen geistreichen Bemerkungen lauschte, so fehlte doch etwas. Seine beiläufigen Berührungen lösten in Josie keinerlei Gefühl aus.

Es blieb ihr also nur eine Möglichkeit.

Sie würde herausfinden müssen, ob Ramsey es nicht ebenso wie Blacksoul vermochte, sie zu entflammen. Sie nahm sich vor, dies spätestens beim morgigen Ball herauszufinden.

Ein Kuss würde ihr die Antwort liefern!

Kapitel 18

Nachdem sich die Gäste an diesem Abend sehr früh in ihre Gemächer zurückgezogen hatten, saß Eduard Legrand in seinem Arbeitszimmer. Auch wenn er seine geliebte Tochter nun wieder bei sich hatte, war er doch kein Mann, der sich damit zufriedengegeben hätte. Oh nein, der Pirat, der seine Tochter entführt hatte, sollte bezahlen. Wie es das Schicksal wollte, weilte gerade der einzige Mensch, dem er dies zutraute, als Gast in seinem Haus.

»Mein Freund, ich brauche Eure Hilfe«, setzte Eduard an und reichte seinem Gegenüber eine kubanische Zigarre.

William Hawkins nahm dankend an. Nachdem er diese entzündet hatte und die ersten Rauchschwaden die Luft schwängerten, sah er auf:

»Um was geht es?«, fragte er.

Auch nach den vielen Jahren, in denen Legrand mit Hawkins Geschäfte machte, fühlte er sich in der Gegenwart des eleganten Mannes nicht wohl. *Kalt* schien ihm die passendste Beschreibung für ihn zu sein.

»Ihr habt sicher davon gehört, dass Josie in den letzten Wochen bei Verwandten weilte. Dies ist nicht ganz richtig«, gestand Eduard.

Überrascht hob Hawkins die Augenbrauen und schien nun etwas mehr Interesse an dem anscheinend pikanten Problem seines Gastgebers zu haben.

»Nun, ich möchte nicht, dass irgendjemand von diesem schrecklichen Vorfall erfährt, aber ich kann auch nicht so tun, als sei nichts passiert«, erklärte Josies Vater aufgebracht.

»War sie durchgebrannt?«, fragte Hawkins grinsend.

Legrand schien verwirrt und tupfte sich den Schweiß von der Stirn. Über dieses Thema zu sprechen, wühlte ihn doch sehr auf.

»Aber nein. Viel schlimmer – sie wurde von Piraten entführt.«

Hawkins lachte laut und schlug sich auf den Schenkel.

»Mein lieber Eduard, die Zeit der Piraterie ist doch längst vorbei. Die Handvoll Seeräuber, die hier – abgesehen von mir – noch ihr Unwesen treiben, hätten das Mädchen gevögelt, und wenn sie ihnen langweilig geworden wäre, über Bord gehen lassen.«

Die derben Worte trieben dem Franzosen die Röte in die Wangen.

»Sie sagt kein Wort, aber ich will wissen, wer der Mistkerl war und was er ihr angetan hat. Ich will, dass er für diese Tat stirbt!«, verlangte er lautstark.

»Und dafür soll ich sorgen?«

»Natürlich! Wen sollte ich sonst darum bitten?«

Hawkins paffte an seiner Zigarre und blies gelangweilt den Rauch aus seinem Mund. Berechnend betrachtete er seinen aufgebrachten Gastgeber.

»Umsonst ist nur der Tod – und selbst der kostet das Leben«, antwortete er schließlich.

»Das war mir bewusst – was immer Ihr wollt, ich werde es bezahlen.«

Hawkins überlegte.

»Wie hoch war das Lösegeld, welches Ihr für sie bezahlt habt?«, fragte er.

»Lösegeld? Ich, … ähm, ich habe kein Geld bezahlt. Sie stand einfach vor der Tür«, stammelte Eduard.

»So? Na, dann hat er sich seine Bezahlung auf andere Art verschafft«, überlegte der Pirat absichtlich laut.

Josies Vater wurde bleich wie die frisch getünchte Wand hinter sich. Erneut fuhr er sich mit dem Taschentuch über die schweißnasse Stirn.

»Was soll das bedeuten? Nein! Das ist unmöglich. Das kann nicht sein. Dieser Bastard muss sterben, koste es, was es wolle!«, rief der Franzose schließlich.

»Abgemacht. Ist so gut wie erledigt. Ich nenne Euch meinen Preis, wenn ich Euch seinen Kopf bringe. Ihr werdet ihn begleichen, richtig?«

Eduard schluckte. Es kam ihm vor, als wäre er gerade dabei, einen Pakt mit dem Teufel zu unterzeichnen.

»Richtig«, murmelte er.

Kapitel 19

Havanna

Die Luft in der dunklen Spelunke war so feucht, dass Adam das Gefühl überkam, er ertrinke. Der Rum war warm, und der Tresen unter seinem Arm klebte ekelhaft. Aus dem Kerl neben ihm hatte er genauso wenig herausbekommen wie aus den anderen Seeleuten in den vielen Absteigen zuvor. Stunden hatte er damit verbracht, alle abzuklappern, um einen Hinweis auf den Kurs der *Kerberos* zu erhalten.

Der Höllenhund war wie ein Phantom. Irgendwie schaffte Adam es einfach nicht, diesen Mann zu stellen. Er war kurz davor aufzugeben, als er überrascht den Kopf hob. Er musste zweimal blinzeln, doch dann war er sich sicher. Ein diabolisches Grinsen breitete sich in seinem Gesicht aus.

Mit wenigen Schritten durchquerte er die Kneipe und setzte sich an den Tisch des jungen Mannes. Dieser wurde blass und suchte bei seinen zwei Freunden vergeblich nach Unterstützung. Die ergriffen schon nach dem ersten Blick auf Blacksouls wutverzerrtes Gesicht und dessen schreckliche Narbe die Flucht.

»Benji Billings. Wenn das kein Zufall ist«, lächelte Blacksoul mit gefletschten Zähnen. Demonstrativ legte er seinen Säbel griffbereit vor sich auf die Tischplatte. Benji suchte den Raum mit den Augen panisch nach einer Fluchtmöglichkeit ab und saß dabei wie versteinert auf seinem Stuhl. Er wusste, wenn er auch nur eine Bewegung machte, war er tot.

»Captain«, murmelte er kleinlaut und wagte es nicht, seinem ehemaligen Befehlshaber in die Augen zu sehen.

In einer Lache Rum kämpfte eine Fliege verzweifelt gegen das Ertrinken an. Adam schob sie bedächtig mit dem Finger an eine trockene Stelle.

»Benji, Benji, du kannst dir nicht vorstellen, wie wütend ich auf dich bin«, erklärte Adam im Plauderton. »Du steckst mächtig in der Klemme, Junge.«

Adams ehemaliger Schiffsjunge sah aus, als würde er sich gleich übergeben. Er verfluchte sich bereits dafür, jemals auf der *Deathwhisper* angeheuert zu haben.

Die Beine der Fliege zuckten, ihre Flügel klebten ihr am Körper, sie sah verloren aus.

Blacksouls kalter, unnachgiebiger Blick ruhte auf dem schmächtigen Burschen, und ganz langsam wanderte seine Hand unter seine Weste.

»Es gibt genau einen Weg, aus meinem Dienst entlassen zu werden, und ich denke, du weißt, welcher dies ist.«

Benji schluckte. In seinen Augen schwammen Tränen, aber er war lange genug unter Blacksouls Kommando gesegelt, um zu wissen, dass er von ihm keine Gnade erwarten durfte.

Das Zappeln der Fliegenbeine erstarb.

Adam atmete tief durch und warf einen bedauernden Blick auf den zitternden Benji.

»Niemand stiehlt sich ungestraft von meinem Schiff – niemand verlässt meine Crew ohne meine Erlaubnis. Es tut mir leid, aber …«

Er zog die Hand unter seiner Weste hervor, und Benjis Pupillen weiteten sich, als er sah, wie Blacksoul gedachte, seine Rechnung zu begleichen.

Die Fliege regte sich nicht mehr.

Die Straßen Havannas flimmerten in der Hitze des Tages. Es war schwül, und der Schweiß lief Adam den Rücken hinunter.

Er trat über die schmale Planke an Bord. Die meisten seiner Männer lagen faul an Deck, versuchten, sich so wenig wie möglich zu bewegen, oder schliefen ihren Rausch vom Vorabend aus. Wie immer, wenn sie irgendwo im Hafen lagen, lockten billiger Rum und willige Weiber die Kerle ins Verderben.

In seiner Kabine setzte er sich sogleich an den Schreibtisch und entrollte die Seekarte vor sich. Sein Finger lag erst auf Havanna und fuhr dann in nordwestlicher Richtung über den Golf von Mexiko. Wie oft sein Blick in den letzten Wochen schon auf diesem Punkt der Karte verweilt hatte? Die schwarzen Buchstaben *New Orleans* hatten sich schon in seine Netzhaut eingebrannt. Wenn es stimmte, was er erfahren hatte, dann war der Höllenhund vor gerade mal zwei Tagen in Richtung New Orleans aufgebrochen, nachdem er die Hälfte seiner Sklaven bereits hier verkauft hatte. Es juckte ihn in den Fingern, sofort die Segel zu setzen und sein Ziel anzusteuern. Es verwirrte ihn nur, dass es nicht Hawkins war, den er dabei im Sinn hatte.

Seit Smithe die Französin abgeliefert hatte, zeigte er sich ihm gegenüber sehr verschlossen und hatte schon mehrfach ein verächtliches Schnauben hören lassen, wenn Adam ihm den Rücken zukehrte. Auch der Spanier schien verstimmt. Ob dies an der Tatsache lag, dass er sich strikt geweigert hatte, für Josie ein Lösegeld zu erpressen, oder an etwas anderem, wusste Adam nicht. Zufällig hatte er mit angehört, wie Felipe den Männern von der Französin vorgeschwärmt hatte. Noch heute hätte er ihn am liebsten gefordert, wenn er sich an dessen Worte erinnerte.

»Diese kleine *chica* ist leicht wie eine Feder, und ich schwöre, ihr Haar hat nach Jasmin geduftet, als sie in meinen Armen lag.«

Auch ohne einen Namen wusste er, von wem die Rede war, und Eifersucht, heiß wie ein glühendes Eisen, hatte ihn gepackt. Nur seiner Selbstbeherrschung war es zu verdanken, dass Felipe noch am Leben war. Jeden Tag fragte er sich, wann sie in seinen Armen gelegen haben mochte, und noch viel schlimmer, was sie dort getan hatte. Wie von Geisterhand gelenkt, wanderte sein Blick zu Boden, wo der blaue, eingetrocknete Tintenfleck im Holz – der einzige sichtbare Beweis für ihre Anwesenheit in seinem Leben – zu finden war.

Josephine Legrand würde ihn wiedersehen, dafür würde er sorgen.

Die Ballnacht war rauschend und alle Fenster und Türen des Untergeschosses standen weit geöffnet, um für einen angenehmen Durchzug zu sorgen. Trotzdem fächelte sich Josie mit einem rostroten Fächer, welcher hervorragend zu ihrem Kleid passte, Luft zu. Ihr war etwas schwindelig, was entweder den vielen Drehungen beim Tanz oder dem eng geschnürten Korsett zuzuschreiben war. Etliche der geladenen Herren hatten bereits das Vergnügen eines Tanzes mit der Tochter des Gastgebers genossen. Und nur wenige davon waren so geschickte Tänzer wie Jonathan Ramsey – was sie nun deutlich in jeder Zehe spürte. Daher hatte sie sich nach dem letzten Tanz von Ramsey von der Tanzfläche führen lassen.

»Oh, *s'il vous plaît*, bringt mich in Sicherheit. Ich kann unter keinen Umständen auch nur einen weiteren Tritt mehr auf meine armen Füße verkraften«, flüsterte Josephine gespielt übertrieben.

Ramsey brach in schallendes Gelächter aus und führte sie in den Nebenraum. Hier war es deutlich ruhiger, denn an den aufgestellten Kartentischen waren die Herren in konzentriertes

Schweigen vertieft, während an den Tischen vor ihnen kleine Vermögen den Besitzer wechselten.

»Hier sollten wir zumindest kurzzeitig in Sicherheit sein, aber ich muss zugeben, meine Teuerste, dass ich es den Herren nicht verübeln kann. Ihr seht so atemberaubend aus in diesem Kleid, dass ich Mühe habe, Euch nicht wie ein Dummkopf anzustarren.«

Kokett schlug Josie ihm mit dem Fächer auf den Arm, aber sein amüsierter Blick brachte sie zum Lachen.

»Sir, Ihr solltet so etwas nicht in der Öffentlichkeit sagen«, schimpfte sie.

»Aber meine Liebe, dann sollten wir dringend einen Ort aufsuchen, an dem die Öffentlichkeit unserem Gespräch nicht folgen kann«, schlug er verschwörerisch blinzelnd vor.

Die Idee war eigentlich nicht dumm. Vielleicht würde sich ihr dabei sogar die Möglichkeit bieten, zu überprüfen, ob er sie als zukünftiger Ehemann entflammen konnte. Allerdings fürchtete sie, schon jetzt die Antwort darauf zu kennen. Sie mochte ihn wirklich gerne, aber ihr Herz wusste, sich in ihn zu verlieben, war unmöglich. Dennoch würde sie es wohl in Betracht ziehen müssen, ihn zu heiraten. Vorausgesetzt, er würde sie noch wollen, wenn er erst die Wahrheit über ihre nicht mehr vorhandene Jungfräulichkeit kannte. Aber der Ballsaal war nicht der geeignete Ort für so heikle Themen. Am besten war es, dies unter vier Augen zu besprechen.

Josie war so in ihre Überlegungen vertieft, dass sie erst bemerkte, dass Ramsey mit ihr sprach, als er sie am Arm berührte.

»… einen Spaziergang durch den Garten unternehmen, um uns etwas abzukühlen?«

Mit zügigen Bewegungen ruderte Adam ungesehen auf das Dock einer Lagerhalle zu. Es war zu gefährlich, mit der *Deathwhisper* in den Hafen einzulaufen. Er galt als Gesetzloser, und solange er Hawkins nicht getötet und seinen Ruf wiederhergestellt hatte, konnte er sich den Verlust des Schiffes nicht leisten. Darum setzte er allein mit dem Beiboot über. Nachts waren zwar an den Lagerhallen Wachmänner postiert, aber er würde nur versuchen, ungesehen an Land zu kommen und dann die Docks, so schnell er konnte, hinter sich zu lassen.

Nichts würde ihn diesmal aufhalten. Es gab nur ein Ziel in dieser Nacht. Und nur eine Chance.

Sollte er sich nicht bis zum Morgen wieder an Deck eingefunden haben, würde Smithe das Schiff in der Nähe von St. Malo verstecken und auf weitere Anweisungen warten.

Graue Schatten spiegelten sich im Wasser, ein stinkender Film bedeckte die Oberfläche. Adam ruderte an die Anlegestelle und knotete die Nussschale fest, ehe er leise und geduckt über den Entladeplatz rannte. Er drückte sich an die längsseitige Wand eines der Lagerhäuser und lauschte auf Geräusche. Unbemerkt erreichte er die Straße, welche vom Hafen in die Stadt führte und folgte ihr mit klopfendem Herzen. Er hatte es fast geschafft.

Ungesehen war es Adam gelungen, sich seinem Ziel zu nähern, doch nun fing der Ärger an. Ein bewaffneter Mann war zur Patrouille abgestellt worden. Auch wenn er gelangweilt an einem Laternenpfahl lehnte, war dies ein ernst zu nehmendes Hindernis.

Adam nahm eine gebeugte Körperhaltung ein, fing lautstark an, ein ordinäres Seemannslied zu singen, und tat so, als torkele er auf den Wachposten zu.

»He, du!«, rief der Mann und trat ihm in den Weg. »Du hast hier nichts verloren – also verpiss dich!«

Unbeeindruckt torkelte Adam weiter.

»Hörst du?«

Der Wachmann schüttelte den Kopf und murmelte einen Fluch, ehe er sich daranmachte, den Trunkenbold aufzuhalten.

»He, Freundchen – du verschwindest jetzt, oder ich …«, er packte Adam am Kragen, als dieser ihm blitzschnell die Pistole aus dem Hosenbund zog und gegen seine Schläfe drückte.

Der Mann erkannte, dass er einem Trick auf den Leim gegangen war, und hob ergeben die Hände.

»Hey, was soll das?«

»Schnauze, sonst knall ich dich ab!«, raunte Adam dem Mann ins Ohr.

»Schon gut, schon gut. Was willst du?«, fragte der überrumpelte Wachposten.

»Ich fürchte, man wird mich hier nicht freundlich empfangen«, erklärte Adam. »Du wirst mir also Zutritt verschaffen müssen.«

»Aber ja, das klingt sehr verlockend. Der Garten ist wirklich fantastisch. Orangenbäume und Palmen – und erst dieser Duft. Gerade blüht der Jasmin und schwängert mit seinem Aroma die Luft. Das dürft Ihr Euch nicht entgehen lassen.«

Josie deutete auf die weit geöffneten Doppeltüren und hakte sich bei Ramsey ein.

»Sehr gerne. Allerdings werde ich auch dort nur Augen für Eure Schönheit haben, und jede noch so herrliche Blüte wird neben Euch verblassen«, schmeichelte Ramsey weiter.

»Jonathan, bitte, Ihr bringt mich in Verlegenheit«, wehrte Josie seine Komplimente ab. Sicher mochte es Damen geben, die verzaubert wären von solch charmanten Worten, aber sie selbst hatte dafür recht wenig übrig. Adams heiseres Aufstöhnen, als er sie im Mondschein an sich gezogen und geküsst hatte – das war ein echtes Kompliment gewesen. Ehrlich und geboren aus reinem Verlangen. Jonathans Worte wirkten dagegen nur, als hätten sie durch Wiederholung bereits ihren Glanz verloren.

Dennoch schlug ihr das Herz laut in der Brust, als sie schließlich hinaus in die Nacht traten. Der Himmel, übersät mit Tausenden funkelnder Sterne, legte sich wie ein diamantener Baldachin über den exotischen Garten.

Ramsey schien ebenfalls von der romantischen Stimmung überwältigt, denn entgegen jeder Schicklichkeit griff er nach Josies Hand.

»Meine Liebe, wie zauberhaft.«

Mit gemächlichen Schritten entfernten sie sich etwas vom Haus und schlenderten an den Orangenbäumen entlang. Ramsey pflückte eine der betörend duftenden Blüten.

Josie wusste, wenn man sie hier draußen zusammen sehen würde, käme das einem kleinen Skandal gleich. Ob sich Ramsey dessen bewusst war?

»Mademoiselle, ich muss gestehen, dass ich auf einen Moment wie diesen gehofft hatte. Gibt es doch etwas, das ich Euch fragen wollte. Da es aber Eure Antwort ist, die mir am Herzen liegt – und nicht die Eures Vaters –, wollte ich zuerst unter vier Augen mit Euch sprechen.«

Er räusperte sich, ehe er fortfuhr.

»Meine Liebe, seit ich Euch das erste Mal sah, war mir klar, dass …«

»Jonathan, *non*, bitte wartet – ich muss Euch erst etwas sagen«, unterbrach Josie seine Rede.

Ein kräftiger Hieb mit dem Pistolenknauf setzte den Wachposten außer Gefecht. Adam brauchte ihn jetzt nicht länger. Er hatte sein Ziel erreicht. Nur noch eine Tür und wenige Meter trennten ihn davon. Diesmal würde er alles richtig machen. Er holte tief Luft und trat durch die große schwarze Ebenholztür mit den goldenen Beschlägen. Sie stand offen, so als weise sie ihm den Weg.

Adam schluckte. Er war zu allem entschlossen, aber dass sich sein Schicksal auf einem Ball entscheiden würde, hatte er zugegebenermaßen nicht erwartet.

Aber es war zu spät, sich darüber Gedanken zu machen, denn sein Blick, der über die fröhlich feiernde Menge wanderte, blieb an der einen Person hängen, derentwegen er gekommen war.

Mit eiserner Entschlossenheit durchschritt er den Ballsaal, und noch ehe sich alle Augen nach ihm umdrehten, die Musik verstummte, und eine Dame einen erschrockenen Schrei ausstieß, hatte er Hawkins erreicht.

Und was auch immer er sich zuvor überlegt hatte, zu tun, wenn er seinem Erzfeind gegenüberstehen würde, war mit einem Mal vergessen. Es gab keine wohlüberlegten Worte mehr, keinen Gedanken an Catherine oder Abigail, sondern nur seinen eigenen furchtbaren Schmerz ob all dessen, was er durch diesen Mann verloren hatte. Der Ballsaal und all die Menschen um ihn herum existierten in diesem Moment nicht. Gesteuert von seinen Gefühlen hieb er dem dunkelhaarigen Mann seine Faust ins Gesicht, spürte warm das Blut, welches aus dessen Nase auf seine Faust spritzte und lauschte dem befriedigenden Geräusch, als der Knochen splitterte.

Selbst als sich William Hawkins wie ein wilder Stier mit lautem Geschrei auf ihn stürzte, zog er nicht seinen Dolch. Oh ja, diese persönliche Sache würde er mit den Fäusten beenden. Wollte diesem Kerl jeden einzelnen Knochen im Leib brechen und das Blut an seinen Händen fühlen. Mit Genuss steckte er daher Hawkins' linken Haken ein und drosch ihm gleichzeitig seine Faust an die Schläfe.

Der Höllenhund taumelte rückwärts und stieß einen mit gefüllten Gläsern bestückten Tisch um, ehe er sich mit dem Ärmel das Blut vom Kinn wischte. Adam hatte nicht vor, seinem Gegner eine Pause zu gewähren, so setzte er ihm nach und schlug wieder und wieder auf ihn ein. Er war so gefangen in diesem erlösenden Kampf, dass er den Tumult um sich nicht wahrnahm. Die Damen kreischten und fielen reihenweise in Ohnmacht, während die Herren unschlüssig waren, was zu tun sei. Keiner wollte es freiwillig wagen, dem blonden Berserker, aus dessen Blick die reine Mordlust sprach, in die Quere zu kommen.

Aber auch Hawkins, der nach der Überraschung der ersten Attacke inzwischen die Schläge seines unbekannten Angreifers gezielter konterte, war seine Wut anzusehen. Die nächste Runde beförderte beide Kontrahenten zu Boden, wo sie ringend um die Oberhand kämpften. Gerade holte Adam aus, um seine Faust erneut in Hawkins' Gesicht zu donnern, als er am Arm gepackt und von mehreren schwarzen Sklaven von seinem Gegner heruntergezogen wurde. Als Hawkins sich aufrappelte, wurde auch er festgehalten, und der mit zwei Pistolen bewaffnete Gastgeber baute sich wütend zwischen den beiden auf. Legrand sah sich gezwungen einzugreifen, damit nicht schon bei der Einweihungsfeier sein edles Mobiliar zu Bruch ging. Adam versuchte, die Sklaven abzuschütteln, aber das Klicken des Hahns der auf sein Herz gerichteten Pistole brachte ihn zur Besinnung.

»Schafft sie auf dem schnellsten Weg hier raus!«, befahl Legrand wutschnaubend und deutete auf die Terrassentür, welche am nächsten lag.

»Heraus mit der Sprache, meine Liebe«, ermunterte Ramsey sie, als Josie ihn unsicher ansah.

Aufgewühlt entzog sie ihm ihre Hand und entfernte sich einen Schritt von ihm. Er wollte ihr ganz eindeutig einen Antrag machen und sie wusste noch immer nicht, ob sie es ertragen konnte, von ihm im Ehebett berührt zu werden. Allein der Gedanke daran trieb ihr die Schamesröte in die Wangen, aber sie musste es wissen. Aber noch ehe sie etwas sagen konnte, ergriff er wieder das Wort.

»Meine liebe Josephine, ich ahne Eure Unsicherheit, aber dafür gibt es keinen Grund. Sagt mir nur, könnt Ihr Euch vorstellen, meine Frau zu werden? Denn das wünsche ich mir.«

Er sah sie mit großen Augen an und wartete auf eine Antwort.

So, als wolle sie fliehen, hatte Josie sich während ihrer Unterhaltung immer weiter dem Haus genähert. Nun blieb sie wie angewurzelt stehen. Das war es also. Die Worte waren heraus, lagen ihr bleischwer im Magen. Sosehr sie sich auch bemühte, ihr wollte keine vernünftige Antwort einfallen. Was sollte sie sagen? Ihr Herz schrie vor Verzweiflung laut auf, aber sie wusste, auf ein Wunder zu warten und weiter zu hoffen, dass Adam eines Tages durch die Tür kommen würde, wäre lächerlich.

Tief durchatmend trat sie mit einem schnellen Schritt auf Ramsey zu und presste ihre Lippen auf seinen Mund. Erschrocken von Josies Reaktion zögerte der Bankier kurz, ehe er triumphierend seine Arme um ihre schlanke Taille legte.

Kapitel 20

Er hatte einen Fehler gemacht! Wie hatte er sich nur von seinen Gefühlen leiten lassen können? Warum hatte er nicht einfach die Pistole gezogen und Hawkins getötet? Nun wurde er von einer ganzen Horde Männer nach draußen gezerrt, während der Hausherr eine Waffe auf ihn gerichtet hielt. Wenigstens konnte ihm Hawkins nicht entkommen, denn dem erging es ebenso.

Man schob ihn durch die Terrassentür, und Adam erstarrte. Der überwältigende Duft von Jasmin rief Erinnerungen hervor, für die er im Moment keine Zeit hatte. Fluchend riss er seinen Arm los und hob den Blick.

Das Bild, welches sich ihm bot, riss sein Herz in Stücke und versetzte ihm einen Schlag, der ihn härter traf als die Prügel von Hawkins.

Erschrocken fuhren Josie und ihr liebestrunkener Verehrer auseinander und sahen sich etlichen überraschten Gesichtern gegenüber. Aber nur eines dieser Gesichter war für Josie von Bedeutung. Wie beim ersten Mal, als sie ihn sah, war er blutbeschmiert, und der Blick aus seinen kalten eisblauen Augen war voller Hass. Mit bebender Stimme flüsterte sie in die Grabesstille, welche nun schlagartig herrschte.

»Blacksoul!«

Ihre Blicke verschmolzen, und Adams Gegenwehr erlosch. Sie sah so unglaublich aus in diesem rostroten Kleid mit dem goldenen Spitzenbesatz im Ausschnitt. Das eng geschnürte Mieder hob ihre Brüste hervor, und ihr glänzendes Haar war zu kunstvollen Locken frisiert. Dennoch waren es ihre Sherryaugen, welche ihm einen Pfeil durchs Herz jagten. Langsam glitt sein Blick über ihr Gesicht, ihre Erscheinung, zu ihrer Hand, die noch immer in der Hand ihres Begleiters lag.

Den Schlag, welcher ihn niederstreckte, sah er nicht einmal kommen.

»Zum Teufel, was ist denn hier eigentlich los?«, rief Eduard Legrand aufgeregt. Sein Gesicht war vor Ärger gerötet, und er sah entgeistert von einem zum anderen.

Hawkins, der sich losgerissen und Adam niedergeschlagen hatte, wischte sich schnaubend über die immer noch blutende Nase und trat mit ganzer Kraft noch einmal nach. Adam kippte auf den Rücken, und das Haar fiel ihm aus dem Gesicht.

Der dunkelhaarige Pirat runzelte die Stirn.

»Das gibt es doch nicht!«, murmelte er ungläubig. »Wer hätte das gedacht – das erklärt so einiges.«

»Was in aller Welt ist hier los? Ich verlange sofort Antworten! Josephine – was tust du hier? Und Ihr, Ramsey, schuldet mir mehr als nur eine Erklärung, das sage ich Euch. Hawkins, könnt Ihr mir vielleicht verraten, wie Ihr dazu kommt, meinen Ball zu ruinieren – und wer zum Teufel ist dieser Kerl?«

Der Schweiß lief ihm in den Hemdkragen, und er sah aus, als erleide er jeden Moment einen Herzinfarkt.

Jonathan Ramsey war der Erste, der zu einer Erklärung ansetzte und versuchte, diese kompromittierende Situation zu entschuldigen.

»Monsieur Legrand, ich muss mich vielmals bei Euch entschuldigen. Es lag nicht in meiner Absicht, Eurer Tochter zu nahe zu treten. Vielmehr habe ich sie gebeten, meine Frau zu werden.«

Eduards Augen wurden groß. »Was? Josie, ist das wahr?«

Josie reagierte nicht auf die Frage ihres Vaters. Hörte sie noch nicht einmal. Sie hatte mit aller Macht versucht, Adam aus ihren Gedanken zu streichen, angenommen, ihn niemals wiederzusehen. In ihrem Inneren tobte ein Tumult, und ihre Beine drohten kraftlos unter ihr nachzugeben.

Blacksoul war erneut in ihr Leben getreten.

Sie konnte ihren Blick nicht von Adam losreißen, der reglos auf den Steinplatten lag. Warum war er hier? War er ihretwegen gekommen? Um sie zurückzuholen? Weil er sie liebte? Was konnte es für eine andere Erklärung geben? Es gab also Wunder – er war tatsächlich einfach durch die Tür gekommen und … ja was? Und musste sehen, wie sie einen attraktiven Mann küsste. Dabei hatte ihr dieser Kuss nur bewiesen, was sie längst gewusst hatte. Niemals würde sie einen anderen Mann begehren als den Piraten mit der schwarzen Seele.

»Josephine! Ich warte auf eine Antwort!«, verlangte ihr Vater ungeduldig.

»Pardon?«

»Hat Jonathan Ramsey dich gebeten, seine Frau zu werden?«

»*Oui*, aber …«

»Gut. Dann sollt ihr meinen Segen haben. Ich werde es morgen bekannt geben. Meinen Glückwunsch, Ramsey«, stellte Eduard klar.

»*Mais non.* Papa, ich wollte doch …«, versuchte Josie, ihrem Vater zu widersprechen, aber dieser brachte sie mit einer Handbewegung zum Schweigen.

»Nichts aber. Habe ich nicht mit eigenen Augen gesehen, wie ihr euch geküsst habt? Das allein reicht mir als Antwort auf die Frage, ob ihr heiraten werdet oder nicht. Monsieur Ramsey, wartet in meinem Arbeitszimmer auf mich. Dort werden wir alles Weitere besprechen.«

Ohne seine Tochter weiter zu beachten, wandte er sich an den nächsten Unruhestifter, während Jonathan mit einem zufriedenen Lächeln im Haus verschwand.

»Und nun zu Euch, Hawkins – was war hier los?«

Hawkins, der inzwischen zu seiner alten Verfassung zurückgefunden hatte, spuckte auf den reglosen Mann zu seinen Füßen.

»Kennt Ihr den Kerl?«, verlangte Eduard zu wissen.

Hawkins zuckte die Schultern.

»Sieht so aus. Es ist schon Jahre her, da habe ich mal meinen Säbel durch das makellose Gesicht eines blonden Jünglings gezogen.«

Mit der Schuhspitze tippte er Adam auf die Wange mit der langen gezackten Narbe.

»Scheint so, als hätte ich damals wenig Sorgfalt walten lassen, denn sonst wäre dieser Kerl heute nicht mehr am Leben. Muss schon sagen, als ich ihn zuletzt sah, ist er um einiges ansehnlicher gewesen«, lachte er.

Josie wurde blass. Sie konnte nicht glauben, was sie hören musste.

»Ihr?«, rief sie und baute sich neben ihrem Vater auf. »*Non*, das war der Höllenhund, ein schrecklicher Pirat und Mörder!«

Hawkins brach in schallendes Gelächter aus und verneigte sich spöttisch vor der aufgebrachten Französin.

»Mademoiselle, ich dachte, wir seien uns bereits vorgestellt worden. Bitte entschuldigt also mein Versäumnis. Wenn Ihr gestattet: William Hawkins, vielen auch als der Höllenhund bekannt. Ihr müsst wissen, dass mein Schiff, die *Kerberos,* mir diesen Namen einbrachte. Denn der Kerberos ist in der Mythologie der Hund, der das Tor zur Hölle bewacht. Ihr seht also, ich bin nicht nur ein einfacher Pirat. Ich habe durchaus Bildung erfahren.«

»Niemals! Wenn Eure Worte wahr sind, dann seid Ihr ein grausamer Mörder und nichts anderes!«

Josies Herz war versteinert. Wie hatte sie denken können, Adam sei ihretwegen hier? Natürlich war er nicht hergekommen, um sie zu sehen, sondern weil zufällig der Mann, den er seit vielen Jahren jagte, hier neben ihr stand. Er hatte nie etwas für sie empfunden, sondern immer nur an Catherine gedacht. Derentwegen war er heute hier aufgetaucht.

»Ihr habt Catherine Nelson getötet!«, rief sie voller Hass. »Darum jagt Blacksoul Euch!«

Jäh wurde sie von Hawkins am Arm gepackt.

»Was redet Ihr da? Ich habe das Nelsonweib nicht getötet – und außerdem, was wisst Ihr denn darüber?«

Josies Vater runzelte die Stirn, und sein verständnisloser Blick wanderte von seiner Tochter zu dem Mann am Boden.

»Ich weiß alles!«

»Was soll das Gerede? Ich will augenblicklich wissen, was hier los ist. Wer ist denn nun dieser Kerl?«, mischte sich Eduard ein.

»Fragt das doch Eure Tochter. Sie scheint diesen Herrn wohl besser zu kennen, als ich. Immerhin weiß ich jetzt, wer Blacksoul ist, habe schon viel von ihm gehört.«

»Josie? Ist das etwa der Pirat, der dich entführt hat?«

Ein drohender Unterton hatte sich in Eduards Stimme geschlichen.

Josie konnte nichts tun, um Adam zu schützen. Wie hatte er nur so leichtsinnig sein können, sich hierher zu wagen?

»*Oui*, Papa, aber …«

»Was? Wie kann er es wagen, hier auch noch aufzutauchen? Ich werde dafür sorgen, dass man ihn im Hafen aufknüpft! In mein Haus zu kommen und uns zu bedrohen – ha!«

»Papa, *s'il vous plaît*! Er ist nicht wegen uns hier!«, versuchte Josie verzweifelt, sich Gehör zu verschaffen.

»Natürlich, weswegen denn bitteschön sonst?«

»Wegen dem Höllenhund«, rief sie verächtlich.

»So sprichst du nicht mit unseren Gästen, ist das klar?«, warnte Eduard mit einem erschrockenen Blick auf Hawkins.

»Lasst sie nur, ich würde gerne selbst erfahren, warum dieser Blacksoul mich verfolgt. Immerhin hat er einige meiner besten Männer auf dem Gewissen. Das macht mich neugierig«, besänftigte Hawkins den Franzosen und sah erwartungsvoll zu Josephine.

»Könnt Ihr Euch das wirklich nicht denken, Ihr behauptet doch, gebildet zu sein! Seht ihn Euch an, Ihr habt sein Leben zerstört. Die Frau, die er liebte, habt Ihr getötet und ihn für den Rest seines Lebens gezeichnet!«

Sie war zu Boden gesunken und strich nun, ohne es zu merken, liebevoll über Adams vernarbte Wange.

»Wenn Ihr von Catherine Nelson sprecht, so täuscht Ihr Euch. Das Weib war mir zu wertvoll, als dass ich ihr auch nur ein Haar gekrümmt hätte. Zwar hatte ich sie einige Zeit bei mir an Bord als … nennen wir es *Gast*, aber als ihr Onkel bereit war, mir meine Forderungen zu erfüllen, übergab ich sie ihm vor der Küste Englands. Soweit ich das beurteilen kann, erfreute sie sich damals bester Gesundheit.«

Alle Farbe war aus Josies Gesicht gewichen. Das konnte doch nicht sein. Catherine Nelson sollte am Leben sein? Wie hatte Adam das nicht wissen können?

»Wenn das so ist, dann ist er doch wegen dir hierhergekommen«, überlegte Eduard laut. »Vielleicht ist ihm eingefallen, dass er versäumt hat, ein Lösegeld zu verlangen. Oder er hat davon erfahren, dass ich dich verheiraten will, und wollte uns erpressen!«

Josie fuhr auf.

»Was hast du gesagt?«, fragte sie überrascht.

»Ich sagte, dass er uns bestimmt erpressen wollte.«

»*Non*, ich meine das Lösegeld. Wie viel hast du ihm für mich bezahlt?«, verlangte sie zu wissen.

»Bezahlt? Nichts. Bei mir kam keine Forderung an. Du standest einfach vor der Tür. Aber ich frage mich langsam, ob ich dieses Geld nicht nun Ramsey zukommen lassen muss.«

Entschieden zog er seine Tochter von dem immer noch Bewusstlosen weg, und sein Blick drückte tiefste Missbilligung aus.

»Was willst du damit sagen, Vater?«

»Nun, sieh dich doch an! Verteidigst diesen Bastard, obwohl er dich entführt und deinen Ruf beschädigt hat. Wenn nicht noch mehr!«

Josie schoss das Blut in die Wangen. So ein Gespräch vor dem abscheulichen Hawkins zu führen, war demütigend, und sie hasste ihren Vater dafür, dass er ihr das antat.

»Papa!«, rief sie aufgebracht.

»Schluss jetzt! Gleich morgen früh werde ich dafür sorgen, dass er für seine Verbrechen verurteilt wird.«

»Oder Ihr überlasst ihn mir, denn es juckt mich in den Fingern, das, was ich vor Jahren angefangen habe, zu Ende zu bringen. Immerhin hat er mir die Nase gebrochen!«, schlug Hawkins vor.

Legrand schüttelte den Kopf.

»Nein, ich will, dass er am Hafen so lange an einen Pfahl gebunden wird, bis sein vergammeltes Fleisch von der Strömung mitgerissen wird.«

»Aber bedenkt eines – wenn ihr ihn anzeigt, müsst Ihr begründen, warum. Ob dies dem offensichtlich verliebten Mister Ramsey gefallen wird, wage ich in Anbetracht des Verhaltens Eurer Tochter zu bezweifeln.«

Josie sprang auf und holte aus, um diese unverschämte Bemerkung mit einer Ohrfeige zu quittieren, aber Hawkins fing ihre Hand mit einem brutalen Griff ab.

»Vorsicht, Mademoiselle!«, warnte er. »Nicht, dass Ihr Euer hübsches Kleid beschmutzt.«

»Josephine, wie kannst du es wagen! Geh unverzüglich auf dein Zimmer!« Eduard war krebsrot vor Zorn über die ganze Angelegenheit, und Josies Verhalten beschämte ihn vor seinem Gast.

»Und ihr«, wies er die Sklaven an, »bringt den elenden Bastard vorerst irgendwohin, wo er nicht entkommen kann. Ich werde mich später mit ihm befassen.«

Kapitel 21

Adam öffnete die Augen. Der Raum drehte sich um ihn. Mit einem Stöhnen setzte er sich auf und musste feststellen, dass er entwaffnet worden war.

»Verflucht!«, murmelte er.

In dem fensterlosen Zimmer waren die Arbeiten noch nicht ganz abgeschlossen, denn an der Decke fehlte der Stuck und den Wänden ein Anstrich. Es gab nichts, was ihm helfen würde, sich zu befreien. Ihm pochte der Kopf, seine Lippe war aufgeplatzt und verklebt von getrocknetem Blut. Trotzdem schmerzte ihn nichts so sehr wie das Bild, welches ihm nicht aus dem Sinn gehen wollte: Josie in den Armen eines anderen Mannes. Was hatte sie überhaupt hier zu suchen? Unter demselben Dach wie dieser gottlose Bastard!

Als er den Wachposten der *Kerberos* überwältigt hatte, war ihm dessen Erklärung – sich an Bord zu schleichen sei unsinnig, weil der Höllenhund einige Tage die Gastfreundschaft eines Geschäftspartners genieße – wie eine Ausrede oder gar eine Falle vorgekommen. Hawkins tatsächlich hier auf dem Ball zu finden, hatte ihn zugegebenermaßen erstaunt.

Doch Josephine ebenfalls hier anzutreffen, brachte ihn endgültig aus dem Gleichgewicht. Und jetzt musste er für sein unüberlegtes Handeln bezahlen. Warum er hier festgehalten wurde, war ihm klar. Er hatte einen der Gäste angegriffen. Vielleicht konnte er dennoch eine Möglichkeit finden, sich aus der Affäre zu ziehen, solange niemand wusste, wer er war. Denn auch wenn Hawkins in diesen Kreisen geduldet wurde, so galt das ganz sicher nicht für andere Piraten. Hätte er doch nur sicher sein können, dass Josie ihn nicht verriet.

Er musste sich eingestehen, dass er Angst verspürte. Nicht davor, als das erkannt zu werden, was er war. Sondern vor Josies Verachtung. Auch wenn er diese mehr als verdient hatte. Er hatte sie auf sein Schiff verschleppt, verführt und sie dann ohne ein weiteres Wort von sich gestoßen. Er fuhr sich energisch durchs Haar bei dem Gedanken, wie elend er sich verhalten hatte, als er sie zuletzt sah. Was musste sie von ihm denken? Er konnte von Glück reden, wenn sie ihn *nur* für einen trunkenen Hurenbock hielt. Wahrscheinlicher war, dass die Französin ihn für das, was er ihr angetan hatte, bestraft sehen wollte. Mit ihrem Schweigen war also nicht zu rechnen. Es konnte demnach ungemütlich für ihn werden.

Während er überlegte, wie er sich aus dieser brenzligen Lage befreien konnte, prüfte er die fest verschlossene Tür, die jedoch keinen Deut nachgab. Es blieb ihm nichts anderes übrig, als abzuwarten. Es schienen Stunden zu vergehen. Stunden, in denen ihm Hawkins wieder einmal entkommen konnte und er Josies Bild nicht aus dem Kopf bekam. Wie wundervoll sie in dem Kleid ausgesehen hatte. Er hatte sie zuvor immer nur in Hosen gesehen, und die Verwandlung in eine Dame hatte sie noch schöner gemacht. Verlangen wallte in seinem Blut auf – und Eifersucht. Glühende Eifersucht auf den Mann, der es gewagt hatte, *seine Josie* zu berühren! Verbittert schlug er mit der Faust gegen die Wand, als Schlüssel klapperten und die Tür sich öffnete.

Es war nicht zu fassen! Wie konnte das Schicksal nur so grausam sein? Josie saß noch immer in ihrem pompösen Ballkleid auf der Bettkante und fluchte nicht gerade damenhaft. Warum war Adam jetzt aufgetaucht, wo sie sich doch fest vorgenommen hatte, ihr Glück mit einem anderen Mann zu finden? Dass dieser Versuch scheitern würde, war ihr bereits in dem Moment klar gewesen, als ihre Lippen sich auf die des überraschten Bankiers gelegt hatten. Seine Berührungen weckten in ihr nur den Wunsch, den Kuss zu beenden. Und als sie sich dann Adams brennendem Blick ausgesetzt sah, erkannte sie die Dummheit ihres naiven Vorhabens. Sie konnte zwar ihren Verstand davon überzeugen, dass ein Leben ohne Adam möglich war, aber ihr Herz würde sich niemals in dieser Art täuschen lassen. Obwohl er aussah wie ein Berserker, hatte sie mit aller Macht den Drang niederkämpfen müssen, sich ihm vor aller Augen in die Arme zu werfen.

Doch was konnte sie jetzt tun? Fortunas grausames Spiel, ausgerechnet ihren Vater Zeuge ihres Kusses werden zu lassen, raubte ihr jede Möglichkeit. Es war bereits entschieden, dass sie die Frau des Bankiers werden sollte. Und Ramsey schien sich an der kompromittierenden Situation nicht einmal gestört zu haben. Sein Wunsch, sie zur Frau zu nehmen, war damit praktisch erfüllt worden, ob sie ihn nun wollte oder nicht. Und sie wollte ihn definitiv nicht! Sie wollte Adam!

Nur war es verrückt, an diesem Wunsch festzuhalten: Catherine Nelson lebte. Irgendwo in England wartete sie sicherlich auf ein Lebenszeichen ihres Geliebten. Beinahe war sie froh, dass Adam dies nicht hatte mit anhören müssen. Die Mörder zu jagen und Catherine zu rächen, war zu seiner Bestimmung geworden. Ein Ersatz für das Glück, welches er sich vermutlich mit ihr erträumt hatte. Zu erfahren, dass er diese Zeit vergeudet hatte, da Catherine doch wohlauf war, würde ihm einen schrecklichen Schlag versetzen. Und, obwohl sie Adam endgültig verlieren würde, wenn er die Wahrheit erfuhr, konnte sie ihm diese doch nicht vorenthalten.

Außerdem durfte sie nicht zulassen, dass ihr Vater seine Drohung wahr machte und Adam etwas zuleide tat.

Entschlossen, das Richtige zu tun, schlüpfte sie verstohlen aus ihrem Zimmer.

Das hämische Grinsen wirkte wegen der gebrochenen Nase verzerrt. Aber zusammen mit dem auf Adam gerichteten silbernen Pistolenlauf verfehlte es dennoch nicht seine Wirkung.

Adam verfluchte sich im Stillen. Zwar sah er sich endlich seinem Erzfeind gegenüber, war diesem aber hilflos ausgeliefert.

»Sieh an, so sieht man sich also wieder«, spottete Hawkins, als er eintrat. »Ich muss schon sagen, der Säbelstreich quer über Euer Gesicht ist mir recht gut gelungen. Ihr könnt stolz auf Euch sein. Nur wenige tragen meine Handschrift lebend zur Schau. Wenn Ihr erlaubt, der Anblick ist wirklich abstoßend.«

Adams Hand fuhr an seine Wange, und die Bestien unter seiner Haut gruben giftige Krallen in die alte Narbe. Hawkins' Worte setzten Schmerzen frei, die er längst verdrängt hatte. Sein Gesicht stand in Flammen.

»Ihr erinnert Euch also an mich«, stellte Adam fest. Seine Stimme hatte trotz seines inneren Aufruhrs einen festen Klang und gab nichts von seinen Gefühlen preis.

»Natürlich. Euer außerordentlicher Heldenmut hat Euch doch erst das Vergnügen eingebracht, diese hübsche Erinnerung mitzunehmen.«

Der gefürchtetste Pirat dieser Zeit machte mit seiner ordentlichen Frisur und dem schwarzen Anzug einen durchaus gesellschaftsfähigen Eindruck. Adam verstand, warum Hawkins in beiden Welten so erfolgreich war. Dessen dunkles Haar und die beeindruckende Körpergröße ließen ihn an Bord seiner Schiffe zum gefürchteten Schurken werden, wohingegen seine markanten Gesichtszüge etwas Aristokratisches an sich hatten. Auch wenn in seinen Augen immer nur kalte Grausamkeit zu erkennen war, gelang ihm dieses Doppelleben anscheinend ohne Probleme.

»Trotzdem ist es hauptsächlich Mademoiselle Legrand zu verdanken, dass ich nun die Zusammenhänge verstehe. Wie Ihr Euch vorstellen könnt, gab es für mich keinen Grund, Euch in Erinnerung zu behalten. Ihr hingegen …«, er deutete mit dem Lauf auf Adams Wange, »… habt vermutlich schon so manches Mal an mich gedacht. Trotzdem war es ein dummer Fehler, auf dieser alten Sache herumzureiten und mir in die Quere zu kommen.«

Adam hätte sich am liebsten auf ihn gestürzt und ihn mit bloßen Händen erwürgt. In jedem von Hawkins' Worten klang dessen sadistische Neigung mit.

»Hört auf, mich mit Eurem Gerede zu langweilen. Was habt Ihr mit mir vor? Wollt Ihr mich erschießen? Dann tut es jetzt – denn, wenn nicht, werde ich Euch töten«, drohte Adam.

»Nachdem nun alle Gäste das Fest, welches Ihr so uncharmant gestört habt, verlassen haben, ist es an mir, hier aufzuräumen. Und mit Euch fange ich an.«

Nach diesen Worten richtete der Höllenhund die Pistole auf Adam und spannte den Hahn.

Das blaue Licht des nahenden Tages drang bereits durch die großen Fenster ins Haus und beleuchtete schwach Josies Weg. Es war verrückt, nicht bis zum Morgen zu warten, um Adam aufzusuchen, aber ihre innere Unruhe würde ohnehin jeglichen Gedanken an Schlaf zunichtemachen. Außerdem fürchtete sie, dann keine Gelegenheit mehr zu bekommen. Wenn sie erst ihrem Vater glaubhaft versichert hätte, dass Adam nicht der Mann war, der sie entführt hatte, würde er ihn gehen lassen, ohne ihr noch die Möglichkeit zu geben, mit ihm zu sprechen.

Sie musste sich nur noch eine Geschichte einfallen lassen und Adam wäre frei.

Als sie auf ihr Zimmer geschickt worden war, hatte sie gesehen, wo Adam eingesperrt wurde. Leise näherte sie sich der Tür und stellte verwundert fest, dass diese nur angelehnt war. Als sie Stimmen hörte, zögerte sie. So leise es ihr in dem raschelnden Ballkleid möglich war, schlich sie näher und lauschte. Erschrocken zuckte sie zusammen, als sie die zweite Stimme erkannte, und ohne zu überlegen riss sie die Tür auf.

»Monsieur Hawkins! Was zur Hölle …«

Da Hawkins durch Josies plötzliches Auftauchen abgelenkt wurde, gelang es Adam, sich auf Hawkins zu werfen, der brüllend zu Boden ging, als Adams Ellenbogen erneut seine Nase traf. Die Pistole schlitterte über den Boden, und Josie sprang mit einem erschrockenen Schrei beiseite, als die kämpfenden Männer in ihre Richtung taumelten. Gnadenlos hieb Adam auf den Piraten ein, den er so sehr hasste. Bei Gott, diesmal würde er es zu Ende bringen.

»Adam – nicht!«, rief Josie und wollte nach seinem Arm fassen. Sie fürchtete, sein Selbsthass würde sich nur noch vergrößern, wenn er Hawkins jetzt tötete, obwohl dieser Catherine Nelson damals verschont hatte.

Das Flehen in Josies Stimme drang in Adams gewaltumnebelten Verstand. Kurz sah er ihr in die Augen. Sah Schmerz und Verzweiflung. Was mochte sie in ihm sehen, wenn sie ihn so anblickte? Als er an sich selbst hinabsah, wusste er es.

Er war beschmiert mit dem Blut seines Feindes, welches sich mit seinem eigenen vermischte. Seine Fäuste waren aufgerissen von den Schlägen. Und der Mann, dem sein grenzenloser Hass galt, längst bewusstlos. Langsam erhob er sich und wischte sich das Haar aus dem Gesicht. Hawkins verschonen? Nein, das konnte er nicht. Die Zeit, in der er Befriedigung in seiner Rache erlangt hatte, war vorbei. Er würde es schnell zu Ende bringen, dieses Kapitel endgültig abschließen und dann ein neues Leben anfangen.

Josie hielt sich die Hand vor den Mund, in ihren Augen schwammen Tränen.

Adam bückte sich nach der Pistole und trat zu Hawkins. Obwohl das Adrenalin des Kampfes durch seinen Körper schoss, zitterte seine Hand nicht, als er den Lauf auf William Hawkins' Kopf richtete.

Im Flur waren aufgebrachte Stimmen und sich eilig nähernde Schritte zu vernehmen.

Adam zögerte. Er hatte nur eine Kugel. Wofür sollte er sich entscheiden? Hawkins oder die Freiheit? Mit einem wütenden Knurren riss er Josie in seinen Arm, und setzte ihr die Pistole an die Schläfe, als auch schon die Tür aufgestoßen wurde, und er sich einer ganzen Armee von bewaffneten Männern gegenübersah.

»Keinen Schritt näher oder sie ist tot«, drohte er.

Eduard Legrand schob sich nach vorne und bedeutete seinen Wachleuten, die Waffen zu senken.

»Was soll das? Lasst meine Tochter los«, verlangte er.

Bedauernd schüttelte Adam den Kopf.

»Ihr lasst mir keine andere Wahl. Ihr wird nichts geschehen, wenn Ihr mich gehen lasst.«

Josie klopfte das Herz bis zum Hals. Der Schreck, als Adam sie in seine Arme gerissen hatte, ebbte allmählich ab. Sie war erleichtert, dass er Hawkins nicht getötet hatte und so schlau war, sie als Geisel zu nehmen. So würde er hoffentlich unbeschadet aus dieser Sache herauskommen. Da sie wusste, dass ihr von ihm keine Gefahr drohte, reagierte ihr Körper auf seine plötzliche Nähe. Ein Prickeln lief ihre Wirbelsäule hinunter, und sie hätte sich am liebsten noch fester an ihn gedrückt.

Dennoch war sie nicht so dumm, den Ernst ihrer Lage zu verkennen, denn ihr Vater sah nicht so aus, als habe er die Absicht, sich auf Adams Forderung einzulassen.

»Papa, *s'il vous plaît*, lasst ihn gehen«, flehte sie daher.

Eduard biss die Zähne zusammen, und obwohl er aussah, als würde er Adam am liebsten seinen Dolch ins Herz jagen, nickte er.

»Na schön, ich lasse Euch gehen, aber eines sollt Ihr wissen: Ihr werdet dafür bezahlen, meiner Tochter das angetan zu haben!«

Adam stieß ein kehliges Lachen aus. Triumphierend schritt er mit Josie als Schutzschild durch den schmalen Weg, der sich vor ihm auftat, als die Männer ihm Platz machten. An der Tür angekommen, verlangte er von ihnen, sich zu Legrand und Hawkins in die hinterste Ecke des Raumes zu begeben, und sperrte sie allesamt ein.

Sofort wurde von innen gegen die Tür gehämmert, und Adam wusste, das dünne Holz würde dieser Behandlung nicht lange standhalten. Daher vergeudete er keine Zeit, sondern rannte, Josie noch immer fest im Griff, durch das Haus.

»Schätzchen, es tut mir leid, aber ich brauche dich leider noch etwas.«

Er trat hinaus auf die Straße. Das *French Quarter* erwachte gerade zum Leben, die ersten Bürger kamen verschlafen aus ihren Häusern, um den täglichen Pflichten nachzugehen. Ein leichter Nieselregen ließ die Straßen dampfen.

Um nicht sofort Aufsehen zu erregen, steckte er die Pistole weg und schob Josie weiter in Richtung der Docks. Sie stolperte fast über ihre ausladenden Röcke, aber der sichere Griff des Mannes an ihrer Seite gab ihr Halt. Sie hatte Seitenstechen, so schnell trieb er sie die Straße hinunter.

»Adam, bitte …«, keuchte sie atemlos, »ich muss dir etwas sagen!«

»Jetzt nicht!«

»*Mais*, …«

Er wirbelte sie herum, sodass sie ihn ansehen musste, und fuhr sie mit gefährlich leiser Stimme an: »Nein. Du musst mir nichts erklären! Was immer es ist, ich will es nicht hören! Du kannst küssen, wen und wann du möchtest. Es ist mir egal.«

Küssen? Josie schüttelte den Kopf. Was redete er da nur? Schon schob er sie weiter, und die Lagerhallen des Güterhafens kamen in Sicht, als Adam, laut fluchend, über seine Schulter zurücksah. Legrand hatte sich befreit und war ihnen mit etlichen Männern auf den Fersen.

»Was …?«, fragte Josie und reckte den Hals.

»Weiter! Gleich bist du mich los«, schimpfte er, als sie langsamer wurde.

»Adam, bitte – so hör mich doch an. Gestern Abend, auf der Terrasse, da …«

Doch Adam schenkte ihr keine Beachtung. Sie waren am Wasser angekommen, und er hatte ihren Arm losgelassen, um die Vertäuung des Ruderbootes, welches am Kai befestigt war, zu lösen.

»Adam!«, rief sie nun zornig und auch ein klein wenig verzweifelt. Sie konnte ihn nicht gehen lassen, ohne ihm von Catherine zu berichten. Sie fasste ihn am Arm, aber er entzog sich ihrer Berührung und sprang ohne ein weiteres Wort in das kleine Boot, welches beträchtlich unter seinem Gewicht wankte. Die Verfolger waren nicht mehr weit.

»Adam!«, versuchte Josie erneut, ihn zum Zuhören zu bewegen.

Mit einer spöttischen Verbeugung und einem ersten kräftigen Ruderschlag verabschiedete er sich.

»Schätzchen, du solltest ein fröhlicheres Gesicht machen, du bist mich jetzt los – geh deinen Kerl küssen!«

Es dauerte genau zwei Herzschläge lang, dann hatte Josie eine Entscheidung getroffen. Sie würde ihn nicht gehen lassen! Nicht so. Nicht, ohne ihr Wissen um Catherine Nelson mit ihm zu teilen. Und erst recht nicht, ohne ihm zu sagen, dass sie ihn liebte. Sie konnte nicht bleiben und Ramseys Frau werden.

Ihr Vater und seine Männer waren nur noch wenige Meter entfernt, und das Ruderboot glitt davon.

Ohne zu zögern raffte sie ihre Röcke, nahm Anlauf und sprang.

Mit einem lauten Angstschrei landete sie vornüber in Adams Beiboot, während ihre Füße im Wasser baumelten. Mit aller Kraft strampelte sie sich ins Boot und verlor dabei ihre Samtpantoffeln. Der nasse Stoff ihres Kleides klebte ihr schwer am Leib.

»Verflucht, Josie!«

Adam hatte Mühe, das Wanken auszugleichen, und in der Absicht, ihr ins Boot zu helfen, verlor er beinahe ein Ruder.

»Was soll das! Was treibst du da? Sofort raus hier – schwimm zurück!«, befahl er barsch.

Am Kai zogen Legrands Männer ihre Pistolen, und die ersten Kugeln wurden in ihre Richtung abgefeuert, ehe Josies Vater ihnen Einhalt gebot. Das Risiko, Josephine zu treffen, war einfach zu groß.

»*Non!*« Sie rappelte sich in eine sitzende Position auf und funkelte ihn ebenso wütend an wie er sie. »Hättest du mir nur einen Moment zugehört, dann …«

»Schluss jetzt! Du steigst hier aus, entweder freiwillig – oder ich helfe dir.«

»Was? Selbst wenn ich wollte, das Kleid würde mich sofort in die Tiefe ziehen, ich kann unmöglich zurückschwimmen«, widersprach sie heftig und krallte sich dabei an der Bordwand fest.

»Keine Sorge, sie ziehen dich gleich wieder raus«, erklärte Adam nüchtern und zog sie an sich, um sie ins Wasser zu werfen.

»*Non!* Wehe, wage es nicht! Ich muss dir doch von Catherine erzählen! Sie lebt!« Josie strampelte wild und versuchte, sich zu befreien.

Adam erstarrte. Was hatte sie gesagt?

»Was redest du da?«, fuhr er sie an und schüttelte sie an den Schultern.

»Es stimmt. Sie lebt, irgendwo in England. Bitte, ich muss …«

Fluchend stieß Adam sie zurück und griff sich die Ruder, denn Legrand ließ inzwischen ebenfalls ein Boot zu Wasser, und im Hafen setzte die *Kerberos* ihre Segel.

»Du solltest jetzt besser still sein, denn mein Wunsch, dich über Bord gehen zu sehen, ist im Augenblick wirklich groß.«

Kapitel 22

Smithe schob sein Fernrohr zusammen, und ein breites Grinsen glitt über sein Gesicht. Welche Überraschungen das Leben doch manchmal bereithielt.

»Männer, auf eure Posten, der Captain kommt. Und er kommt nicht allein.«

Smithe sah sich auf dem Schiff um. Hier hatte sich einiges getan. Blacksoul hatte einen Teil seiner Mannschaft in Havanna ausgetauscht. Alle, die nicht sein blindes Vertrauen genossen hatten, waren ersetzt worden. Außerdem, so sein Befehl, war die Zeit der Plünderei endgültig vorbei. Smithe war sich sicher, dass die kleine Französin an dieser Veränderung nicht ganz unschuldig war. Und sie nun wieder an Bord zu haben, würde sich bestimmt als spannend erweisen.

Felipe kam zu ihm und stieß einen Pfiff aus, als er sah, wer da neben Blacksoul im Beiboot saß.

»Na, was meinst du, Smithe, schlagen sie sich jetzt die Köpfe ein oder erkennen sie, dass sie sich lieben?«

Smithe zwinkerte. »Vermutlich beides«, kicherte er, während sie gemeinsam das Beiboot an Bord hievten. Ohne eine einzige Erklärung zu Josies Anwesenheit bellte Adam sofort seine Befehle:

»Los, los, hisst die Segel. Der Höllenhund will uns Ärger machen.«

Smithes Lächeln erstarb. Die *Kerberos* hatte acht Bordkanonen auf jeder Seite, und Hawkins' Männer waren für ihre Treffsicherheit bekannt. Dennoch ließ er es sich nicht nehmen, Josie, die soeben an Deck kletterte, zur Begrüßung die Hand zu küssen.

»Mademoiselle Josie, schön, Euch wiederzusehen.«

Adams bösen Blick ignorierend, fragte er:

»Captain, sollen wir Kurs auf Hawkins nehmen und die Kanonen bereit machen?«

Die Zerrissenheit in Adams Gesicht war deutlich zu sehen, dennoch schüttelte er den Kopf.

»Nein, mit einer Frau an Bord stelle ich mich diesem Gefecht nicht. Hawkins fehlen noch immer Männer, und ich glaube nicht, dass er uns sehr weit folgen wird. Bringt uns also einfach aus seiner Reichweite. Den Kurs besprechen wir später.«

Damit übergab er dem Maat das Kommando und fasste Josie am Arm, um sie in seine Kabine zu führen. Ihre Haut fühlte sich kalt und feucht an. Dass sie eine Lungenentzündung bekam, war das Letzte, was er jetzt gebrauchen konnte.

Als er die Tür hinter sich schloss, kämpfte er mit seinen Gefühlen. Am liebsten hätte er sie in seine Arme gerissen, zum Bett getragen und ihr die nassen Kleider vom Leib gerissen. Andererseits verspürte er den Drang, sie zu würgen, weil sie ihm nun zwangsläufig wieder den Verstand rauben würde. Beide Impulse kämpfte er nieder und fragte stattdessen:

»Also, Schätzchen, was war das mit Catherine? Wie kommst du darauf, sie sei noch am Leben?«

Er goss zwei Gläser Rum ein und drückte ihr eines davon wortlos in die Hand. Vielleicht würde der Alkohol ihre eisigen Glieder aufwärmen. Dankend nahm sie an und nippte vorsichtig. Während sie ihm alles erzählte, was sie auf der Terrasse erfahren hatte, sagte Adam kein Wort. Nicht die kleinste Regung war ihm anzumerken. So gut sie sich an Hawkins' Worte entsinnen konnte, berichtete sie von der Forderung an Horatio Nelson und Catherines gesunder Heimkehr nach England.

Als sie geendet hatte, schien es, als sähe Adam durch sie hindurch. Starr saß er ihr gegenüber, und eine einzelne Träne rann ihm über die Wange. Josie wagte nicht, ihn nach seinen Gefühlen zu fragen, sah sie doch, wie erschüttert er war.

»Warte hier«, murmelte er und eilte aus der Kabine.

Als sie allein in Adams ihr inzwischen so vertrautem Refugium zurückblieb, sackte sie in sich zusammen. Die Aufregung der letzten Stunden überfiel sie, und sie hätte beinahe geweint. Sie war nun mit Monsieur Ramsey verlobt – obwohl es Adams Nähe war, die ihr Herz schneller schlagen ließ, seine Berührung, nach der sie sich verzehrte.

Was sollte sie nur tun? Es war ihr unmöglich erschienen, gegen den Geist einer Toten um seine Liebe zu kämpfen, wie sollte sie es jetzt schaffen, wo ihre Rivalin am Leben war? Ihr blieb nur eines, sie musste zu ihren Gefühlen stehen und mit aller Macht versuchen, sein Herz zu gewinnen, oder sie würde dazu verdammt sein, Jonathan Ramsey zu heiraten. Erst Adams Rückkehr riss sie aus ihren Gedanken.

Obwohl er eine aufgeplatzte Lippe hatte, sah er umwerfend aus. Kraftvoll und männlich schien er alle ihre Sinne zu reizen. Wie ein gefährliches Raubtier, welches kurz davorstand, die tödlichen Zähne in ihre Kehle zu graben, schlich er um sie herum. Strich eine Haarsträhne aus ihrem Nacken.

»So – und nun zu dir«, raunte er heiser in ihr Ohr.

Entschlossen, den Kampf um Adam noch heute zu eröffnen, drehte sie sich zu ihm um und baute sich furchtlos vor ihm auf.

»Nein, Captain, nun kommen wir zur Abwechslung mal zu Euch! Wenn ich das nächste Mal sage, Ihr sollt mir zuhören, werdet Ihr das tun! Und Ihr droht mir nie wieder an, mich über Bord zu werfen, wenn ich aus Liebe zu Euch von einer Kaimauer springe. Der Kuss, den Ihr beobachtet habt, hatte nichts zu bedeuten! Habt Ihr das verstanden?«

Mit bebenden Lippen erwartete sie seine Reaktion. Langsam erschien ein Lächeln auf seinem Gesicht, durchflutete Josie mit einer trägen Hitze, die ihr die Knie weich werden ließ. Ohne ein Wort zog Adam sie in seine Arme. Gefühle, millionenfach stärker als die pure Begierde, die sie in seinen Armen kennengelernt hatte, setzten ihr Herz in Flammen und verjagten sämtliche Zweifel.

Mit einem Finger unter ihrem Kinn zwang er Josie, ihn anzusehen. Die grenzenlose Liebe in ihrem Blick machte ihn schwach. Verloren in diesem Gefühl, welches zu finden er niemals für möglich gehalten hatte, senkte er seine Lippen hinab zu einem zärtlichen, aber deshalb nicht weniger verzehrenden Kuss. Ihre samtweichen Lippen hießen ihn freudig willkommen, und seine Zunge glitt zärtlich neckend über ihre, um sich in diesem uralten Spiel endgültig zu verlieren.

Kraftlos sank Josie gegen seine breite Brust. Diese unerwartete Zärtlichkeit raubte ihr den Atem. Sacht fuhr sie mit den Händen über sein Hemd, zu seinem Nacken hin, und vergrub ihre Hände in seinem Haar. Ließ ihre streichelnden Finger weiterwandern zu seinem Gesicht. Mit wachsender Erregung nahm sie die Bartstoppeln unter ihren Handflächen wahr. Schließlich fuhr sie zärtlich die helle Linie an seiner Wange nach. Nichts daran war abstoßend. Die Narbe war ein Teil von Adam; sie liebte sie ebenso wie alles andere an ihm. Sie wünschte nur, ihre Liebe wäre stark genug, auch die Narben in seiner Seele verblassen zu lassen.

»Oh, Josie, du verhext mich«, raunte Adam gegen ihre Lippen und wandte langsam den Kopf zur Seite, um einen Kuss auf ihre Handfläche zu drücken.

Atemlos von seinen Küssen, sehnte sie sich nach mehr. Ihr Körper prickelte schier vor Erwartung, und sie schmiegte sich noch enger an ihn. Ihr Atem vermischte sich, als Josie sich auf die Zehenspitzen stellte und ihre Lippen verlangend auf seine presste.

Sein überraschtes Stöhnen drang in Josies vor Lust umnebeltes Gehirn und schürte die Flamme ihrer Leidenschaft. Sie bemerkte kaum, wie sie hochgehoben und zum Bett getragen wurde.

Das Kleid, welches Adam zuvor so an ihr bewundert hatte, war nun ein unwillkommenes Hindernis. Mit geschickten Fingern schnürte er ihr das enge Mieder auf, bis der rostrote Stoff zu Boden glitt.

Die kühle Luft streichelte ihren fiebrigen Leib, und mit einem qualvollen Seufzer flehte sie um mehr. Ungeduldig öffnete sie die Knöpfe an seinem Hemd und schob ihre Hände unter den störenden Stoff. Schnell entledigte sich Adam seiner Hose, und in einer innigen Umarmung sanken sie in die weichen Kissen.

Tausend leichte Küsse regneten auf Josies Körper, und seine Hände umwarben jeden Zentimeter von ihr. Als er zärtlich seine Hände auf ihre Brüste legte, bog sie sich ihm hungrig entgegen. Seine Zunge zog eine glühende Spur von ihrem Ohrläppchen über ihre Kehle hinunter zu ihren harten Knospen. Sein heißer Atem versengte ihre Haut, als er dem Zentrum ihres Verlangens näher kam. Das leichte Kratzen seiner Bartstoppeln an der empfindlichen Haut ihrer Schenkel löste eine wahre Lawine der Empfindungen aus. Sicher würde er nicht … – er konnte doch nicht …

Ihre Hüften umfassend, hob er ihr Becken an. Josie versteifte sich, als seine Zunge langsam und träge die Knospe ihrer Weiblichkeit liebkoste.

Wie ein Verdurstender trank Adam ihre Seufzer, stöhnte seinerseits auf, als sie ihre Fingernägel in seine Schultern grub und sich ihm verlangend entgegenbog.

Als Josie schon glaubte, unter seinem intimen Kuss sterben zu müssen, stützte er sich auf die Ellbogen und sah mit vor Begehren glühenden Augen zu ihr empor.

So unerwartet seiner Berührung beraubt, wollte Josie schon protestieren, als er ihre Lippen mit einem tiefen Kuss versiegelte. Von unerträglicher Unruhe ergriffen, wölbte Josie sich dem Piraten entgegen, flehte um mehr und wimmerte, als er sachte mit dem Daumen über ihre Brust strich.

Sie krallte sich in seinen Rücken, biss in seine Lippe. Schließlich umfasste sie seine steife Härte und fühlte das schwere Pulsieren, welches auch in ihm tobte.

Seine Stärke unter ihren erkundenden Händen zu fühlen, war köstlich und jagte ihr Schauer der Erregung durch den Leib. Sie konnte nicht länger warten. Ungestüm drängte sie sich ihm entgegen.

»Adam, *s'il vous plaît*«, flehte sie und hob ihm ihr Becken einladend entgegen.

»Josie, süße Josie, worum bittest du mich?«, neckte er sie. »Darum?«, fragte er, als seine Finger kühn begannen, sie dort zu liebkosen, wo gerade noch seine Zunge ihr den Verstand geraubt hatte.

Josie stöhnte. Die Spannung in ihrem Schoß war unerträglich, strebte unaufhaltsam dem Höhepunkt entgegen.

»Bitte!«

Mit einem Lächeln, welches auch seine vernarbte Gesichtshälfte erstrahlen ließ, erfüllte er ihren Wunsch. Selbst nicht länger in der Lage, sich zurückzuhalten, drang er tief in sie ein. Ihre hemmungslose Hingabe hatte seine Sinne entflammt, ihre enge Hitze schien ihn zu verbrennen.

Josie verlor sich in seinem eisblauen Blick und erwiderte jeden seiner schnellen Stöße. Immer weiter strebte sie dem Gipfel entgegen, und als die Wellen der Lust über ihr brachen, weiteten sich ihre Pupillen, und Adam glaubte, den Sherry darin sogar auf seiner Zunge zu schmecken, als er süße Erlösung in ihrem zuckenden Leib fand.

Es war später Nachmittag, Josie schlief in Adams Arm, während der Pirat mit der schwarzen Seele glücklich ihre samtweiche Haut streichelte. Glücklich. Darüber musste er erst nachdenken.

Wie der letzte Tag alles verändert hatte! Er konnte sich selbst nicht länger täuschen, denn seit er Josie auf der Terrasse mit dem anderen Mann gesehen hatte, war klar, dass er sie liebte. Und sie hatte gesagt, sie sei aus Liebe zu ihm in das Boot gesprungen. Liebe – wie konnte er nur Liebe verdienen? Da er nun wusste, dass Catherine auf Hawkins' Schiff nicht den Tod gefunden hatte, schien es ihm, als hätte er zum ersten Mal seit Jahren sein Leben wieder selbst in der Hand. Seine erste Entscheidung war gewesen, Kurs auf England zu nehmen.

Smithes überraschtes Gesicht und seine Frage, ob sie Josie nicht zuvor absetzen sollten, ließen ihn selbst jetzt noch schmunzeln.

Sanft strich er ihr eine Strähne aus dem Gesicht und bewunderte den Schmollmund, den sie im Schlaf machte.

»Den Teufel werde ich tun und diese sture kleine Person noch einmal gehen lassen!«, war seine Antwort gewesen. Mit einem zufriedenen Gesichtsausdruck hatte der Maat sich an die Mannschaft gewandt, um den Kurs aufzunehmen.

Josie schmiegte sich enger an ihn und seufzte im Schlaf.

Allein diese unschuldige Bewegung weckte seine Leidenschaft, und seine Hand wanderte von ihrem Arm weiter zu ihrer Brust. Vorsichtig strich er über ihre rosige Spitze, die sofort auf seine Berührung reagierte.

Oh ja, wenn er sich nun endlich Nelson erklären würde, konnte es vielleicht die winzige Chance geben, seinen Namen reinzuwaschen. Und vielleicht würde er sogar Reputation erhalten. Und dann? Dann würde es für ihn wieder eine Zukunft geben. So lange würde er im Hier und Jetzt leben und jeden Moment mit Josie genießen. Die Frau, der seine Gedanken galten, stöhnte inzwischen verschlafen unter seiner Liebkosung, und ohne sie zu wecken, schob er sich genüsslich zwischen ihre feuchten Schenkel.

Kapitel 23

Eduard Legrand zitterte vor Wut, als er zwei Tage später an Bord der *Charon* stand und auf William Hawkins wartete. Er fühlte sich auf dem Piratenschiff, umgeben von all den dunklen Gestalten, sehr unwohl. Aber die Verzweiflung hatte ihn hierher getrieben.

Endlich kam der dunkle Kapitän mit einer drallen Blondine im Schlepptau aus seiner Kabine. Er drückte der zufriedenen Prostituierten eine goldene Dublone in die Hand und kniff ihr zum Abschied in den Hintern.

»Wegen so einer lasst Ihr mich warten!«, fuhr Legrand sein Gegenüber an, und ehe er sich versah, hatte er Hawkins' Säbel an der Kehle.

»Ja, genau – stört Ihr Euch daran?«, fragte Hawkins leise.

Sofort bereute Eduard seinen Angriff.

»Nein, nein – natürlich nicht. Ihr müsst verstehen, die Sorge um meine Tochter raubt mir den Verstand«, rechtfertigte er sich.

»Gut.« Der Säbel verschwand wieder in Hawkins' Schärpe, und er bedeutete seinem Geschäftspartner, zur Sache zu kommen.

»Also, was kann ich für Euch tun?«

»Bringt sie mir zurück! Egal, was es kostet!«

Hawkins strich sich über den Bart. Es juckte ihn in den Fingern, diesen elendigen Blacksoul zu verfolgen. Immerhin hatte dieser Bastard ihm die Nase gebrochen. Genau aus diesem Grund hatte er das Schiff gewechselt. Die *Kerberos* war einfach zu langsam. Mit der *Charon* konnte er ihn auf jeden Fall einholen – egal, welches Ziel der Kerl ansteuern würde.

»Was denkt Ihr, wohin er Eure Tochter verschleppt?«

»Nach dem Gespräch mit Josephine nehme ich an, dass er England ansteuert. Er wird wissen wollen, ob ihr meiner Tochter die Wahrheit erzählt habt.«

Hawkins schüttelte den Kopf.

»Auf gut Glück nach England segeln – nein. Aber sagt mir eines: Man munkelt, die Verlobung Eurer Tochter mit Ramsey sei hinfällig?«

Eduard nickte, und rote Flecken der Wut übersäten seinen Hals.

»Erinnert mich bloß nicht daran! Erst nimmt er sich diese Freiheit heraus und nun zieht er den Schwanz ein. Aber wer kann es ihm verübeln? Ich habe mit eigenen Augen gesehen, dass Josephine *freiwillig* in das Boot dieser Bestie sprang! Es sah sogar so aus, als sei der Mistkerl darüber nicht erfreut gewesen. Aber beim Geiste meiner verstorbenen Frau, ich werde nicht zulassen, dass Josephine sich ins Unglück stürzt. Darum bin ich hier! Ihr müsst sie einfach finden. Egal, ob mit oder ohne Gewalt, schafft dieses undankbare Frauenzimmer hierher, damit ich ihr den Hintern versohlen kann!«

Hawkins musste sich ein Grinsen verkneifen. Wenn dieser alte Sklaventreiber förmlich darum bettelte, seine Racheexpedition zu finanzieren, dann sollte er das ruhig tun.

»Na gut. Angenommen, er ist tatsächlich nach England aufgebrochen – und weiter angenommen, ich folge ihm, finde ihn und bringe Eure störrische Tochter zurück – das wird Euch einiges kosten.«

»Was immer Ihr verlangt, ich verdopple es, wenn Ihr mir den Kopf von Blacksoul bringt.«

Adam schien wie ausgewechselt, und Josie genoss dessen neue Lebensfreude. Als hätte er zuvor in einem Eisblock festgesessen, der nun dabei war, zu schmelzen und ihn allmählich freizugeben. Gerade lachte er laut, als er mit Smithe an Deck stand. Sein Haar wehte wie ein Banner im Wind. Lächelnd trat er zu ihr und nahm sie vor der gesamten Besatzung in den Arm, um ihr einen Kuss zu stehlen. Dennoch musste er sich um seine Aufgaben an Bord kümmern, und so schlenderte Josie an der Reling entlang und genoss das Auf und Ab des Schiffes im Takt der Wellen.

»Mademoiselle Josie«, grüßte Smithe und leistete ihr eine Weile schweigend Gesellschaft.

»Wohin segeln wir, Smithe?«, fragte Josie schließlich.

Vor zwei Tagen hatten sie New Orleans mit Hawkins im Schlepptau verlassen. Gestern Abend war die *Kerberos* hinter dem Horizont zurückgeblieben, und ihnen drohte keine unmittelbare Gefahr mehr. Sie musste wissen, wie viel Zeit ihr bleiben würde, Adams Herz zu gewinnen, bis er gedachte, sie im nächstbesten Hafen abzusetzen.

»England, Mademoiselle – wir haben die Segel in Richtung England gesetzt.«

»England? *Mais* …? Aber was ist mit mir?«

»Nun, ich denke, der Captain will Euch einfach bei sich haben. England ist weit und die Fahrt lang. Sollte er da auf Eure Nähe verzichten?«

Smithe war sehr zufrieden mit sich. Er hatte nun mehr als deutlich gemacht, dass Blacksoul in sie verliebt war. Wenn der

Captain dies anscheinend selbst nicht ausdrücken konnte, so würde er den beiden nachhelfen müssen.

Bei Josie kamen Smithes wohlgemeinte Worte weniger gut an. Sie war vielmehr ernüchtert, was ihre Anwesenheit hier betraf. Natürlich hatte Adam ohne Umweg Kurs auf England genommen. Catherine Nelson wartete dort auf ihn. Sicher konnte er es kaum erwarten, sie endlich wieder in die Arme zu schließen. Und wie Smithe festgestellt hatte, war der Weg über den Atlantik weit. Ihre Nähe würde Adam diese lange Reise erträglicher gestalten.

»Ich dachte, Frauen an Bord bringen Unglück? Warum setzt er mich nicht ab?«

»Keine Sorge, Euch droht diesmal keine Gefahr. Jeder hier an Bord weiß, dass der Captain selbst Anspruch auf Euch erhebt. Niemand wäre so dumm, sich mit Blacksoul anzulegen.«

Wütend fuhr Josie herum. Mit zornsprühenden Augen schrie sie Smithe an:

»Pardon? Er erhebt Anspruch auf mich? Was bildet er sich eigentlich ein? Hält er mich etwa für sein Eigentum?«

Damit wandte sie sich wutschnaubend ab und ließ den verdatterten Smithe stehen. Mit einem Knall, der auf dem ganzen Schiff zu vernehmen war, warf sie die Tür der Kapitänskabine hinter sich zu. Sie war so aufgebracht, dass es ihr nicht einmal möglich war, eine Träne zu vergießen. Stattdessen stieß sie einen lästerlichen Fluch nach dem anderen aus, die alle selbst den hartgesottensten Seeleuten die Schamesröte ins Gesicht getrieben hätten.

Wie dumm sie doch war! Er hatte sie zu dem gemacht, was er ihr immer angedroht hatte. Zu seiner Mätresse. Was würde aus ihr werden, sobald sie England erreicht hatten?

Mitten in ihren düsteren Gedanken trat Adam ein und warf einen fragenden Blick in Josies Richtung. Das Knallen der Tür hatte ihn bewogen, seinen Posten am Ruder zu verlassen.

»Liebes, was ist denn los?«, fragte er.

»Was los ist? Stimmt es, dass mir diesmal keine Gefahr droht, weil du vor deinen Männern *Anspruch* auf mich erhoben hast?«, verlangte sie mühsam beherrscht zu wissen.

»Ja, das stimmt. Du kannst dich vollkommen frei bewegen«, besänftigte Adam, da er annahm, die Sorge um ihre Sicherheit sei der Grund für ihre Gemütsverfassung.

»Wie kannst du es wagen? Ich bin nicht dein Eigentum. Wie hast du dir das gedacht? Soll ich etwa auf ewig deine Mätresse sein?«, fuhr sie ihn wütend an.

»Aber nein, nicht auf ewig – nur bis wir in England sind«, scherzte er.

»Was! Und dann? Was hast du denn bitteschön mit mir vor, wenn wir in England sind?«

»Nun, du könntest beispielsweise einen Mann ehelichen, der dir gefällt, ganz ohne die Einmischung deines Vaters«, schlug er vor.

»Heiraten? *Je suis désolé, mais* …, hast du da nicht eine Kleinigkeit übersehen? Vielleicht die Tatsache, dass dank deines Zutuns mein Ruf ruiniert ist?«

Adam musste schmunzeln, als sich Josies Wangen röteten, weil sie die Worte, dass er sie geliebt hatte, nicht aussprechen wollte. Sie war so verlockend, dass er selbst jetzt, mitten in einem Streit, nur an eines denken konnte: sie in Besitz zu nehmen.

»Sicherlich gibt es da den ein oder anderen Herrn, der darüber hinwegsehen wird«, murmelte er, während er ihr langsam immer näher kam.

»Bestimmt gibt es einen Mann, der sich nicht daran stören wird, dass ich dich in den nächsten Wochen täglich lieben werde. Dass ich dir Dinge zeige, die du nicht zu träumen wagst, und dich dazu bringe, meinen Namen zu rufen.«

Damit riss er sie in seine Arme, grub seine Hände in ihr Haar und zog sie dort, wo sie stand, zu Boden. Obwohl Josie noch immer furchtbar wütend war, hatten seine Worte es geschafft, ihr Blut in Wallung zu bringen. Hilflos kapitulierte sie unter seinem leidenschaftlichen Angriff.

Irgendwann in der Nacht erwachte sie. Der Platz neben ihr im Bett war leer. Das einzige Zeugnis seiner Anwesenheit war das letzte Fünkchen Wärme, welche der Matratze dort, wo er gelegen hatte, entstieg. Der Mond warf einen schwachen Lichtschein durch die bunten Bleiglasfenster. Sie fröstelte und zog sich die Decke fester über die Schultern. Solange Adam sie im Arm gehalten hatte, war ihr die Kälte nicht aufgefallen. Sie wünschte, er wäre hier.

Nach dem leidenschaftlichen Zwischenspiel am Nachmittag war sie zu der Überzeugung gelangt, dass es durchaus ihren Interessen dienlich war, mit Adam nach England zu segeln. Er hatte gesagt, er werde sie jeden Tag lieben. Da sollte es ihr doch ein Leichtes sein, ihn dazu zu bringen, sich in sie zu verlieben. Sie würde um seine Zuneigung kämpfen, auch wenn Catherine lebte. Vielleicht würde er dann in England erkennen, wie sehr er Josie brauchte. Sich an diese Hoffnung klammernd, wollte auch sie die Reise genießen, und sich, ebenso wie er, an ihrem Liebesspiel erfreuen.

Er würde sie lieben – ihr irgendwann sein Herz schenken und ein glückliches Leben an ihrer Seite führen. Mit diesen Gedanken glitt sie erneut ins Reich der Träume.

Kapitel 24

Havanna

Grace Billings rückte ihre Haube zurecht und strich sich die Falten aus der Schürze. Mit verträumtem Blick sah sie auf das Bürschchen hinab, welches, zufrieden an seinem Daumen nuckelnd, in seiner Wiege lag. Nachdem Bauchkrämpfe den kleinen Marcus die ganze Nacht wach gehalten hatten, war er nun erschöpft eingeschlafen. Gerade wollte auch sie sich etwas Ruhe gönnen, als die Tür aufgestoßen wurde.

Entsetzt schlug sie sich die Hand vor den Mund und eilte dem wankenden Mann zu Hilfe. Sie bugsierte ihn vorsichtig auf einen der Stühle.

»Um Himmels willen, was ist denn mit dir passiert?«

Benji stöhnte und sank mit dem Kopf kraftlos vornüber auf die Tischplatte.

»Blacksoul … das ist sein Werk … bin ihm in der Taverne begegnet«, keuchte er mit letzter Kraft.

Der kleine Marcus fing an zu schreien, und Grace sah hilflos von einem zum anderen. Dann nahm sie das Kind an ihre Brust, strich beruhigend über den zarten Babyflaum und murmelte beruhigende Worte in das winzige Ohr.

Erst Stunden später, als es bereits dunkel war, näherte sich Grace erneut ihrem reglosen Mann.

Die zierliche Frau war praktisch veranlagt. Da sie schon im Kindesalter ihre Eltern verloren hatte, war sie immer auf sich allein gestellt gewesen. Hatte sich ihren Lebensunterhalt in Tavernen und Wirtshäusern und schließlich im Puff verdient. Aber eines hatte sie dabei nie vergessen – ihren Traum von einer glücklichen Zukunft. Mit dem jungen, verliebten Benji Billings hatte sie dieses Glück gefunden. Er holte sie von der Straße, gab ihr ein Dach über dem Kopf, und immer, wenn die *Deathwhisper* in Havanna ankerte, war er bei ihr. Als er bei seinem letzten Landgang ihre deutlich vorangeschrittene Schwangerschaft erkannte, desertierte er und wagte sich aus Angst vor Blacksouls Rache tagelang nicht aus dem Haus. Schließlich nahm er sie zur Frau, und die Geburt des Babys hatte ihr Glück gekrönt.

Als sie nun so auf ihren Mann hinabsah, kochte die Wut in ihr hoch:

»Wie lange willst du denn noch hier am Küchentisch deinen Rausch ausschlafen?«, fuhr sie ihn verärgert an und stupste ihm dabei an die Schulter, sodass Benji ein Grunzen von sich gab.

»Was denkst du dir eigentlich? Mitten am Tag hier sturzbetrunken aufzutauchen. Was sind denn das für Zustände?«

Mit vor der Brust verschränkten Armen und einem ungeduldig wippenden Fuß wartete sie auf seine Antwort. Ihr Gatte rülpste und versuchte, sich zu orientieren. Nach anfänglichen Schwierigkeiten gelang es ihm, sich aufzusetzen und sich seiner wütenden Frau zu stellen.

»Oh, Grace, Darling – es ist nicht meine Schuld, sondern die von Blacksoul, ehrlich.«

»Und das soll ich dir glauben? Ich sehe es direkt vor mir, wie er sich auf dich stürzt und dir dann eine Rumflasche in den Mund steckt, als fürchterliche Rache für deinen heimlichen

Abgang«, zeterte sie. Die Ironie in ihrer Stimme war kaum zu überhören.

»Gracie, schrei doch nicht so, bitte. Ich erzähle dir, was passiert ist, wenn du nur so gut bist, mir einen Krug Wasser zu bringen«, flehte er.

Benji sah so erbärmlich aus, dass seine Frau sich ein Schmunzeln nicht verkneifen konnte. Und eigentlich wollte sie ja auch keinen Streit anfangen, sondern vielmehr interessierte sie, was los war. Daher füllte sie ihm einen Becher und reichte ihm auch noch eine Scheibe Brot über den Tisch.

»Hier bitte, deine Henkersmahlzeit, wenn du nicht gleich sagst, warum du voll bist wie eine Haubitze.«

Dankend leerte Benji den Becher in einem Zug und schob sich fast das ganze Brot auf einmal in den Mund. Das Rumoren in seinem Magen versuchte er niederzuringen, als er zu erzählen anfing:

»Du glaubst nicht, was passiert ist. Es war so: Ich war gerade mit der Arbeit fertig und wollte mit Carlos und Enrico ein Bier trinken, als plötzlich, wie aus dem Nichts, Blacksoul an unseren Tisch kam. Schneller, als du dir vorstellen kannst, suchten die zwei das Weite, als der Captain sie mit seinem finsteren Blick ansah.«

»Doch, das kann ich mir vorstellen. Die beiden sind feige Faulpelze.«

»Ja, ja. Jedenfalls saß ich nun allein mit ihm am Tisch und hätte mich fast bepisst vor Angst, als er mich so wütend angestarrt hat. Ich dachte, der bringt mich um. Hat was gesagt, wie wütend er auf mich ist, und ich würde mächtig in der Klemme stecken und so'n Kram. Ich habe ihm nicht richtig zugehört, sondern mich nur auf seine Hand konzentriert, die unter seiner Weste nach einer Waffe griff.«

Grace hörte aufmerksam zu, und ihre Stirn war gerunzelt in Erwartung des Ausgangs der Geschichte.

»Los! Weiter – was ist dann passiert?«

Benji zuckte mit den Schultern.

»Keine Ahnung. Er sagte so was wie: Ich wüsste ja, dass es nur eine Art gibt, aus seinem Dienst zu treten, und dass niemand seine Crew ohne seine Erlaubnis verlassen würde. In dem Moment ist mein Leben an mir vorbeigezogen. Das Schlimmste war, dass ich dachte, dich nie wiederzusehen«, murmelte Benji und griff nach der Hand seiner Liebsten.

Grace gab ihm einen schnellen Kuss auf die Wange, während ihre Finger weiterhin ungeduldig auf den Tisch trommelten.

»Dann sagte er, es tue ihm leid, und zog seine Hand unter der Weste hervor. Ich dachte, jetzt erschießt er mich und kniff die Augen fest zu – aber nichts passierte.«

»Was meinst du damit?«

»Als ich nach einer ganzen Weile wieder wagte, ihn anzusehen, grinste er. Das war fast noch unheimlicher als sein böser Blick«, gestand Benji.

»Aber warum bist du so betrunken?«

»Als er mein erschrockenes Gesicht gesehen hat, lachte er und meinte, ihm tue es leid, mir nicht den ganzen Anteil der letzten Prise auszahlen zu können, da ich mich unerlaubt von Bord geschlichen habe. Dann warf er mir einen Beutel voll Goldmünzen zu und ließ eine Flasche Rum kommen.«

»Was? Das gibt es doch nicht!«

Grace starrte ihren Gatten ungläubig an und schüttelte den Kopf.

»Doch!«, rief Benji lachend und hielt ihr den Beutel vor die Nase.

»Wie viel ist da drin?«

»Genug, um uns ein ganzes Jahr zu ernähren – vielleicht sogar länger.« Sein ohnehin breites Grinsen wurde noch breiter, als Grace sich ihm jubelnd in die Arme warf.

»Wie wunderbar! Erzähl weiter, was hat er noch gesagt?«

»Er hat uns Glück gewünscht und gesagt, wenn ich ihn um Erlaubnis gebeten hätte, hätte er mir sogar zum Abschied ein Hochzeitsgeschenk gemacht.«

Die junge Frau konnte nicht fassen, was sie hörte.

»Das gibt es nicht«, murmelte sie.

»Doch. Und dann wollte er mit mir anstoßen. Während wir also den Rum leerten, erinnerte ich mich daran, dass ich erst zwei Tage zuvor den Höllenhund am Hafen gesehen hatte, und ich fragte ihn, ob er ihn immer noch jage. Als er nickte, habe ich ihm eben erzählt, was ich weiß. Dass Hawkins, um seine Mannschaft aufzufüllen und seine Sklaven zu verkaufen, nach New Orleans weitergesegelt ist. Als Blacksoul schließlich ging, war ich vollkommen betrunken – vermutlich habe ich etwas mehr getrunken, weil ich so erleichtert war, dass er mich nicht getötet hat«, gestand Benji kichernd.

Grace legte ihm den Arm um die Schulter und zog ihn zu sich heran.

»Was denkst du, wie froh ich erst darüber bin?«

Kapitel 25

Die Nacht war sternenklar, und ein kühler Wind wehte über das Deck. Josie fröstelte. Sie rückte näher an Adams nackten Körper und sofort wurde ihr wärmer. Er schlang seinen Arm um ihre Taille und breitete die Decke über sie aus. Es war wundervoll gewesen, sich unter dem funkelnden Sternenhimmel zu lieben. Seit dem Moment, als sie ihm wie eine Sirene erschienen war, hatte er davon geträumt.

»Komm her, du schauderst ja«, flüsterte er an ihren Hals und rieb ihr über die Arme.

»Ist dir niemals kalt?«, fragte Josie verträumt und genoss die Wärme, die sich langsam wieder in ihrem Körper ausbreitete.

»Hm, ich kann mich zumindest nicht daran erinnern«, gestand Adam.

»*C'est impossible!* Du bist Engländer, da musst du dich doch entsinnen können, wie kalt und nass es im Winter war. Sicher hast du als Kind gefroren«, neckte sie ihn.

»Als Kind? Vermutlich. Aber ich kann mich dennoch nicht daran erinnern. Was ist mit dir? Warst du schon immer so ein Eiszapfen? Was hast du nur getan, ehe du mich hattest?«, wechselte er das Thema, wie immer, sobald die Sprache auf seine Vergangenheit kam.

Josie bemerkte seine ausweichende Antwort zwar, hatte sich aber in den letzten Wochen daran gewöhnt, wohl nie mehr über ihn zu erfahren. Sie biss sich auf die Lippe, als sie nachdachte.

»Da ich nur die ersten Jahre meines Lebens in Europa verbracht habe, erinnere ich mich tatsächlich nicht daran, jemals einen kalten Winter erlebt zu haben. Aber auch auf Guadeloupe war es nicht immer warm, und es gab viele Nächte, in denen ich zitternd unter meiner Decke lag. Als *ma mère* noch am Leben war, bin ich immer zu ihr ins Bett gekrochen und habe mich an sie geschmiegt. Wenn ich gewusst hätte, wie warm der Körper eines Mannes ist, dann …«, foppte sie ihn kichernd.

Gespielt empört gab ihr Adam einen Klaps auf den Allerwertesten.

Lachend wälzten sie sich unter der Decke, und Josie japste erschrocken, als ihr Bein plötzlich schutzlos dem kühlen Wind ausgesetzt war.

»Hör auf!«, rief sie und zerrte an der Decke.

»Dann halt still, oder …«

»Oh *non*, Captain, nicht schon wieder eine Drohung!«, unterbrach sie ihn und rutschte dennoch wieder brav an seine Seite. »Du drohst mir schon seit unserem ersten Gespräch. Aber inzwischen fürchte ich dich nicht mehr.«

Adam beugte sich über sie, und sein Haar kitzelte sie im Gesicht. Sein intensiver Blick hielt sie gefangen.

»Wenn es nicht Furcht ist, was empfindest du denn dann für mich?«

Josie musste schlucken. Sie leckte sich die Lippe und suchte nach einem Ausweg. Was sollte sie nur sagen?

»*Je* …«, stotterte sie.

»Ja?«

»Nun, ich …«, sie holte tief Luft, und ehe der Mut sie verlassen konnte, antwortete sie: »… ich finde dich sehr praktisch, um mich zu wärmen.«

Dann raffte sie schnell die Decke an sich und rannte in Richtung seiner Kabine, aber es war klar, dass sie ihm nicht entkommen konnte. Nackt jagte er hinter ihr her, und als er sie erreicht hatte, warf er sie sich über die Schulter und schleppte sie, zappelnd und lachend, bis zu seinem Bett. Und auch dort ließ er sie nicht los, sondern hielt ihr die Hände über dem Kopf gefangen und drückte sie mit seinem Körper unnachgiebig in die Matratze.

»Soso, dann hast du mich also benutzt?«, fragte er gefährlich leise. »Dann werde ich nun meine Rache genießen. Du brauchst nicht zu betteln, Schätzchen, denn ich gewähre keine Gnade.«

»*Sí*, wenn der Winde so bleiben, wir England erreichen schon morgen.«

Pablo Morales bekräftigte seine Worte durch einen festen Ruck am Seil, welches er nachzurrte. Smithe nickte zustimmend. Die Atlantiküberquerung war ein Kinderspiel gewesen. Keine Stürme, guter Wind und schönes Wetter hatten ihnen ein schnelles Vorankommen beschert.

Josie horchte auf. Sie war gerade auf dem Weg in die Kombüse, wo sie seit einigen Wochen Felipe unterstützte. Die Männer waren begeistert über ihr Zutun im Reich des Spaniers und lobten ihre Kochkünste täglich aufs Neue. Nach anfänglichem Schmollen gab sogar Felipe zu, dass die einfachen Rezepte durch ihre Hilfe verbessert wurden.

Sie hatte nicht bewusst auf das Gespräch der Seeleute gehört, dennoch zitterten ihr nun die Knie, sodass sie sich schnell auf eine der Kisten setzte, die an Bord herumstanden. Konnte es wirklich sein, dass schon zwei Monate vergangen waren, seit sie New Orleans verlassen hatten? Die Zeit war nur so an ihr vorbeigezogen. Sie und Adam waren sich inzwischen nicht nur körperlich nahe gekommen. Sie liebte ihn mehr, als sie jemals für möglich gehalten hatte, aber er verbarg noch immer seine Vergangenheit vor ihr. Sie hatte gedacht, ihr bliebe noch so viel Zeit.

Zwei Monate. Immer wieder hallten ihr diese Worte durch den Kopf. Irgendetwas passte da nicht. Ein wichtiger Gedanke – der ihr immer wieder entglitt. Zwei Monate, in denen sie täglich leidenschaftliche Erfüllung in Adams Armen gefunden hatte, in denen ihre Liebe zu ihm zum Mittelpunkt ihres Lebens geworden war und ein Lächeln von ihm ihr alles bedeutete.

Plötzlich überschlugen sich ihre Gedanken. War das möglich? Wie hatte sie das nur übersehen können? Zwei Monate ohne Unterbrechung …

Sie fasste sich auf den Bauch, und mit einem Mal ergab alles einen Sinn. Sie hatte ihre Übelkeit auf die rauere See nahe der europäischen Küste geschoben. Ihre Appetitlosigkeit auf den seit Wochen gleichen, eintönigen Speiseplan. Die Erkenntnis traf sie wie ein Schlag, und ihr wurde ganz flau. Wie hatten sie beide nur vergessen können, dass dies eine natürliche Folge ihrer Intimitäten sein konnte?

Ihr blieb nur noch ein Tag, um Adams Herz zu gewinnen. Sie wusste, dass er sie gern hatte und mit Freuden das Bett mit ihr teilte. Aber würde er sich auch für sie entscheiden, wenn er die Wahl zwischen Catherine und ihr hatte? Sie konnte ihre Schwangerschaft in die Waagschale werfen, aber dann niemals wissen, ob er sie auch wirklich liebte. Wenn sie es ihm jedoch verschwieg, bestand die Gefahr, ihn zu verlieren. Sie kaute auf den Innenseiten ihrer Wangen herum, so unschlüssig war sie, als Adam sie fand.

»Josie? Ist alles in Ordnung, du siehst so besorgt aus?«, fragte er, setzte sich und zog sie auf seinen Schoß.

»Adam, ich … ich muss dir …«

Smithes energisches Räuspern unterbrach ihre Zweisamkeit. Adam küsste sie beiläufig auf die Wange, seine Aufmerksamkeit bereits dem Maat gewidmet.

»Was ist?«

»Captain, wir haben ein Problem. Schon gestern ist uns ein Schiff am Horizont aufgefallen, aber in der letzten Nacht haben wir es aus den Augen verloren. Jetzt ist es wieder da. Und es kommt näher.«

Adam runzelte die Stirn.

»Ändert vorübergehend den Kurs um fünf Grad, dann sehen wir, ob es uns wirklich folgt. Vielleicht ist es ein Zufall.«

Smithe sah auf seine Schuhspitzen und schüttelte den Kopf.

»Das haben wir schon. Sie sind mitgezogen. Ich sage es nicht gern, Captain, aber wir bekommen Besuch.«

Adam erhob sich und gab Josie einen Stoß in Richtung seiner Kabine.

»Mach dir keine Sorgen. Ich komme gleich zu dir.«

»*Non, je ne veux pas.* Ich will wissen, was los ist.«

»Du wirst auf der Stelle gehen, oder ich lasse dich von Felipe wegschaffen«, drohte er, und sein unnachgiebiger Blick zeigte Josie den Ernst der Lage.

Wütend und frustriert ließ sie die Männer stehen. Er würde sich nie ändern. Würde sich ihr nie öffnen. Selbst jetzt, nach Wochen der Zärtlichkeit, teilte er seine Sorgen noch immer nicht mit ihr. Zum ersten Mal, seit sie New Orleans verlassen hatten, war sie nicht mehr sicher, dass ihre Geschichte gut ausgehen würde. Hoffnungslos weinend warf sie sich auf das Bett.

»Wie lange wird es dauern, bis sie uns eingeholt haben?«, fragte Adam seinen Maat, während er mit schnellen Schritten neben ihm zum Steuerrad eilte.

»Ich würde sagen, bis morgen. In der Nacht kann es uns gelingen, ihnen mit einigen Kurswechseln davonzukommen, weil sie noch nicht nahe genug sind, uns in der Dunkelheit zu sehen, aber morgen holen sie uns sicher ein.«

»Was sagen die Berechnungen? Wann erreichen wir die englische Küste?«

»Bei günstigem Wind – morgen. Es wird knapp«, erklärte Smithe.

»Wir sollten uns keine Sorgen machen. England ist nahe, und wer weiß, was das für ein Schiff ist. Vielleicht irren wir uns. Sobald der Marinehafen in Sicht ist, sind wir nicht mehr in Gefahr. Niemand greift vor den Augen der Admiralität ein anderes Schiff an.«

Der Maat zwirbelte seinen Bart. »Ich hoffe, Ihr habt recht.«

Wenig später suchte Adam Josie in der Kabine auf. Er hatte den Kurs erneut geprüft und würde gleich selbst das Ruder übernehmen. Inzwischen bereute er seinen schroffen Ton, aber die Sorge um sie hatte sein Handeln bestimmt.

Erschrocken stellte er fest, dass sie in Tränen aufgelöst auf seinem Bett saß und noch immer schluchzte.

»Josie, Liebes, warum weinst du denn?«

Er zog sie in seine Arme und sah ihr in die tränennassen Augen.

»Es tut so weh«, schluchzte sie. »Dich zu lieben und zu wissen, dass du mich nicht ebenso liebst. *Mon Dieu*, ich halte das nicht länger aus«, rief sie aufgelöst.

Adam verstand überhaupt nichts mehr. Er rüttelte ihre Schultern und zwang sie, ihn anzusehen.

»Was redest du da? Es gibt keinen Grund zum Weinen, du Dummerchen.«

Josies Schluchzen hatte sich unter Adams Blick zu einem Heulkrampf gesteigert. Mit tränenerstickter Stimme flüsterte sie:

»Adam, ich bekomme ein Kind!«

Es war unbeschreiblich, welche Gefühle diese Worte in ihm auslösten. Glücksgefühle, größer als alles, was er jemals empfunden hatte, durchströmten ihn. Ungläubig schüttelte er den Kopf.

»Ein Kind – Josie, das ist …« Er rang nach einem Wort, welches seiner Freude gerecht wurde, aber alles schien ihm zu klein. »Das ist wundervoll!«, hauchte er in ihr Haar, als er sie fest in seine Arme zog.

»Wundervoll? Aber was ist mit England? Mit Catherine Nelson?«, fragte Josie irritiert über Adams Reaktion auf ihr Geständnis.

»Was hat das mit uns zu tun?«

Josie befreite sich aus seiner Umarmung und wischte sich die Tränen aus dem Gesicht. Er saß ihr gegenüber und schaute sie geduldig an.

»Josie? Sprich mit mir – ich verstehe dich nicht. Aus welchem Grund zweifelst du an meiner Liebe zu dir?«

Der ruhige Ton in seiner Stimme und sein aufrichtiger Blick verursachten einen Kloß in Josies Hals. Das Schlucken schmerzte sie plötzlich, und sie wusste nicht, was sie sagen sollte. Er liebte sie. Nun, als er dies so ohne die kleinste Unsicherheit aussprach, fragte sie sich, wie sie es je hatte anzweifeln können.

»*Mais*, … ich dachte, du liebst sie … Catherine. Dass dies der Grund für deinen Hass auf Hawkins' Männer ist.«

»Das Mädchen lieben? Schätzchen, Catherine war fast noch ein Kind, als sie diesem Bastard in die Hände fiel. Sie ist die Nichte eines guten Freundes, und ich hatte geschworen, sie zu schützen. Ich habe versagt, und das kann ich mir bis heute nicht verzeihen.«

»Aber du liebst sie nicht? Hast sie nie geliebt?«

»Nein, in meinem ganzen Leben bin ich nur einer Frau verfallen, und die sitzt vor mir und stellt dumme Fragen, anstatt mir einfach zu glauben und mich zu küssen.«

Josies Gesicht leuchtete vor unbändiger Freude, und mit einem letzten Schluchzen warf sie sich in seine Arme.

»Adam! *Je t'aime.*«

»Und ich liebe dich.«

Nach einer ganzen Weile, in der sie sich nur im Arm hielten und sich zärtliche Liebesschwüre ins Ohr flüsterten, setzte sich Adam auf. Sein Blick war wieder ernst. Die Sorge um das Schiff, welches ihnen folgte, beunruhigte ihn nun, da er um Josies Schwangerschaft wusste, umso mehr.

»Josie, Liebes, ich muss jetzt das Ruder übernehmen. Wir wollen auf den letzten Meilen keine bösen Überraschungen mehr erleben«, erklärte er.

»Adam? Wenn es nicht Catherine Nelson ist, die dich zu dieser Eile antreibt, was erwartet dich denn dann in England?«

Er fuhr sich mit der Hand über die Narbe und band sein Haar mit dem Lederband zusammen, ehe er bedächtig antwortete.

»Nun, ich kehre schon nach England zurück, um mich davon zu überzeugen, ob Hawkins' Geschichte stimmt. Dazu muss ich mit Nelson in Kontakt treten. Da ich aber keine Ahnung habe, wo er sich befindet, scheint es mir am einfachsten, ihn mich finden zu lassen.«

»Was meinst du damit?«

»Josie, es ist so: Ich gelte als Gesetzloser – als Pirat. Ein Missverständnis mit Admiral Samuel Hood vor vielen Jahren hat mich in dieses Dasein gezwungen. Ich kann nicht einfach so einen englischen Hafen ansteuern. Ich werde mich der Marine stellen und um eine Anhörung bitten. Mit den Aussagen von Hood und Nelson sollte es mir möglich sein, mich zu verteidigen. Besonders, da ich nun auf die Aussage von Catherine bauen kann.«

»Was? *Mais non*, das ist viel zu gefährlich! Was, wenn sie dir die Möglichkeit, dich zu erklären, nicht geben? Was, wenn sie dich einfach aufknüpfen?«

»Wir sind hier nicht in der Karibik. In England nehmen solche Dinge ihren ordentlichen Lauf, besonders, weil meine Familie hier in der Gegend hohes Ansehen genießt.«

Josie schüttelte irritiert den Kopf.

»Ich habe das Gefühl, einen Mann zu lieben, den ich kein bisschen kenne.«

Adam gab ihr einen Kuss auf die Nasenspitze und drückte ihre Hand.

»Keine Sorge, du kannst mich den Rest deines Lebens kennenlernen. Bestimmt findest du mich furchtbar langweilig, wenn du erst alles über mich weißt. Denn ich habe nicht vor, noch länger als geächteter Pirat ohne jegliche Zukunft über die Meere zu segeln.«

Josie kicherte. »Ich glaube, etwas Langeweile könnte uns guttun. Schließlich werden wir bald Eltern sein.«

Stolz legte sie ihre Hand auf den noch flachen Bauch.

»Sobald mein Name reingewaschen ist, werden wir heiraten und noch viele Kinder zeugen, versprochen!«

»Na, so langweilig klingt das ja nun auch wieder nicht«, erwiderte sie und versuchte sich an einem verschwörerischen Zwinkern, als Adam ihr einen Abschiedskuss auf die Wange hauchte.

»Ruh dich nun etwas aus. Ich muss ans Steuer, und du achte auf dich und unser Baby.«

Das breite Grinsen in Blacksouls Gesicht war ein so ungewöhnlicher Anblick, dass Smithe fast gestolpert wäre, als er seinen Bericht erstatten wollte.

»Äh, Captain, alles in Ordnung?«, hakte er sicherheitshalber nach.

»Alles in bester Ordnung, mein Freund.«

Und tatsächlich war es das. Die dunklen Schatten seiner Vergangenheit waren verschwunden. Zwar tat es ihm leid, Hawkins nicht erwischt zu haben, aber er war nicht länger davon besessen. All die Männer, die sich an der unschuldigen Miss Winthers vergangen hatten, waren durch seine Hand gestorben. Catherine Nelson war am Leben, und er hatte endlich die Chance auf eine Zukunft. Eine Zukunft mit Josie, der Sirene, die ihn im Mondschein in ihre Fänge gelockt hatte.

»Was gibt es denn?«, fragte er, als ihm bewusst wurde, dass Smithe ihn nun ebenfalls grinsend anstarrte.

»Der Ausguck meldet, dass wir durch die zwei schnellen Kurswechsel den Abstand vergrößert haben und zudem in eine Strömung gekommen sind, die uns im Moment zum Vorteil gereicht. Wenn die Dunkelheit hereinbricht, werden wir sie mit etwas Glück vorerst abgehängt haben.«

»Gut. Sehen wir, was der morgige Tag bringt.«

»Sollen wir die Kanonen vorsichtshalber gefechtsbereit machen?«

»Nein, noch nicht. Ich will einer Konfrontation am liebsten aus dem Weg gehen.«

Als die Nacht hereingebrochen war, wälzte sich Josie ruhelos im Bett umher. Adams Körperwärme fehlte ihr schmerzlich, und das Wissen um ihre Schwangerschaft ließ ihre Gedanken nicht zur Ruhe kommen. Den ganzen Abend hatte sie gerechnet und überlegt und war schließlich zu dem Schluss gekommen, dass sie bereits bei ihrem ersten, unfreiwilligen Besuch auf der *Deathwhisper* schwanger geworden sein musste. Schon bald würde ihr Zustand also nicht mehr zu übersehen sein.

Auch die Freude darüber, tatsächlich Adams Herz erobert zu haben, hielt sie wach. Schließlich stand sie auf, wickelte sich in die Bettdecke und schlich auf das nächtliche Deck. Die Segel knarrten im Wind, und Josie bekam eine Gänsehaut. Die lauen Nächte der Karibik hatten sie längst hinter sich gelassen. Hier, so kurz vor der englischen Küste, waren die herbstlichen Temperaturen deutlich zu spüren. Schnell huschte sie hinauf auf das Steuerdeck.

Adam lächelte, als er Josie bemerkte. Mit ausgebreiteten Armen empfing er sie und zog sie an seine Brust, ohne das Ruder loszulassen.

Sein Atem strich über ihren Nacken, und ein angenehmer Schauer rann ihren Rücken hinab.

»Was tust du hier? Warum bist du nicht im Bett?«

»Ich kann nicht schlafen.«

»Warum? Du fürchtest dich doch nicht etwa vor dem Schiff, das uns folgt?«

»*Non*. Aber du warst nicht da und … du hast mir gefehlt«, gestand sie verlegen.

Adam küsste sie auf die Wange.

»Das ist wahrlich der beste Grund, den ich kenne. Willst du bleiben?«, fragte er, und der hoffnungsvolle Klang seiner Stimme überraschte sogar ihn.

»*Oui*, wenn ich dich nicht störe.«

Adam zog ihr die Decke fester um die Schultern und umschlang von hinten mit einer Hand ihre Taille.

»Du störst nicht. Es ist unsere letzte Nacht auf See – und es ist schön, dich bei mir zu haben.«

Mit geschlossenen Augen lehnte sich Josie an seine starke Brust und genoss das Kitzeln seiner Haarspitzen auf ihren Schultern, wenn der Wind sie wie eine zarte Liebkosung über ihre Haut tanzen ließ.

Sie hob die Hand und berührte Adams Wange. Die Narbe, glatt und erhaben unter ihren Fingern.

»Adam, *mon amour*, willst du mir nicht erzählen, was damals geschehen ist?«

Ihre Stimme war nur ein Flüstern, und sie spürte, wie er sich versteifte. Dennoch strich sie wieder und wieder liebevoll über sein Gesicht. Die Bartstoppeln kratzten leicht, und sie spürte seinen Kiefer zucken.

Dann räusperte er sich und zum letzten Mal beschwor Adam die Bilder des Tages herauf, der ihn zu Blacksoul gemacht hatte.

Kapitel 26

Militärhafen von Bristol

Die *Deathwhisper* war fest vertäut, alle Segel eingeholt und die Crew dabei, über die schmale Planke von Bord zu gehen.

Adam strich Josie beruhigend übers Haar und löste sich aus ihrer klammernden Umarmung.

»Du musst dir keine Sorgen machen. Die ganze Sache ist wohlüberlegt. Pablo ist bereits unterwegs, meiner Familie eine Nachricht zu überbringen, für den Fall, dass es Schwierigkeiten geben sollte. Aber davon ist nicht auszugehen.«

»Adam, warum willst du das tun? Lass uns einfach verschwinden. Wir können doch irgendwo auf einer Insel, wo uns niemand kennt, ein neues Leben beginnen – du und ich.«

»Nein, das können wir nicht. Ich werde meinen Namen reinwaschen und meine Ehre zurückgewinnen, damit ich meiner Familie wieder unter die Augen treten kann.«

»Ich brauche nicht deinen Namen – ich brauche dich! Das Kind braucht dich«, versuchte sie noch einmal, ihn umzustimmen.

»Es soll stolz sein können, den Namen Reed zu tragen.«

»*Mon Dieu*, so einen Unfug können sich nur Männer ausdenken!«, grummelte Josie.

»Weißt du, was wir Männer noch gut können?«, fragte Adam mit einem verschmitzten Lächeln.

»Ihre Frauen ärgern?«

»Sie aus Ballkleidern befreien, um sie danach schamlos zu lieben«, antwortete er. »Willst du deines nicht mal wieder tragen?«

Josies Wangen röteten sich. »*Pourquoi?* Damit du es mir ausziehen kannst?«

»Nein. Ich will dich meiner Familie vorstellen.«

»Wirklich?«

»Es wird Zeit, auch davor nicht länger zu fliehen. Ich bete darum, dass mein Vater mir vergeben kann.«

Josie legte ihm die Hand an die Wange, spürte seine Angst.

»Adam, es gibt keinen Grund, weshalb er dir vergeben müsste. Du hast dich ehrenvoll verhalten. Er wird froh sein, dich unversehrt in seine Arme schließen zu können.«

»Woher willst du das wissen? Was, wenn ich ihn enttäuscht habe?«

»Ich kenne deinen Vater nicht, aber ich werde unser Kind immer lieben. Es wird mich niemals enttäuschen können. Könnte dein Vater nicht genauso empfinden?«

Adams Augen füllten sich mit Tränen. Um ihm die Last vom Herzen zu nehmen, schlug Josie einen neckenden Ton an.

»Trotzdem habe ich nicht vor, mich noch einmal in so ein Ungetüm von einem Kleid zu zwängen.«

Tatsächlich vertrieb ihr gespielter Ungehorsam Adams Sorgen, und er hob fragend die Augenbraue.

»Ach nein? Willst du etwa in Hosen gehen?«

Josie verschränkte die Arme vor der Brust. Ihre Augen funkelten wütend.

»Und warum nicht? Du hast auch Hosen an. Sie sind viel bequemer, und ich verstehe beim besten Willen nicht, warum nicht alle Frauen Hosen tragen.«

Adams lautes Lachen hallte durch die Kabine, und Josie stampfte mit dem Fuß auf.

»Daran ist nichts witzig!«, rief sie.

»Oh, Schätzchen, stell dir nur eine Gesellschaft vor, in der Frauen Hosen tragen würden – so weit wird es niemals kommen. Von mir aus kannst du gerne für den Rest deines Lebens deinen kleinen, feschen Hintern in Hosen an mir vorübertragen, musst dann aber damit rechnen, dass mir dieser Anblick den Verstand rauben wird und ich dich augenblicklich in mein Bett schleppen werde.«

Josie grinste. »Du hast mich doch, seit wir uns kennen, fast nur in Hosen gesehen.«

»Richtig. Und was war in dieser Zeit unsere Hauptbeschäftigung? Zieh an, was du willst, aber beschwere dich nicht über die Konsequenzen.«

»Nun geh endlich und lass dich aufknüpfen, damit ich meine Ruhe habe.«

Mit einem letzten Kuss verließ er Josie und wies Smithe und Felipe an, sie nicht aus den Augen zu lassen. Auch wenn ihnen hier im Hafen keine Gefahr drohte, hatte er Angst. Seine Liebe zu ihr machte ihn verletzlich. Hatte er doch mit einem Mal wieder etwas sehr Wertvolles zu verlieren.

Die zwei Gestalten, die im Schatten verborgen standen, waren zufrieden. Immer mehr Männer verließen das Schiff. Nach zwei Monaten auf See würden Blacksouls Männer ihren Landgang ausschweifend feiern. Es würde eine lange Nacht für sie werden.

»Das wird Hawkins gefallen«, kommentierte Fish den Abgang der Seeleute. Blacksoul hatte ihnen ohnehin einen gewaltigen Strich durch die Rechnung gemacht, als er seine

Brigantine wider Erwarten schnurstracks in den Militärhafen manövrierte.

»Ich hatte gedacht, dass sich das Problem mit dem Kerl von selbst löst, als er hier einlief«, grübelte sein Kumpan Vito noch immer.

»Der Höllenhund sieht das anders, darum hocken wir ja hier zwischen den ganzen stinkenden Fässern. Es ist gut, dass wenigstens jetzt alles nach Plan läuft.«

An Bord der *Deathwhisper* kehrte Ruhe ein, und von der Frau war noch immer nichts zu sehen.

»Und was jetzt?«, fragte Fish, während er weiterhin das Schiff im Auge behielt.

»Wir warten. Ich bin das ganze Stück von der abgelegenen Bucht bis hierher gerudert, weil Hawkins will, dass wir Ausschau nach der Frau halten. Was denkst du, wird er sagen, wenn wir ihm erklären, wir hätten sie nicht gesehen?«

»Wer weiß, ob sie noch an Bord ist? Vielleicht hockt das Weib ja längst in seinem Zimmer in einem der Gasthäuser hier.«

»Hab gehört, dass sie Französin ist.«

»Mhh, die französischen Schlampen sind immer die besten«, lachte Fish.

Anscheinend gingen ihre Gedanken in eine ähnliche Richtung, denn der gleiche lüsterne Ausdruck zierte ihre verlotterten Visagen.

Da sie das Schiff schon seit einigen Stunden ausspähten, waren sie ziemlich sicher, dass sich nur noch drei Männer an Bord befanden. Diese standen beisammen und schienen sich zu besprechen. Einer ziemlich klein und mit einer ordentlichen Plauze, der nächste ein großer, kräftiger Mann mit langem Haar und schließlich ein schmächtiges Kerlchen.

»Der Große muss ja dann wohl Blacksoul sein«, sinnierte Vito.

Fish nickte zustimmend. »Sicher. Was macht er denn jetzt?«

Beide verfolgten, wie der Mann, den sie für den Kapitän hielten, nun ebenfalls von Bord ging und zielstrebig die Hafenstraße hinuntereilte.

»Los, ihm nach. Vielleicht führt er uns zu der Französin.«

Fish zog sich seine Kappe tiefer ins Gesicht und unauffällig schlenderten sie hinter dem Hünen her.

»Was soll das denn?«, fragte Vito überrascht. Er stieß Fish in die Seite, damit dieser aufhörte, einer Hafendirne hinterherzuglotzen, und sich auf den Verfolgten konzentrierte. Denn dieser spazierte soeben geradewegs in die Verwaltung der Royal Navy.

»Keine Ahnung. Komm, mir sind hier zu viele Rotröcke – lass uns lieber abhauen.«

Obwohl Adam überzeugt war, das einzig Richtige zu tun, machte sich doch ein beklemmendes Gefühl in ihm breit, als er vor dem Gebäude der königlichen Marineverwaltung stand. Links und rechts führten Stufen in den vorgebauten Portikus hinauf. Das aus hellen Sandsteinquadern erbaute Gebäude wies nur vergitterte Fenster auf, und vor der dunkelgrünen Eingangstür hielt ein mit einer Muskete bewaffneter Soldat Wache. Im unteren Teil des Gebäudes befanden sich Arrestzellen mit winzigen, ebenfalls vergitterten Luken zur Straßenseite hin.

Ein letztes Mal holte Adam tief Luft, ehe er dem misstrauisch dreinblickenden Soldaten entgegentrat. »Halt! Wer seid Ihr, und was ist Euer Anliegen?«

Adam hob die Hände, um zu zeigen, dass er unbewaffnet war, und blieb stehen.

»Mein Name ist Adam Reed. Ich bin hier, um mich der von Admiral Samuel Hood erhobenen Anklage gegen mich zu stellen.«

Sofort richtete der Wachposten seine Waffe auf ihn.

»Schön langsam, Freundchen. Komm hier lang – dann kannst du dich erklären.«

Er dirigierte Adam in einen dunklen Flur. Jeder ihrer Schritte wurde durch den blauen, durchgetretenen Teppich gedämpft, welcher den rauen Steinboden bedeckte. Adam wurde geradeaus an einigen offen stehenden und schmucklosen Räumen vorbei auf eine große, mit Schnitzereien verzierte Doppeltür zugeführt. Eine goldene Tafel daneben besagte, dass er nun dabei war, das Reich von Rear Admiral of the Blue Bishop zu betreten.

»Da lang.«

Nach kurzem Klopfen wurden sie in ein kleines Vorzimmer gebeten.

»Sir, dieser Herr steht nach eigener Aussage unter Anklage. Er ist gekommen, um sich der Admiralität zu stellen.«

Der Offizier, welcher bis dahin wohl einen ruhigen Tag gehabt hatte, hob überrascht die Augenbrauen.

Nachdem er Adam wie ein ungewöhnliches Insekt von Kopf bis Fuß gemustert hatte, erhob er sich gemächlich.

»Dann behaltet ihn im Auge, während ich Admiral Bishop informiere«, wies er den rangniedrigeren Wachposten an und verschwand im eigentlichen Büro. Nach wenigen Augenblicken wurden sie aufgefordert einzutreten. Der Wachmann bezog neben einem einfachen hölzernen Stuhl Posten und bedeutete Adam mit einem Wink seiner Muskete, sich zu setzen.

Ein Mann Ende vierzig, mit gepuderter Perücke, Spitzbart und einem gedrehten Schnauzer sah ihn über den überdimensionalen Schreibtisch hinweg missmutig an. Seine Uniform war vom vielen Sitzen um den Bauch herum etwas verknittert, und seine Haut hatte den typischen blassen Ton vieler Briten.

Der Admiral sprach schnell, und seine Fragen ließen Adam kaum Zeit, zu antworten:

»Wer seid Ihr? Was ist Euer Anliegen? Welcher Art lautet die Anklage gegen Euch?«

Bereitwillig gab Adam Auskunft, und Bishop tippte unschlüssig mit dem Finger auf den Tisch.

»Warum kommt Ihr damit zu mir? Was versprecht Ihr Euch?«

»Nun, Admiral, es ist so, ich möchte meinen Namen von dieser Anklage reinwaschen, und erbitte dazu Eure Hilfe. Horatio Nelson und Samuel Hood können meine Geschichte bezeugen, wenn man mir nur die Möglichkeit einer Anhörung zugesteht.«

»Schön, schön, aber wie soll das gehen? Die Herren, die Ihr erwähnt, werdet Ihr ja wohl kaum mitgebracht haben, oder?«

Adam verneinte.

»Nun. Ich kann in dieser Angelegenheit auf die Schnelle keine Lösung finden. Ich werde mir dazu meine Gedanken machen. Sicher habt Ihr Verständnis dafür, dass ich Euch nicht einfach wieder gehen lassen kann. Ihr werdet also unsere Gastfreundschaft so lange genießen, bis ich weiß, was zu tun ist.«

Er gab dem Wachmann ein Zeichen, und Adam spürte schon den Lauf der Schusswaffe im Rücken, als er Einwände erhob.

»Admiral, ich bin freiwillig hergekommen. Es ist mein Wunsch, dieses Missverständnis aus der Welt zu schaffen. Ihr müsst mich nicht hierbehalten.«

»Doch, das muss ich. Ihr habt das leider nicht mehr zu entscheiden.«

»Sir, …«, wollte Adam Einspruch erheben.

»Admiral, wenn ich bitten darf!«, wurde er rüde von Bishop unterbrochen.

»Admiral, bitte …«, versuchte es Adam erneut.

»Nichts da. Charles, schafft ihn in die Arrestzelle. Und dann schickt mir einen Schreiber.«

Mit der Waffe im Kreuz und der Entschlossenheit Bishops vor Augen, blieb Adam nichts anderes übrig, als sich zu fügen. Fluchend hieb er gegen das Holz, als man die Zellentür mit einem lauten Rasseln des Schlüsselbundes hinter ihm verriegelte.

Der Höllenhund runzelte die Stirn. Nach dem Bericht seiner Männer gab ihm das Verhalten von Blacksoul Rätsel auf.

»Was treibt dieser Kerl?«, dachte er laut nach. Es ärgerte ihn, dass sein Kontrahent sich außerhalb seiner Reichweite befand. Er würde keine Spielchen mehr mit diesem Blondschopf spielen. Er wollte ihn tot sehen, die Frau schnappen und sich von Legrand einen Batzen Geld holen.

»Es ist also keiner mehr an Bord?«, grübelte er.

»Doch, doch. Der kleine Dicke und die halbe Portion«, verbesserte Fish.

Ein eisiger Blick von Hawkins brachte ihn zum Schweigen.

»Also ist niemand an Bord, den wir nicht in aller Seelenruhe ausschalten können, meinte ich«, fühlte sich Hawkins genötigt zu ergänzen.

»Oh, ach so. Ausschalten … das ist kein Problem.«

Hawkins hatte nach zwei Monaten auf See keine Ähnlichkeit mehr mit dem Mann, der in New Orleans ein Gast im Haus der besten Familien gewesen war. Sein Haar war strähnig und länger, als es der Mode entsprach, sein ungestutzter Bart drohte das markante Gesicht darunter zu verschlingen.

Dennoch erhob er sich mit einer Eleganz, die an ein Raubtier erinnerte. Fish, der abergläubisch genug war, sich vor allem möglichen zu fürchten, glaubte in diesem Moment tatsächlich, sich Kerberos, dem Hund, welcher das Höllentor bewachte, gegenüberzusehen. Schnell und unauffällig schlug er ein Kreuz gegen das Böse.

»Wenn er hier nicht mehr weg kann, haben wir alle Zeit der Welt, ihn zu erledigen und die Frau zu finden«, erläuterte Hawkins.

»Was sollte ihn daran hindern, von hier zu verschwinden?«, fragte Vito.

»*Wir,* du Idiot – versenkt sein Schiff!«

In der kahlen Zelle gab es nichts außer einer harten Pritsche aus Holz, dem Nachttopf und einem vergitterten Fenster, welches auf die Straße führte. Der Gestank nach Pisse und anderen menschlichen Ausscheidungen schlug Adam entgegen. Angewidert trat er an die kleine Öffnung nach draußen, die selbst ohne die Gitterstäbe zu klein gewesen wäre, als dass mehr als ein Kind hätte hindurchschlüpfen können. Wenigstens kam ein wenig frische Luft durch die Stäbe, und Adam lehnte sich mit der Stirn dagegen.

Der Blick auf den Hafen und die Schiffe war wenig tröstlich für ihn, denn obwohl er die *Deathwhisper* genau im Blick hatte, konnte er noch nicht einmal eine Nachricht zu Josie schicken, um ihr mitzuteilen, was geschehen war. Er hoffte, dass sie sich nicht allzu viele Sorgen um ihn machte, weil er nicht zurückkam. Das wäre bestimmt nicht gut für das Ungeborene gewesen.

So bedrückend und wenig erfreulich seine Lage auch war, wenn er an das Kind dachte und daran, dass Josie ihn tatsächlich liebte, dann wusste er doch, dass er das Richtige tat. Alles würde sich aufklären und dann würde ihnen ein geordnetes, glückliches Leben bevorstehen.

Er schloss die Augen und träumte sich zurück in Josies Arme.

Es war schon nach Mitternacht, als sich Hawkins und seine Männer dem Schiff näherten. Es lag dunkel und still vor ihnen. Konnte es so einfach sein? Tatsächlich schien beinahe die gesamte Besatzung der *Deathwhisper* ausgeflogen zu sein.

Leise und unbemerkt schlichen die drei Schatten an Bord. Das Hauptdeck war leer, und auf ein Zeichen von Hawkins arbeiteten sie sich mit gezogenen Säbeln weiter voran.

Fish deutete vor sich auf den Lichtstreifen, der aus der geöffneten Kombüsentür fiel. Sie umstellten die Tür, ehe Vito mit seinem Entermesser die Leine des Stagsegels durchtrennte und dieses mit lautem Getöse auf die Dielen krachte.

Josie konnte nicht schlafen. Sie war zwar erschöpft, aber zur Untätigkeit verdammt zu sein, machte sie unruhig. Inzwischen hatte sie es aufgegeben, auf Adams Rückkehr zu warten. Was auch immer passiert sein mochte, vor dem nächsten Morgen würde sie nichts tun können. Noch dazu war sie furchtbar verärgert über Smithe und Felipe. Anscheinend waren die beiden abgestellt worden, sie zu bewachen. Wäre sie in gnädigerer Verfassung gewesen, hätte sie sich eingestanden, dass ihre Lieblingsmatrosen zu ihrem Schutz bei ihr waren, aber da die beiden sich strikt geweigert hatten, sich in der Verwaltung nach Adams Verbleib zu erkundigen, hatte sie sich schmollend in die Kabine zurückgezogen.

Dabei wäre es sicher einfacher gewesen, sich die ganze Nacht die albernen Geschichten der beiden anzuhören, als hier allein mit ihrer Sorge auf den Sonnenaufgang zu warten. Bisher hatte sie noch nicht einmal die Kraft aufgebracht, sich zu entkleiden. Sie zog gerade einen der dicksten Wälzer aus dem Bücherregal, um sich damit abzulenken, als ein lautes Dröhnen sie erschrocken zusammenfahren ließ.

»Was war denn das?«

Sie fasste sich ans Herz und spürte das beschleunigte Pochen. Ein warnendes Kribbeln im Nacken ließ sie vorsichtig werden. Am liebsten wäre sie einfach hinausgestürmt, um zu sehen, was diesen Krawall verursacht hat. Aber dieses ungute Gefühl ergriff so plötzlich von ihr Besitz, dass sie mit zitternden Knien leise zur Tür schlich und diese nur einen kleinen Spalt weit öffnete.

Ein entsetzter Schrei wollte sich seinen Weg aus ihrer Kehle bahnen, als sie mit ansehen musste, wie genau gegenüber vor der Kombüse ein Mann Felipe seinen Säbel bis zum Schaft in den Leib stieß.

Der überrumpelte Spanier war bereits tot, als sein Kopf den Boden berührte.

Keuchend presste sich Josie die Hand vor den Mund und drückte sich an die Wand neben der Tür. Was war hier los? Wer waren die Kerle? Und wo war Smithe?

Entgegen aller Vernunft spähte sie erneut hinaus und vermied es, den Blick in Felipes Richtung gleiten zu lassen. Sofort erblickte sie Smithe, der von zwei dunkel gekleideten Männern an der Reling festgehalten wurde. Ein Dritter baute sich nun vor dem Maat auf, und als die Wolkendecke aufriss, erkannte Josie einen von ihnen: William-Höllenhund-Hawkins.

Er sah ungeduldig aus, als er das Wort an Smithe richtete und dieser vehement den Kopf schüttelte. Mit einem kurzen bedauernden Schulterzucken hieb er ihm mit einem einzigen Säbelstreich die Hand ab. Smithes markerschütternder Schrei gellte durch die Nacht, und Josie kämpfte den Drang nieder, ihren Mageninhalt von sich zu geben. Sie hatte genug gesehen. Die Männer würden Smithe töten und dann das Schiff nach ihr absuchen.

Ihre Angst lähmte sie, der Raum um sie herum begann, sich zu drehen. Sie hatte das Gefühl, als wiederhole sich alles. Schon einmal hatte sie geglaubt, hier in der Falle zu sitzen. Damals war Adam der Pirat gewesen, und sie hatte vergeblich versucht, ihn sich mit einem Brieföffner vom Leib zu halten. Wie lächerlich – und doch hatte sie auch diesmal keine bessere Waffe zur Hand.

Schnell löschte sie die Laterne neben der Tür. Sie kroch durch die Dunkelheit und tastete sich bis zum Schreibtisch voran. Eilig durchsuchte sie die Schublade, bis sie den Brieföffner sicher in ihrer Hand hielt. Dann kauerte sie sich unter den Schreibtisch und versuchte, ihre panischen Atemzüge zu unterdrücken.

Die Tür wurde geöffnet, und Josie hörte die schweren Stiefel in den Raum treten. Sie hielt den Atem an.

Kein Geräusch war zu vernehmen, doch sie wagte nicht, Luft zu holen. Ihre Lunge brannte.

Wieder polterten die Stiefel. Diesmal näherten sie sich der Tür.

»Nichts!«, rief der Mann und machte sich auf, den Raum zu verlassen.

Adam riss den Kopf hoch. Er musste, im Stehen an die Gitterstäbe des Fensters gelehnt, eingenickt sein. Ein schrecklicher Schrei hatte ihn aus dem Schlaf gerissen.

War es der Schrei eines Menschen gewesen, oder nicht vielleicht ein verwundetes Tier? Er schüttelte den Kopf, und eine Gänsehaut breitete sich über seinen Körper aus. Er lauschte, aber außer den nächtlichen Hafengeräuschen war nichts Auffälliges zu vernehmen. Besorgt sah er zu der schwarzen Silhouette der *Deathwhisper* hinüber und wünschte, dort bei Josie zu sein. Er presste die Stirn gegen das kühle Metall und rüttelte vergeblich an den fest sitzenden Gittern. Am liebsten wäre er bis zum Morgen hier stehen geblieben, aber er musste etwas schlafen, da er die letzte Nacht am Ruder verbracht hatte.

Zusammen mit der Frau, die er liebte.

Es war für ihn das erste Mal gewesen, überhaupt mit jemandem über die Ereignisse von vor vier Jahren gesprochen zu haben. Mit tröstlichem Schweigen hatte Josie seinen schmerzhaften Erinnerungen gelauscht. Ihre Tränen leise vergossen und ihn, als er stockend endete, mit ihrer Liebe überschüttet.

Verzweifelt bemüht, ihm die Schuld und die Qualen zu nehmen, hatte sie ihn mit Tausenden kleinen Küssen überhäuft. Hatte ihre weiche Hand an sein Herz gelegt und ihm versichert, dass ihn keine Schuld treffe.

Und zum ersten Mal seit jenem Tag wollte er dies glauben. Ihre Zartheit und die geduldigen Liebkosungen hatten einen Weg in sein Herz gefunden und ihm, Kuss für Kuss, Licht in seine Seele gebracht. Sie hatte ihn befreit. Aus dem dunklen Kerker, den er selbst als seinen Zufluchtsort erwählt hatte.

Wie gerne wäre er jetzt bei ihr gewesen, um ihr mit seinem Körper zu huldigen, ihr mit seiner Liebe zu danken für dieses unvergleichliche Geschenk, welches sie ihm gemacht hatte.

Mit einem wehmütigen Blick in den funkelnden Sternenhimmel und auf seine friedlich schaukelnde Brigantine im Hafen wandte er sich vom Fenster ab. Er hatte seine zwei besten Männer zu Josies Schutz abgestellt, daher musste er sich keine Sorgen machen.

Ein ohrenbetäubender Knall erschütterte den Hafen von Bristol.

Adam wirbelte herum. Der feurige Atem der Hölle schlug ihm entgegen, verhöhnte ihn, raubte ihm seine Zukunft.

Die gerade noch als tröstlich empfundene Schwärze der Nacht wurde von vom Himmel regnenden Flammen erhellt. Lodernde Segeltuchteile, brennende Holzstücke und rauchende Trümmer verteilten sich über den Hafen. Die Überreste der *Deathwhisper* standen in Flammen.

Die Schreie der Verzweiflung, die seiner Kehle entstiegen, hörte er nicht, nahm nicht wahr, dass seine Fäuste blutige Abdrücke auf der Zellentür hinterließen, weil er so fest auf das unnachgiebige Holz einschlug. Spürte nur dieses schwarze Monster, welches ihn mit weit geöffnetem Schlund zu verschlingen drohte, Schmerz und Verzweiflung zurückließ.

In seinen tränennassen Augen spiegelte sich das untergehende Grab, zu welchem sein Schiff geworden war. Seine Tränen, so salzig wie das Meer, drohten auch ihn zu ersticken. Kraftlos sank er zu Boden, schlug mit der Stirn immer wieder gegen die dicken Mauern der Zelle, um die Bilder aus seinem Kopf zu bringen. Um diesen schrecklichen Schmerz zu betäuben, während er immerfort Josies Namen murmelte und ihr seine ewige Liebe schwor.

Er weinte um das Kind, welches er niemals in den Armen halten würde, und dessen Leben endete, noch ehe es begonnen hatte. Er wünschte, er könnte sie in den Tod begleiten – mit ihnen gehen, um für alle Ewigkeit mit seinen Liebsten vereint zu sein.

Kapitel 27

Fünf Monate später

Margarete Litton beobachtete ihre drei Knaben, und ihr mütterlicher Stolz war kaum zu übersehen. Die Jungen spielten im Garten mit kleinen Schiffen und Figuren aus Holz und lieferten sich damit heftige Gefechte. Ihre staubigen Hosen waren an den Knien schon geflickt, und die schmutzigen Hemdsärmel waren nach oben gerollt. Alle drei hatten das helle Haar und die blauen Augen ihrer Mutter – und ihres Onkels.

»Nun setz dich doch, du machst mich ganz unruhig«, forderte Margarete ihren Bruder auf.

Mit einem Schnauben tat Adam wie ihm befohlen und nahm neben ihr Platz.

»Entschuldige, Maggie, aber ich bin so froh, mich endlich wieder frei bewegen zu können.«

Er hätte niemals gedacht, dass die Admiralität in Bristol ihn tatsächlich bis zur Anhörung zu seiner Anklage in Haft behalten würde. Selbst ein Schreiben seines Vaters, der immerhin einer der wichtigsten englischen Seehändler war, war ohne Erfolg geblieben. Und die einzigen Männer, die ihn laut Admiral Bishop entlasten konnten – Samuel Hood und Horatio Nelson –, hatten sich zu Adams Leidwesen in Frankreich befunden. Erst vor zwei Wochen waren sie mit dem ersten Frühlingswetter nach England zurückgekehrt.

Tröstend legte sie ihm ihre Hand auf den Arm und lächelte verständnisvoll. An ihrem zarten Handgelenk trug sie noch immer die Muschelkette, welche Adam ihr von seiner ersten Fahrt in die Karibik mitgebracht hatte.

»Ich bin froh, dass du endlich bei uns bist. Wir alle dachten, wir hätten dich verloren.«

Ihre Stimme brach, als sie sich an den Brief von Horatio Nelson erinnerte, der vor Jahren vom Tod ihres Bruders berichtet hatte.

»Scht, weine nicht.«

»Warum hast du uns denn keine Nachricht oder wenigstens ein Lebenszeichen zukommen lassen?«

Wütend hieb sie ihm die Faust auf den Oberschenkel und wischte sich die Tränen aus dem Gesicht.

Zärtlichkeit überkam Adam, als er seine Schwester so sah. Die Sonne küsste ihre Sommersprossen, und die Tränenspur hatte einen glänzenden Pfad auf ihre hohen Wangen gemalt. Mit zusammengepressten Lippen wartete sie auf seine Antwort. Eine Entschuldigung, die ohnehin zu spät kam. Den Schmerz, den der vermeintliche Verlust des Bruders verursacht hatte, konnte er nun, so viel später, nicht mehr ungeschehen machen.

Die Jungen hoben kurz den Kopf, aber als ihnen klar war, dass ausnahmsweise nicht sie den Zorn der Mutter erregt hatten, vertieften sie sich wieder in ihr Spiel.

Adam konnte Maggies vorwurfsvollem Blick nicht standhalten und sah stattdessen den Kindern zu, als er kaum hörbar antwortete.

»Ich weiß es nicht, Maggie. Ich … ich war blind. Blind vor Hass und Scham. Ich dachte, weder Vater noch Horatio könnten mir mein Versagen verzeihen.«

»Du hast nicht versagt! Dem Mädchen ging es doch gut.«

Adam nickte. Aber hätte dieses Wissen ihn wirklich anders handeln lassen? Hatte nicht die arme Abigail Winthers ebenfalls verdient, dass jemand ihren Tod rächte? Heute konnte Adam auf diese Fragen keine Antwort mehr finden.

Nachdem die Weihnachtstage verstrichen waren und er noch immer festgehalten worden war, hatte Catherine Nelson ihn im Gefängnis besucht, ihm versichert, bei der Anhörung für ihn auszusagen und ihm unter Tränen für seinen Einsatz gedankt. Es war ihr sehr schwer gefallen, Adam ins Gesicht zu sehen. Gestand sie ihm doch, sich ebenfalls in all der Zeit für seinen Tod verantwortlich gefühlt zu haben. Zu sehen, dass er die Spuren seines Einsatzes für ihr Leben für immer würde tragen müssen, hatte sie zutiefst erschüttert. Aber sie hatte Wort gehalten und bei der Verhandlung vor zwei Wochen seine Tat damals als heldenhaft geschildert.

Freilich ließ sich das Gericht nicht von der Aussage einer Frau beeindrucken. Aber als er sich Nelson und auch Hood erklärt hatte und diese bei der Verhandlung ebenfalls für ihn sprachen, wurde die Anklage schließlich fallen gelassen. Da er glaubhaft versichern konnte, niemals englische Schiffe überfallen zu haben, und dem Gericht auch keine derartigen Übergriffe zur Anzeige gebracht worden waren, beließ man es dabei, seine beiden Handelsschiffe einzubehalten.

Aber Adam stellte sich ohnehin die Frage, ob er je wieder zur See fahren würde. Es war einfach zu viel Schreckliches geschehen.

»Onkel Adam, Onkel Adam!«, wurden sie unterbrochen.

Der kleinste der Racker, Dean, war gerade vier. Er war furchtlos und laut, und im Gegensatz zu seinen etwas zurückhaltenderen Brüdern fand er die Narbe seines Onkels richtig abenteuerlich. Dean hatte zu ihrer aller Erheiterung an Adams erstem Abend in Freiheit stolz verkündet, selbst eine zu wollen, wenn er erst ein echter Seemann wäre. Seither wich er seinem neuen Vorbild nicht mehr von der Seite, fragte ihm Löcher in den Bauch und teilte sogar seine Kekse mit Adam, da diesen die Entbehrungen der langen Haft ausgezehrt hatten.

Mit einem einzigen Satz sprang er nun seinem Onkel auf den Schoß und drückte sich an ihn.

»Du, Onkel Adam? Es stimmt schon, dass die bösen Piraten immer verlieren, oder?«

Adam versteifte sich. Sein Gesicht nahm einen harten Zug an, und ein Muskel an seinem Kiefer zuckte.

»Dean, Schätzchen, lass mich noch einen Moment mit deinem Onkel sprechen. Du kannst ihn dann auf dem Weg ins Haus wieder mit deinen Fragen überhäufen. Lange können wir ohnehin nicht mehr hier draußen bleiben.«

Damit gab sie dem Lausbuben einen Stoß in Richtung seiner Brüder und sah in den Himmel. Obwohl nur wenige Wolken vorbeizogen, hatte die Sonne noch nicht genug Kraft, die Natur aus dem Winterschlaf zu erwecken. Zwar reckten schon überall unter den Bäumen die Frühlingsblüher ihre Knospen in den Himmel, hielten aber ihre Pracht noch zurück.

»Ist alles in Ordnung?«, fragte Margarete mit einem Blick auf Adams angespanntes Gesicht.

»Wie könnte alles in Ordnung sein? Josie, sie …«

»Hör schon auf! Du musst da jetzt durch. Es hilft nichts, dass du hier sitzt und dir Vorwürfe machst. Sieh lieber nach vorne«, beschwor sie ihn.

»Du hast leicht reden! Du weißt nicht, wie das ist. Wie ich mich in den letzten Monaten gefühlt habe, wie hilflos und unfähig. Ich habe Josie allein gelassen. Sie wollte nicht, dass ich gehe und mich stelle. Ich hätte auf sie hören sollen, dann wäre das alles nicht passiert.«

Adam schlug sich die Hände vor das Gesicht und schüttelte den Kopf, um die Gedanken zu vertreiben.

»Wir sollten jetzt nach drinnen gehen«, schlug Margarete vor und erhob sich. Mit Bedauern in der Stimme trieb sie die Jungen an, ihre Sachen zu packen und mit ihnen ins Haus zu kommen. Dean, Lloyd und Andrew machten finstere Gesichter, und nur mit lautem Gezeter und Geheule wurde der Bitte der Mutter Folge geleistet.

Erst als Adam sich erhob, um den Worten seiner Schwester mit ungeduldig tippendem Fuß und einem grimmigen Blick auf die noch immer verteilten Spielsachen Nachdruck zu verleihen, kam Bewegung in die Sache. Die beiden großen Jungen gaben sich geschlagen und rannten den geschotterten Weg zum Haus hinauf, ohne sich auch nur einmal nach dem Kleinsten umzudrehen. Enttäuscht, von seinen Brüdern zurückgelassen zu werden, warf sich Dean heulend auf den Weg. Margarete stöhnte, und Adam fasste sie an der Schulter.

»Lass nur, ich mach das schon«, hielt er sie zurück.

»Hey, Captain Dean, das Schiff läuft aus, und du bist noch nicht am Steuer«, versuchte er, seinen Neffen aufzumuntern, und setzte sich den Jungen auf die Schultern. »Festhalten, es scheint sich ein Sturm zusammenzubrauen. Nicht dass du über Bord gehst«, rief Adam und wankte von einer Seite zur anderen. Dabei schüttelte er sich und bog sich mal nach links, um dann kurz darauf nach einer wilden Drehung nach rechts zu taumeln.

Dean kreischte, kicherte und krallte sich in die wilde Mähne seines Onkels. Vergessen waren seine Brüder, denn er war der Kapitän, und die tosende See drohte ihn zu verschlingen.

Margarete schüttelte den Kopf über diesen Unfug, konnte sich aber ein Lächeln nicht verkneifen, als sie den beiden zusah. Sie wünschte sich, Adam würde aufhören, noch immer in der

Vergangenheit zu leben. Wie es schien, hatte er sich dies in den letzten Jahren schon so angewöhnt, dass er an eine Zukunft gar nicht mehr glauben konnte. Und das Gefängnis hatte seine Schuldgefühle, was Josie anging, noch verstärkt. Maggie zog sich das Schultertuch fester um den Körper, als ein kalter Windstoß ihr die Strähnen aus dem Dutt blies.

Dean und Adam hatten in ihrem Spiel das Haus fast erreicht, als Andrew und Lloyd aufgeregt und mit wedelnden Armen zu ihnen zurückliefen und wild durcheinanderredeten.

»… schnell kommen … furchtbar … Blut … Adam … dringend.«

Wie angewurzelt blieb Adam stehen, als er den Sinn hinter den aufgebrachten Rufen verstand. Bleich wie der graue Sandstein der Mauern drehte er sich zu seiner Schwester um, ehe er wie von Geisterhand gelenkt den Jungen abstellte und ins Haus eilte. Hinter ihm fasste sich Margarete erschrocken ans Herz, bevor ihr eine Träne über die Wange rann.

Adam trat mit versteinerter Miene in die Gemächer, die Margarete ihm zur Verfügung gestellt hatte.

Seine Neffen blieben eingeschüchtert an der Tür stehen und spähten nur vorsichtig in den abgedunkelten Raum, als Adam an das große Bett trat und das Bild, welches sich ihm bot, in sich aufnahm.

»Josie«, murmelte er, ehe er auf die Knie sank und nach ihrer kraftlosen Hand griff.

Ihm fehlten die Worte. Die Flammen im Kamin zauberten einen goldenen Schimmer auf die Frau vor ihm. Die Anstrengung der letzten Stunden war ihr anzusehen, und dennoch war sie ihm nie schöner erschienen als in diesem Moment. Er folgte ihrem glücklichen Blick zu dem Kind in ihrem Arm. Ein leises Schmatzen war zu hören, ein Geräusch, schöner als alles, was er je zuvor gehört hatte. Schöner als der Gesang jeder Sirene. Tränen verschleierten seinen Blick.

»Adam, möchtest du deine Tochter nicht begrüßen?«, fragte Josie leise und schlug die Decken etwas zurück. Ein heller Flaum bedeckte das Köpfchen, und der winzige Daumen steckte zwischen den rosigen Lippen und wurde genuckelt.

»Eine Tochter? Ich habe eine Tochter?«

»*Oui. Une belle fille!*«

Seine Hände erschienen ihm wie riesige Pranken, als er vorsichtig die Finger des Babys streichelte. Sofort schloss sich die winzige Faust um seinen Finger und ließ nicht mehr locker.

Josie kicherte. Zärtlich strich sie dem Baby über das Köpfchen, ohne dabei ihren Blick von Adam abzuwenden.

»Möchtest du einen Namen für sie auswählen?«

»Wie wäre es mit Julia?«, schlug Adam nach kurzem Schweigen zaghaft vor.

»*D'accord.* Julia klingt schön.«

Ein kurzes Lächeln der Erinnerung huschte über Adams Gesicht, welches von Glück so erfüllt war, dass Josie beinahe meinte, ihn zum ersten Mal zu sehen.

»Ich kannte vor Jahren eine kleine, eigensinnige Person, die das Herz am rechten Fleck, mehr Mut als so mancher Mann und den Kopf voller verrückter Ideen hatte.«

»Du wünschst diese Eigenschaften doch nicht etwa unserer Tochter?«

»Ich wünsche ihr noch so unendlich viel mehr, aber es wäre ein guter Anfang, denke ich.«

»*Eh bien.* Dann soll es so sein.«

»Hallo, kleine Julia, du bist ja genauso schön wie deine Mami«, murmelte Adam und hauchte zuerst dem Kind, dann der strahlenden Mutter einen Kuss auf die Lippen.

»Onkel Adam!«, rief Dean, der nun polternd in den Raum wirbelte und mit großen Augen ebenfalls versuchte zu verstehen, was los war. »Es sieht aus wie … wie zerknautscht«, stellte er fest und deutete auf den Berg an Decken.

Josie lachte und strubbelte dem Jungen durch die Haare, ehe Adam ihn kurzerhand hochhob und an das Fußende des Bettes setzte.

»Dean, *mon petit*, sie ist ja auch etwas zerknautscht. Das gibt sich, versprochen«, beruhigte Josie ihn.

Skeptisch, so als könne er das noch nicht so richtig glauben, betrachtete er immer noch das Kind, welches sich durch seinen lauten Einmarsch nicht hatte aus der Ruhe bringen lassen.

»Ohne die Falten wäre sie hübsch«, bekannte er schließlich, und ehe er sich ausstreckte, um die kleine Julia genau zu erforschen, schob ihn Adam etwas beiseite und setzte sich dazu.

Mit einem leisen Klopfen an der Tür trat nun auch Margarete in den Raum, die beiden großen Jungs im Schlepptau.

»Tante Josie, war das alles dein Blut?«, fragte Andrew neugierig.

»Andrew!«, mahnte Maggie.

»Aber …«

»Schon gut, lass ihn nur fragen«, beschwichtigte Josie.

»Das war ja eklig und wie nach einem Kampf!«, rief Andrew, der die Hebamme mit den blutigen Tüchern gesehen hatte.

Josie verzog schmunzelnd die Lippen, als sie sah, wie Adam blass wurde.

»Andrew, Schatz, eine Geburt ist fast so etwas wie ein Kampf«, erklärte sie.

Das brachte Dean wieder auf seine eigentliche Frage aus dem Garten zurück. Diese ganze Sache mit dem Baby hatte für ihn ohnehin schon seinen Reiz verloren, und er zupfte Adam ungeduldig am Hemdkragen.

»Onkel Adam, Onkel Adam, du wolltest mir doch noch erzählen, wie das ist mit den Piraten. Es stimmt doch, dass die bösen Piraten immer verlieren, oder?«

Margarete schüttelte entschieden den Kopf. »Also wirklich, Dean. Jetzt ist mal Schluss mit deiner Fragerei. Wir alle sollten Josephine jetzt Ruhe gönnen.«

»Aber du hast gesagt …«, bettelte Dean, ehe er von seiner Mutter eine Ohrfeige bekam.

»Maggie, bitte«, besänftigte Adam seine Schwester und hob sich den Jungen auf den Schoß.

»Es ist so, Dean, dass ich wenig Erfahrung damit habe, böse Piraten zu besiegen«, gestand er zerknirscht und mit einem bedauernden Blick auf Josie, die sich ein Grinsen nicht verkneifen konnte. »Von daher solltest du jemanden fragen, der sich damit besser auskennt.«

Sofort wandten alle ihren Blick in Josies Richtung, und auch Andrew und Lloyd rückten, trotz ihres Misstrauens der ganzen Babysache gegenüber, näher heran.

»Pardon?«, fragte Josie gespielt erschüttert. »Ihr wollt, dass ich diese Geschichte schon wieder erzähle? Wird euch das denn nie langweilig?«

Die Jungs schüttelten ihre Köpfe, und Deans Augen leuchteten voller Vorfreude.

Trotz ihrer Erschöpfung konnte sie den Kindern, die ihr in den letzten Monaten so sehr ans Herz gewachsen waren, die Bitte nicht abschlagen.

Mit einem zärtlichen Blick auf die schlafende Julia räusperte sich Josie, griff nach Adams Hand und schloss die Augen, um sich an alles zu erinnern.

Es war finster in der Kabine. Mit pochendem Herzen duckte sich Josie unter den Schreibtisch. Die Bewegungen der *Deathwhisper* waren kaum zu spüren, da sie fest und sicher im Hafen vertäut war. Sicher? Nein, denn nicht einmal hier im Militärhafen von Bristol gab es so etwas wie Sicherheit. Adams Plan schien nicht aufgegangen zu sein. Er war nicht da, und die Männer, die für ihren Schutz sorgen sollten, waren tot. Panik breitete sich in ihr aus, als sie an Smithe und Felipe dachte.

Sie wagte nicht zu atmen, denn einer der Kerle war irgendwo hier in der Kabine. Wieder polterten die Stiefel. Diesmal näherten sie sich der Tür.

»Nichts!«, rief der Mann und machte sich auf, den Raum zu verlassen. Dabei kam er der Laterne neben der Kabinentür nahe und stutzte. Er hob die Hand, und ein jubilierendes Grinsen zierte seine finstere Visage. Er hatte sich nicht geirrt, die Lampe war noch warm. Sie war erst vor Kurzem gelöscht worden.

»Captain!«, rief er. »Ich glaube, ich habe da doch was gefunden.«

Langsam und mit gezogenem Säbel wandte er sich in die Dunkelheit.

Josie umklammerte den Brieföffner so fest, dass ihre Knöchel weiß hervortraten. Genau wie damals mit Adam wusste sie, wie schlecht ihre Chance stand, damit einen bewaffneten Mann zu besiegen. Ihre einzige Möglichkeit bestand in der Überraschung. Mit einem leisen Fluch schob sie sich die unzulängliche Waffe hinten unter ihrem Hemd in den Hosenbund. Ohne ein Geräusch zu machen, kroch sie unter dem Tisch hervor und machte sich bereit.

Der Kerl trat einen weiteren Schritt in den Raum hinein, schien besonderes Interesse an den auf dem Bett liegenden Decken hinter dem Paravent zu haben, während Josie sich hinter ihm Stück für Stück der Tür näherte.

»Versteck dich ruhig, du kommst mir trotzdem nicht davon«, murmelte der Kerl und riss die Laken zurück. Auf diesen Moment hatte Josie gewartet. Sie sprang auf, und rannte so schnell sie konnte aus der Kabine. Sie hätte sich gerne umgedreht, um zu sehen, wie groß ihr Vorsprung war, aber der laute Fluch hinter ihr war nicht annähernd so weit weg wie erhofft, und so eilte sie weiter. Obwohl sie nur einen Gedanken hatte – zu fliehen –, waren doch ihre Sinne auf all die Dinge um sie herum gerichtet. Das kalte und raue Holz der Schiffsdielen unter ihren bloßen Füßen, die feuchte Seeluft auf ihrer Haut, der Geruch nach Algen und Meerwasser und das Zwielicht der Nacht, welches das Schiff in ein lebendiges Wesen zu verwandeln schien, das sich unheimlich vor ihr erstreckte.

Sie rannte über das Hauptdeck, wohl wissend, dass sie für jeden gut sichtbar war, aber sie hatte keine Wahl. Hörte ihren eigenen gepressten Atem und das laute Tappen ihrer Schritte. Spürte das Blut durch ihre Adern rauschen.

Sie hatte es fast geschafft, als direkt vor ihr William Hawkins in gewohnter Gelassenheit mit gezücktem Säbel hinter dem Mast hervortrat und ihr den Weg versperrte.

Ehe sie einen anderen Fluchtweg finden konnte, wurde sie auch schon von hinten gepackt. Fish.

»Sieh einer an, was für eine nette Überraschung – Mademoiselle Legrand, es ist mir ein … außerordentliches Vergnügen«, begrüßte Hawkins sie spöttisch.

Nur mit größter Anstrengung schaffte es Josie, nicht sofort auf ihn loszugehen. Sie hasste ihn. Wie er so vor ihr stand, lächelnd und überheblich, nachdem er doch erst vor wenigen Augenblicken zwei Menschen getötet hatte.

Voll Abscheu und mit mehr Mut als sie eigentlich empfand, antwortete sie ihm.

»Vergnügen? *Non*, es tut mir leid, aber ich teile dieses Gefühl nicht. Hatte ich doch gehofft, Euch hätten inzwischen die Syphilis, die Pocken oder vielleicht ein Sturm den Garaus gemacht. Aber keine Sorge, es wird mir ein Vergnügen sein, dabei zuzusehen, wie Blacksoul diese Nachlässigkeit der Natur korrigieren wird.«

Fish fackelte nicht lange. Für diese Frechheit verpasste er Josie eine ordentliche Ohrfeige, die sie fast zu Boden geworfen hätte, während Hawkins sich gut amüsierte.

»Mademoiselle Legrand, Ihr nehmt Euer hübsches Mundwerk aber reichlich voll. Vielleicht solltet Ihr wissen, dass ich das Gold, welches Euer lieber Herr Vater bereit ist, für Eure Heimkehr zu bezahlen, nicht wirklich brauche. Ich habe mehr Geld, als ich zählen kann – geschweige denn ausgeben. Wenn Ihr also anfangen solltet, mich mit Euren Unhöflichkeiten zu ärgern, werde ich gerne dabei zusehen, wie meine Mannschaft sich nimmt, was Blacksoul schon hatte. Wir verstehen uns?«

Josie wurde blass. Wenn es das bedeutete, was sie glaubte, dann ... Und anscheinend war dem Höllenhund selbst Gold nichts mehr wert. Wenn sie jedoch so wertlos für ihn war, warum war er dann bis England hinter ihnen hergejagt? Mit einem Mal sah sie klar. Er war nicht hinter ihr her. Er wollte Adam. Würde ihn töten. Würde nicht noch einmal riskieren, ihn nur zu verletzen, wie er es bereits getan hatte. Diesmal würde einer von beiden sterben, und – bei Gott! – es durfte nicht Adam sein.

»*Oui*«, flüsterte sie ergeben, »ich verstehe.«

In großer Hast kam Vito aus dem Zwischendeck herbei.

»Jetzt aber los, die Lunte brennt«, rief er, ohne stehen zu bleiben, und verschwand auch sogleich über die Planke von Bord.

Fish ließ Josies Arm los und sah sehnsüchtig hinter seinem Kameraden her. Auf Hawkins' Zeichen beeilte auch er sich, von Bord zu kommen.

»Und Ihr, Mademoiselle? Wessen Gesellschaft zieht Ihr vor? Die des Feuers oder die meine?«, fragte Hawkins mit aalglatter Stimme.

»Was soll das? Was geht hier vor?«

Noch immer absolut ruhig, streckte er den Arm nach Josie aus, so als wolle er sie zum Tanz auffordern.

»Im Deck unter uns befinden sich die Kanonen und einige Fässer Schwarzpulver, um diese abzufeuern. Es sollte also nicht zu schwer zu verstehen sein, was Vito meinte, als er sagte, die Lunte brennt. Wollen wir also?«

Josies Knie waren weich wie Butter, als Adams Erzfeind sie über die schmale Planke führte. Eilig schob er sie weiter. Dabei legte er wie selbstverständlich seinen Arm um ihre Schultern, so, als wären sie ein turtelndes Pärchen.

Als Josie ihn wegstoßen wollte, knurrte er an ihr Ohr:

»Schluss jetzt! Hier ist gleich mächtig was los – mach also lieber keine Dummheiten!«

Im nächsten Moment gab es einen ohrenbetäubenden Knall und die Druckwelle schleuderte Josie in die Arme des Höllenhundes. Sie barg den Kopf an seiner Brust und sah hinauf in sein zufriedenes, im Licht der Flammen glänzendes Gesicht. Die brennenden Teile, die in den Himmel geschleudert wurden, spiegelten sich in seinen Augen. Hawkins' Brust bebte unter seinem triumphalen Gelächter.

Josie ließ ihre Hand hinter ihren Rücken gleiten und umfasste den Brieföffner.

Er packte Josie am Kinn und flüsterte direkt gegen ihre zusammengekniffenen Lippen:

»Oh, Süße, scheiß auf deinen Vater, dieser Triumph will gefeiert werden, und ich weiß auch schon wie!«

Damit presste er seinen Mund auf ihren, stieß ihr seine Zunge in den Rachen und zog sie an sich.

Mit einem schnellen, kraftvollen Stoß trieb Josie ihm die dolchähnliche Waffe in den Hals und riss sich los. Sie taumelte einige Schritte zurück, den Blick auf den überrascht zu Boden sinkenden Mann vor sich gerichtet. Ungläubig fuhr er sich mit der Hand an den Hals, umfasste den Brieföffner und zog ihn heraus. Fassungslos hielt er die blutige Waffe in Händen und röchelte. Er spuckte Blut und sah verwundert zu Josie hinauf, die sich schluchzend die Hände vor den Mund presste.

Dann sank er hustend vornüber, und mit einem letzten pfeifenden Geräusch fuhr der Höllenhund dorthin, wo er herkam – in die Hölle.

Dean klatschte begeistert in die Hände. Andrew und Lloyd spielten das eben Gehörte direkt nach und schlugen dabei in ihrem Übereifer wild aufeinander ein.

Die Anspannung, welche während des Erzählens von Josie Besitz ergriffen hatte, übertrug sich auch auf die kleine Julia. Mit einem kläglichen Laut begann sie zu wimmern.

Margarete zauderte nun nicht länger. Mit großer Entschiedenheit dirigierte sie die ganze Meute aus dem Raum, nicht ohne Josie zuvor ihre Glückwünsche ins Ohr geflüstert zu haben.

Erschöpft sank Josie in die Kissen, als sich die Tür hinter Maggie schloss.

Adam kam zu ihr ans Kopfende des Bettes und küsste sie innig.

»Du warst sehr tapfer«, flüsterte er.

»*Aujourd'hui?*« Josies Stimme klang schläfrig.

Mit größter Vorsicht nahm Adam seine Tochter auf den Arm, deckte Josie bis über die Schulter zu und strich ihr eine Strähne aus dem Gesicht. Ihr Haar war inzwischen viel länger als bei ihrem ersten Zusammentreffen.

»Ja, auch heute. Aber ich meine – das alles. Du warst einfach immer tapfer. Ich wünschte so sehr, ich hätte dich vor all dem beschützen können. Du kannst dir nicht vorstellen, wie schrecklich ich mich fühle, weil ich dir in der ganzen Zeit keine Hilfe sein konnte und du nicht einmal vor Hawkins sicher warst.«

»Die wenigsten Männer können ihre Frauen bei einer Schwangerschaft unterstützen, und ob du es glaubst oder nicht, ohne dich hätte ich Hawkins nicht besiegt.«

»Aber andere Männer sind wenigstens da. Sie sitzen nicht monatelang im Gefängnis. Und was meinst du mit Hawkins?«

Josie lächelte, auch wenn es schien, als schliefe sie schon halb.

»Ganz einfach, der Brieföffner – ich wusste, ich muss den Höllenhund nahe herankommen lassen, um ihn wirksam einzusetzen. Du hast mir das gezeigt.«

»Dann kann ich mich glücklich schätzen, dass dir das nicht schon vorher klar war, denn sonst wäre es mir wie Hawkins ergangen.«

»*Mais non*, dich wollte ich ja nie wirklich loswerden.«

Sie gähnte und schloss die Augen. Nur das leise Prasseln des Feuers im Kamin war zu vernehmen, als sich Adam mit seiner Tochter im Arm in den Sessel neben dem Bett sinken ließ. Seine Tochter. Seine kleine Julia. Er bekreuzigte sich in stillem Gedenken an die beiden Männer, die ihr Leben bei dem Versuch, sein Glück zu schützen, gelassen hatten.

Tatsächlich sah es für Adam so aus, als hätte er das finstere Tal hinter sich gelassen.

Josephine Legrand hatte seine schwarze Seele befreit und ihm das Glück gebracht. Nie wieder würde er es loslassen. Nein, er würde es bald sogar für immer an sich binden. Mit aller Liebe, zu der er fähig war, küsste er den weichen Flaum des Babys und wischte die Träne, die sich unbemerkt ihren Weg seine Wange hinab gebahnt hatte, beiseite, ehe sie auf Julias Köpfchen tropfen konnte.

Kapitel 28

Adam stand ungeduldig an Bord der *Starlight.* Alle Augen waren auf ihn gerichtet, als könne er etwas für die unangenehme Situation. Er fluchte. Nie wieder würde er einen Fuß auf ein Schiff setzen, schwor er sich. Schienen diese alle nur dazu gebaut, ihn ins Unglück zu stürzen!

Unruhe machte sich breit. Schließlich schob sich Pablo unauffällig an seine Seite und raunte ihm ins Ohr:

»Ey, Capitán – wo bleiben die Braut? Sie doch wohl wird kommen, sí?«

Mit einem Blick, der ihm als Blacksoul den Respekt seiner Männer eingebracht hatte, durchbohrte er den Spanier.

»*Woher soll ich das wissen?* Ich bin es doch, der sich hier zum Narren macht! Du hingegen wirst dir einfach noch ein paar Minuten länger die Beine in den Bauch stehen müssen – entweder, bis Josie hier auftaucht, oder bis die verdammte Hölle zufriert!«

Der erschrockene Pfarrer trat bei Adams Fluch vorsichtshalber einen Schritt zurück und tat so, als käme es ihm nicht merkwürdig vor, dass die Braut schon seit geraumer Zeit überfällig war.

Pablo hatte sich nach dem Rüffel schleunigst wieder in die Reihen der Hochzeitsgäste verkrochen. Gerade flüsterte er Stefano ins Ohr, dass die Laune des Captains wirklich nicht dem freudigen Ereignis angemessen war, als ein Murren durch die Gästeschar ging.

Der französische Cellist stimmte sein Lied an, und alle reckten ihre Hälse.

Zuerst schritten Adams drei Neffen den Mittelgang zwischen den an Deck aufgestellten Stühlen entlang und streuten zarte Blüten. Ihnen folgte Margarete, welche die in einem weißen, blumengeschmückten Kinderwagen liegende Julia nach vorne zum Pfarrer schob. Dabei war nicht zu übersehen, dass Maggie furchtbar verstimmt war. Ihr Kopf war rot vor Wut und ihre Lippen waren ein schmaler, blasser Strich. Sogar ihre Fingerknöchel um den filigranen Griff des Kinderwagens waren weiß, so eisern krallte sie sich daran fest.

Auch Adam bedachte seine Schwester mit einem unfreundlichen Blick, und als sie auf seiner Höhe war, flüsterte er durch zusammengebissene Zähne:

»Zum Teufel, wo wart ihr so lange? Weißt du, wie spät es ist?«

Aber nicht nur Adam war gut darin, eiskalte Blicke zu verteilen. Auch seine Schwester beherrschte diese Kunst.

»Du wirst gleich selbst sehen, warum wir uns verspäten! Aber ich warne dich, gib nicht mir die Schuld daran! *Du* wolltest so ein störrisches Frauenzimmer, *nicht ich*!«

Zu mehr kamen sie nicht, denn nun schritt langsam und bedächtig die Braut den Mittelgang entlang.

Margarete schnaubte laut, und Adam konnte nicht anders, als erleichtert zu lachen. Oh ja, jetzt wusste er, warum Maggie so ein finsteres Gesicht machte.

Barfuß, nur mit einem weiten weißen Hemd und einer dunklen Kniebundhose bekleidet, kam Josie verschmitzt grinsend an Horatio Nelsons Arm auf Adam zu. Den verdutzten Blick des Pfarrers mied sie und schenkte dem Mann, der sie erwartete, ein strahlendes Lächeln.

Mit einer Verneigung übergab Horatio Adam die Braut und nahm seinen Platz ein.

Während der gesamten Trauung versuchte Adam, nicht zu lachen, aber das Gemurmel unter den Gästen war doch nicht zu überhören, und auch Josies Mundwinkel zuckten erheitert.

»Du machst also ernst«, flüsterte Adam, als der Geistliche einen Vers verlas.

Josie tat unschuldig. »Ich weiß nicht, was du meinst. Ich habe dir doch gesagt, dass ich mich nie wieder in diese schrecklichen Kleider zwängen möchte.«

»Mir scheint, du hast Maggie fast einen Nervenzusammenbruch beschert.«

Mit bedauerndem Grinsen zuckte Josie die Schultern.

»Sie wollte mich so nicht zur Hochzeit lassen, hat mich mit dem Kleid in unser Zimmer gesperrt.«

»Wie hast du sie umgestimmt? Sie ist eigentlich sehr unnachgiebig.«

»Ich weiß, deshalb bin ich aus dem Fenster geklettert – da hat sie dann beschlossen, dass ich von nun an dein Problem sein soll und nicht länger ihres.«

Adam griff Josies Hand und lächelte.

»Genau darum sind wir hier – machen wir dich zu meinem Problem.«

Ende

Printed in Great Britain
by Amazon

27619373R00148